Wolfgang Kindermann
Hirnsausen

Wolfgang Kindermann

HIRN SAU SEN

ROMAN

JOJO

EINE TOTE.
ZWEI OHNMACHTSANFÄLLE.
DREI MAL HIRNSAUSEN.
VIER VERDÄCHTIGE.
FÜNF MINUTEN MIT GOTT.
SECHS WURSTSORTEN.
UND ALLES BLOSS
FÜR EINE BOMBENIDEE.

www.jojomedia.at

Grafische Gestaltung / Satz: Joe P. Wannerer – BoutiqueBrutal.com
Lektorat: Philipp Preiczer – korrigiert.at
Umschlagfoto: Martin Rutks / Photocase
Gesetzt aus Roboto und Minion
Gesamtherstellung: Booksfactory – PRINT GROUP Sp. z o.o., Szczecin

ISBN: 978-3-9033-5815-7

INHALT

08:00 UHR DER PERFEKTE MENSCH

Bogart. Wie soll man den am besten beschreiben? Liegt da, kratzt sich im Halbschlaf in der Arschritze, ein Bein über, das zweite unter der Decke, die eigentlich schon zu warm ist für diese Jahreszeit. Und jetzt, 07:54 Uhr, läutet der Wecker das erste Mal, Bogart erwacht, neben ihm ein Bär in einem Fußballtrikot, ein zweiter in einem Astronautenanzug sowie ein schwarzes Schaf, unbekleidet. Die Tiere sind aus Plüsch, Bogart ist aus Fleisch und Blut. Fünf Minuten vor der Zeit … ist die wahre Pünktlichkeit (das hat Bogart von seinem Lieblingsautor, der es aber auch bloß zitiert hat), um 07:59 Uhr nämlich, wenn der Wecker das zweite Mal sein nervtötendes Geräusch von sich gibt, muss Bogart aufstehen, um eine Minute später das Morgenjournal im Radio einschalten zu können. Ohne Morgenjournal kein Frühstück, ohne Frühstück keine Dusche, ohne Dusche kein Arbeitstag, ja überhaupt kein Tag, da könnte Bogart gleich wieder ins Bett gehen, aber auch das wäre sinnlos, denn einschlafen könnte er dann auch nicht mehr. Ja, so ist das mit Bogart, wir ahnen es bereits, er ist Zwangsneurotiker und als solcher mit sich selbst schon genug gestraft. Da bräuchte es nicht auch noch die Kaffeemaschine, an der Bogart nun, nachdem er vom Ausschalten des Weckers im Schlafzimmer zum Einschalten des Radios im Wohnzimmer und dann weiter in die Küche geschlurft ist, durchaus ungeschickt, um nicht zu sagen hilflos, zu hantieren beginnt. Die Kaffeemaschine. Man weiß gar nicht, wo man bei der beginnen soll: Oben dampft es so heiß raus, dass sich Bogart daran regelmäßig verbrüht, unten tropft sie in Zeitlupe zäh vor sich hin wie eine chemische Essenz in einen Destillierkolben, und in der Mitte ist sie verstopft, wenn der Filtereinsatz auch nur um einen Millimeter falsch eingesetzt wird. Hat es Bogart geschafft, die Kaffeemaschine in Gang zu setzen, nimmt er Milch, Butter, Schinken und Käse aus dem Eiskasten, um alles auf den Küchentisch zu stellen. Dann wendet er sich dem Fenster zu und wirft die ersten, noch verschlafenen Blicke auf den gleichsam noch schlaftrunkenen Tag. Dabei rennt er üblicherweise mit der Nase gegen die Fensterscheibe (in etwa über dem fleischfressenden Basilikum auf dem Fensterbrett, auf dessen Blättern Bogart immer wieder Insektenleichenreste findet), denn: Bogart sieht nicht dreidimensional, das eine Auge sieht so gut wie gestochen scharf, das andere ist gehörig kurzsichtig, wodurch sich, laut seinem Augenarzt, in Bogarts Kopf keine räumlichen Bilder herstellen lassen und er auch Entfernungen, wie eben jene zur Küchenfensterscheibe, nicht genau abzuschätzen vermag. So glänzen auf diesem Glas unzählige Fettabdrücke von Bogarts Nasenspitze, ja, an diesen Abdrücken ließen sich Bogarts Tage abzählen – wie an den Strichen an der Wand so mancher Gefängniszelle. Was für ein Anblick also, wie sie sich da nun fast zärtlich aneinander lehnen, um nicht zu sagen schmiegen, nur durch die nasenspitzenfettverschmierte Fensterscheibe getrennt: der alte Bogart und der junge Tag.

Vor dem Fenster schiebt ein Jogginganzug tragender Mann mittleren Alters seinen Rollstuhl schleppend von links nach rechts durchs Bild, stöckelt, im Zeitraffer rauchend, die Putzfrau des Puffs am Eck zu ebendiesem, sammelt eine Bewohnerin des Studentenheims vis-à-vis die Wurst ihres wurstförmigen Hundes vom Gehsteig. Das alles gibt Bogart schon zu denken, vor allem die Wurst der Wurst, auf den Grund werden wir schon in Bälde zurückkommen. Was Bogart jetzt auch zu denken gibt, ist der Film, den er letzten Abend gesehen hat: »Der perfekte Mensch«. Ein Mann, Pfeife rauchend; eine Frau, sich schminkend; eine Stimme, die erzählt: »Hier ist der perfekte Mensch, funktionierend!« Der Mann und die Frau gehen in einem leeren weißen Raum umher, legen sich auf den Boden, tanzen, ziehen sich aus. Sie legen sich in ein Bett, lieben sich (was man nicht sieht). Dann rasiert sich der Mann, daraufhin sehen wir Mann und Frau beim Dinner. Der Mann erzählt, dass er etwas entdeckt habe, von dem er hoffe, es in einigen Tagen zu verstehen. Er blickt in die Kamera, schnippt ein paar Mal mit den Fingern, Filmende. Jahrzehnte später wird der Regisseur des Films von einem anderen Regisseur gebeten, sein Werk in fünf Versionen neu zu drehen, jedes Mal mit anderen absurden Einschränkungen und Vorgaben, daraus entsteht ein neuer Film. Das muss man sich einmal vorstellen, das versucht sich Bogart jetzt vorzustellen – und, was das sein könnte: *der perfekte Mensch, funktionierend.*

Während die Kaffeemaschine die letzten kümmerlichen Tropfen aus dem Filter in die Glaskanne quetscht, im Radio die letzten Worte des Morgenjournals (von dem Bogart wieder einmal nichts mitbekommen hat) verklingen, nimmt Bogart eine Salatgurke aus dem Kühlschrank. Er schneidet vier dünne Scheiben ab und legt sie auf einen Frühstücksteller. (Bogarts Frühstücksteller sind Teller, die er seit eh und je zum Frühstücken benützt, daher kann er sie für keine anderen Mahlzeiten verwenden, und für Frühstücke keine anderen Teller.) Er legt ein Blatt Schinken und ein Blatt Käse dazu, die er symmetrisch auf dem Teller anordnet, um danach Salz-, Pfeffer- und Chili-Mühle in einer Reihe zu platzieren. Aus einer auf dem Backrohr stehenden Obstschale nimmt er eine Kiwi, die weichste, und legt sie neben seinen Frühstücksteller. Dann schenkt sich Bogart Kaffee mit einem halben Finger breit Milch und einem gestrichenen Kaffeelöffel Zucker ein und drückt eine Scheibe Toastbrot in den verchromten Toaster. Auf diesem sind einige Fingerabdrücke zu sehen, gleichermaßen auf der Kaffeemaschine, die, wie noch zwei, drei andere Dinge in Bogarts Küche, ebenfalls verchromt ist. Er überlegt, ob er sich die verchromten Geräte deshalb gekauft hat, damit ihn die Fettflecken und Fingerabdrücke darauf an seine Zwänge erinnern, und hält das für eine durchaus passable Theorie, da springt, man könnte auch sagen schlüpft, schon der Toast aus seinem Brutkasten. Bogart dreht den Wasserhahn auf, lässt das Wasser laufen, bis es ihm kalt genug erscheint, währenddessen bestreicht er den Toast dünn mit Butter und platziert Schinken, Käse und die Gurkenscheiben darauf. Jetzt fehlt nur mehr das Glas Wasser, welches er sich nun einschenkt. Und damit wäre sein Frühstück, sein tägliches, tagtägliches Frühstück, fertig angerichtet – und auch praktisch schon wieder verzehrt und beendet, denn in wenigen Bissen sind die belegte Toastscheibe und die Kiwi verschlungen, in ebenso wenigen Schlucken ist die Kaffeetasse geleert, was Bogart schon ab und an etwas traurig macht. Vorbereitungen benötigten im Leben immer mehr, ja viel mehr Zeit als die eigentlichen Ereignisse, da stimme einfach etwas ganz entschieden nicht. Das Leben bestehe nahezu ausschließlich aus Vorbereitungen und das bedeute: Arbeit. Gedankenversunken beschließt Bogart sein Frühstück, wie jeden Tag, mit zwei Antidepressiva, die er mit Leitungswasser hinunterspült.

Nachdem Bogart nach einem zweiten Kaffee zur Lektüre der Zeitung das Frühstücksgeschirr und -besteck im Geschirrspüler verstaut hat, entledigt er sich seiner Unterhose und seines T-Shirts (also seiner Schlafkleidung), um zu duschen und Zähne zu putzen; eine genaue Schilderung dieser beiden Vorgänge sparen wir uns hier aber, wir wollen bloß eines versichern: Sie laufen stets vollkommen unspektakulär ab und unterscheiden sich in keiner Weise vom Duschen und Zähneputzen anderer Menschen. Interessant hingegen, der Prozess des täglichen Ankleidens. In Bogarts Kleiderkasten stapeln sich (laut seiner letzten Zählung) achtundneunzig T-Shirts. Diese zieren nicht selten fröhliche, lebensbejahende Texte wie DIE WAHRHEIT IST, DASS MIR AUF ERDEN NICHT ZU HELFEN WAR oder ES IST DIE SEELE EIN FREMDES AUF ERDEN oder ERST KOMMT DAS FRESSEN, DANN KOMMT DIE MORAL. Es geht allerdings auch kürzer: KAPITULATION LIVE beziehungsweise SCHICKSAL KAUFKRAFT. Oder, durchaus kürzest und auf den Punkt gebracht: LÜGE, schwarz auf weiß, sowie, weiß auf schwarz, KRISE. Für diese Lebensweisheiten tragenden Textilmassen gibt es jedenfalls mehrere Ordnungskriterien, die freilich immer wieder von Bogart durcheinandergebracht werden, wodurch er nur selten das gewünschte T-Shirt findet. Schwerer wiegt allerdings, dass er an kaum einem Tag der Woche beim Öffnen des Kastens weiß, welches T-Shirt er anziehen soll. Ist dies aber entschieden und das ausgewählte Stück schließlich auch gefunden (wie heute ein Shirt mit dem Aufdruck HALT DEINE SCHNAUZE, DAMIT DU HÖRST, WAS ICH ZU SAGEN HABE), bleibt immer noch zu überlegen, welche Hose, welches Sakko, welche Jacke, welche Schuhe für den heutigen Tag und vor allem zu jenem Shirt passen könnten. Sind auch diese Aufgaben gemeistert, muss Bogart nur mehr entscheiden, ob er die neue, aus herzerwärmend butterweichem Leder gefertigte Akten- oder die alte, aus wetterfesten, steifen LKW-Planen gemachte Umhängetasche nehmen soll. Kein Kundentermin, legere Kleidung, daher ist der Fall heute klar: Umhängetasche! Ob dieser raschen Entscheidung mit sich erst einmal zufrieden und mit dem Tag vorerst wieder versöhnt, schickt sich Bogart an, seine Wohnung zu verlassen, was folgendermaßen abläuft: Er kontrolliert, ob sämtliche Fenster und der Kühlschrank samt Gefrierfach fest geschlossen, und danach, ob alle elektrischen und elektronischen Geräte ausgeschaltet sind (und das sind, gelinde gesagt, nicht wenige). Hat er das letzte Gerät, die leidige Kaffeemaschine, kontrolliert, beginnt er beim ersten Fenster wieder von vorne. Nach seinem zweimaligen allmorgendlichen Rundgang verlässt Bogart nun tatsächlich seine Behausung und versperrt geflissentlich beide Schlösser. Freilich nicht so geflissentlich, dass er nicht, im Erdgeschoß angelangt, noch einmal umkehrt und drei Stockwerke hochsteigt (Bogart achtet penibel darauf, mindestens 10 000 Schritte pro Tag zu machen, wie es ihm die entsprechende Smartphone-App vorschlägt, um nicht zu sagen vorschreibt), um nochmals zu überprüfen, ob er ordentlich, also beide Schlösser, zugesperrt hat. Dann aber beginnt Bogarts Tag, atmet er auf und anständig durch, fühlt er sich für einen paar Augenblicke tatsächlich frei, hat er es doch wieder einmal geschafft, sich selbst aus der Enge der Wohnung in die Weite der Straße, der Stadt, des Lebens zu entlassen.

EINSCHUB 1

Texte auf Bogarts T-Shirts, in alphabetischer Reihenfolge

ANGRY, VERY ANGRY

APOCALYPSE NOW

ARSCHIG

DAS ENDE IST NAH

DAS FÄNGT JA SCHON GUT AN

DENK NICHT EINMAL DRAN

DER REST IST SCHWEIGEN

DER SPRUNG MACHT DIE ERFAHRUNG, NICHT DER SCHRITT

DER TEXT IST KLÜGER ALS SEIN AUTOR

DICHT INS DUNKEL

DIE WAHRHEIT IST, DASS MIR AUF ERDEN NICHT ZU HELFEN WAR

ERNST IST DAS LEBEN, HEITER IST DIE KUNST

ERST KOMMT DAS FRESSEN, DANN KOMMT DIE MORAL

ES GILT DIE UNSCHULDS-VERMUTUNG

ES IST DIE SEELE EIN FREMDES AUF ERDEN

FUCK YOU (unter dem Text auch in Zeichensprache)

GEFANGENER DER WERBEBRANCHE

GOOD NIGHT AND GOOD LUCK

HALT DEINE SCHNAUZE, DAMIT DU HÖRST, WAS ICH ZU SAGEN HABE

HERR, BRICH MIR DAS GENICK IM STURZ VON EINER BIERBANK

HERR, VERGIB IHNEN, DENN SIE WISSEN NICHT, WAS SIE TUN

HIRNSAUSEN

HUNDE, WOLLT IHR EWIG LEBEN

I SEE A BAD MOON RISING

I WOULD PREFER NOT TO

ICH BIN ES NICHT

ICH GLAUBE AN KONFLIKT

ICH SCHULDE DER WELT EINEN TOTEN

ICH VERWEIGERE DIE AUSSAGE

ICH WAR HAMLET

JETZT NICHT

KAPITULATION LIVE

KEIN DRAMA

KILL YOUR IDOLS

KRISE

LÜGE

NA SEHR SUPER

NEIN DANKE

NEVER!

NOW!

O TEMPORA, O MORES!

PROCRASTINATION, NOW!

RAUSCH

ROTER OKTOBER

SAME SHIT, DIFFERENT DAY

SCHAUEN WIR EINMAL, DANN WERDEN WIR SCHON SEHEN

SCHEINASYLANT

SCHICKSAL KAUFKRAFT

SCHWAMM DRÜBER

SICHER NICHT

T-SHIRT NACH VORSCHRIFT

THE HORROR, THE HORROR

VERARMEN, JETZT!

VERBUMMELT, VERSUMPFT, VERHURT, VERLUMPT UND VERLUDERT!

VIEL GLÜCK

VON FREUD IST NICHT DIE REDE

WÄRE GAR NICHT NOTWENDIG GEWESEN

WEHE, WEHE, WENN ICH AN DAS ENDE SEHE!

ZORN GOTTES

08:55 UHR
BOGENDORF

Jetzt fragt man sich vielleicht langsam: Warum heißt jemand wie Bogart, jemand mit Wiener Eltern, der in Wien geboren und aufgewachsen ist und dieses sein ganzes Leben nicht länger als für maximal zwei Wochen Urlaub am Stück verlassen hat, »Bogart«? Eine Frage, die relativ einfach zu beantworten ist: Bogart heißt gar nicht »Bogart«, sondern »Bogendorf«. Doch seit ein Witzbold in der ersten Klasse Volksschule Bogarts Taufnamen aufgrund der drei selben Anfangsbuchstaben auf jenen des amerikanischen Schauspielers verkürzt hat, ist ihm dieser Spitzname geblieben. Mit seinem eigentlichen Namen, Bogendorf, ruft Bogart so gut wie niemand, ja, viele Bekannte und Freunde von Bogart kennen dessen richtigen Namen gar nicht. Andererseits stellt sich die Frage, was eigentlich Bogarts richtiger Name ist, wenn doch »Bogart« viel häufiger und von mehr Menschen verwendet wird als »Bogendorf«. Und, Hand aufs Herz, es ist das größte aller Übel nicht, »Bogart« – und somit nach dem Hollywood-Star, ja der Hollywood-Legende mit demselben Namen – genannt zu werden. »Bogart« ist kurz und knackig, leicht auszusprechen, zu schreiben und zu merken. Was will man mehr?! Nur manchmal, wenn neue oder alte Bekanntschaften Bogart fragen, ob er wirklich »Bogart« heiße (und wenn nicht, weshalb man ihn so nenne), würde Bogart schon lieber antworten: »Weil meine Stimme angeblich so wie seine klingt« … »Weil ich ihm angeblich ähnlich schaue« … »Weil meine Freundin aussieht wie Lauren Bacall.« Oder einfach: »Weil ich ebenfalls Filmschauspieler bin.« Oder auch: »Das kommt von BOGendorf und ART, ich bin Künstler.« Anstatt: »Weil Humphrey Bogarts und mein Name dieselben drei Anfangsbuchstaben haben.«

Mit seinem Spitznamen ist Bogart also zumeist glücklich, mit dem Rest seines Lebens nicht unbedingt, aber das haben wir bereits geahnt, andernfalls würde er schließlich keine Antidepressiva brauchen. Erstaunlich, könnte man sagen, hat es dieses Leben doch bis jetzt gar nicht so schlecht mit ihm gemeint, was ihm vor Jahren sogar ein Psychotherapeut konstatiert hat. Bogart ist gesund, so gut wie schmerzfrei (in seinem Alter nicht nur keine Selbstverständlichkeit, sondern eher die Ausnahme), er kann sich über eine fürsorgliche Mutter, eine liebevolle Lebenspartnerin sowie einen langjährigen treuen Freundeskreis (zu welchem praktischerweise auch ein Psychiater zählt) freuen. Er hat keine Schulden, dafür aber eine Wohnung, die hinsichtlich ihrer Lage seinen Gewohnheiten perfekt entgegenkommt, sowie einen Beruf, um den ihn viele beneiden (hauptsächlich jene, die diesen nur vom Hörensagen kennen). Denn, reden wir nicht lange darum herum, Bogart ist Werber, um genauer zu sein: Kreativdirektor. Oder, wie es auf seiner Visitenkarte und in der Branche zumeist heißt: Creative Director in einer Werbeagentur. Was haben wir uns unter einem solchen vorzustellen? Nun, Bogarts Beruf lässt sich auf vielerlei Weisen beschreiben. Manche würden sagen, er und sein Team produzieren Werbung, die keiner braucht, für Produkte, die ebenfalls keiner braucht. Andere würden es womöglich so formulieren: Sogenannte Kreative wie Bogart sind verhinderte Künstler, die schließlich von irgendetwas leben müssen. Bogart selbst gefällt sich mitunter in der Vorstellung, dass er und seine Leute *Ideen* erfinden, und zwar *kreative* Ideen, *einzigartige* Ideen, ja, dass er von diesen und für diese Ideen lebt und seine Kunden, also jene der Agentur, diese auch tatsächlich schätzen, ja ihn, sein Team und die Agentur dafür regelrecht lieben würden. »Wir produzieren und verkaufen keine Werbung, keine Anzeigen, keine Plakate, keine TV-Spots, keine Online-Banner – wir produzieren und verkaufen Ideen«, pflegt Bogart hin und wieder Freunde, Mitarbeiter, Chef und Kunden zu beeindrucken, die das hin und wieder sogar glauben, und manchmal, in gnädigen, gedankenlosen, gänzlich gefühlsduseligen Momenten, glaubt es Bogart für ein paar Sekunden sogar selbst.

09:00 UHR WURSTFLUG

Kurz nachdem Bogart seine Wohnung verlassen hat, um sich auf den Weg in die Agentur zu machen, hält er vor der Haustür auch schon wieder inne und starrt gebannt auf die Stelle auf der anderen Straßenseite, an der der Wursthund vor kaum einer Stunde seine Hundewurst fallen hat lassen, die sein Frauchen aber sogleich vorbildlich entsorgt hat. Dann wendet sich Bogarts Blick gen Himmel, der zu dieser Stunde außer einem trist-trüben Blassblau nur ein paar nebulos-nichtssagende Wattewolken aufzubieten hat. Und just in diesem Moment, keine drei Meter vor der eigenen Haustür stehend und nach oben glotzend, sodass man meinen könnte, Bogart habe ein UFO erblickt, hat dieser die erste Idee des Tages. Eine Idee, die ihm aus dem Himmel ins Hirn gefallen, vielleicht sogar blitzartig geschossen ist, oder die sich in seinem Kopf gerade jetzt materialisiert hat, vielleicht aber auch dort schon einige Zeit geschlummert hat und jetzt, zum Beispiel durch die Erschütterungen beim Stiegensteigen, geweckt wurde. Man weiß es nicht, und im Grunde ist es auch gleichgültig.

Seit zwei Tagen sind Bogart und sein Kreativteam, die Kreation, wie sie landläufig genannt wird, nämlich auf der Suche nach Ideen für eine Wurstwerbekampagne. Nicht die *große Idee,* die *Kampagnenidee,* die *omnipräsente Idee,* mit der man die Wurstmarke für die nächsten Jahre stets verbinden und die zur Unterscheidung von Marke und Wurst von anderen Würsten und Marken dienen soll. Diese Idee hat man schon in zahlreichen zermürbenden Brainstormings entwickelt und von der Kundenberatung und dem Chef persönlich vor drei Tagen absegnen lassen. Nein, nun geht es noch um *Zusatzideen,* vornehmlich technischer, digitaler Natur oder mit einer digitalen Komponente, denn, so

Bogarts Chef und das Credo der Agentur: Werbung, ja Kommunikation generell, werde immer digitaler; in ein paar Jahren würden digitale Technologien so gut wie alle herkömmlichen Postsendungen, Werbeanzeigen und -plakate, Radio- und TV-Spots völlig verdrängt haben. Deshalb sei es enorm wichtig, um nicht zu sagen überlebenswichtig, dem Kunden hier *richtungsweisende Ideen* zu präsentieren, umso mehr, da es sich bei der Präsentation, die Bogart in zwei Tagen bevorsteht, um einen sogenannten Pitch handelt, also eine Konkurrenzpräsentation, in diesem Fall gegen nicht weniger als sieben andere Agenturen gerichtet. Mit einer guten Kampagnenidee allein gewinne man heute keinen Blumenstrauß mehr, so Bogarts Chef, und sei sie noch so wichtig und richtig – überhaupt, wo viele Kunden nicht einmal wüssten, was eine sogenannte Kampagnenidee sei, leisten könne und können müsse. Und sind wir ehrlich: »Die Wurst, so gut, dass man sie immer dabeihat« (beziehungsweise: »Die Wurst, so gut, dass sie überall auftaucht« – eine Variante, die man noch nicht gänzlich ausgeschlossen hat) sei zwar eine schöne Sache und sicher auch vielseitig umsetzbar, werde aber als Kampagnenidee wohl eher nicht in die Werbegeschichte eingehen.

Und jetzt, in diesem Augenblick, in welchem Bogart die Kampagnenidee, der Himmel sowie Wursthund und Hundewurst durch den Kopf gehen, ja wehen wie eine frische Morgenbrise, sieht er es ganz deutlich – oder, besser gesagt, kann es sich so klar vorstellen, als ob er es wirklich sehen würde: *Fliegende Würste!* Ein Zeppelin oder am besten gleich mehrere davon in der Optik der Wurst des Kunden, unübersehbar, omnipräsent, ein nahezu biblisches Zeichen, eine Epiphanie am Himmel über der Stadt. Und wer könnte diese Würste steuern? »Natürlich die Wurstkunden«, frohlockt Bogart jetzt. »Und wie könnten sie das bewerkstelligen?«, stellt sich Bogart schon die nächste Frage, um sie ebenso rasch selbst zu beantworten wie die vorige. »Natürlich online, über das Internet, die Website des Wurstherstellers.« Weshalb aber sollten Konsumenten das tun, Wurstzeppeline über bestimmte Bezirke fliegen lassen, und wie könnte das genau funktionieren? Bogart weiß es: »Nun, man könnte auf der Homepage eingeben, an welchem Tag die Flugwürste über welchen Bezirken der Stadt auftauchen sollen. Die Bezirke, für die für den jeweiligen Tag die meisten Stimmen abgegeben werden, werden an diesem Tag angeflogen. Alle Personen, die ihre Stimme abgeben, können selbst mit der Wurst in die Luft gehen, eine Zeppelinfahrt gewinnen. Oder zumindest Wurstjahresvorräte.«

Derart von seiner eigenen Idee beseelt, setzt sich Bogart nun in Richtung Agentur in Bewegung – um gleich darauf erneut ins Stocken zu geraten. Zeppeline … das sind doch nicht gerade die fortschrittlichsten, innovativsten Fortbewegungsmittel, Fluggeräte. Und das bekannteste unter ihnen, die »Hindenburg«, ist abgebrannt und abgestürzt, eine Katastrophe, die heute noch immer jedes kleine Kind kennt. Nein, ein Wurstzeppelin ist keine optimale Zusatzidee, eher eine katastrophale, etwas anderes müsse her, durchaus ein oder mehrere Flugkörper, aber dynamischere, vielleicht auch persönlichere … ist doch die heutige Werbekommunikation auf individuelle Lösungen ausgerichtet.

Könnten es … *Fallschirme* sein? Würste an Fallschirmen? Abgeworfen über Zielgruppengebieten, wie zum Beispiel wurstaffinen Veranstaltungen? Davon fallen Bogart jetzt aus der Hüfte genügend ein: Open-Air-Konzerte, Zeltfeste, Wanderrouten, Hauptplätze, Fußballstadien, Strände, Freibäder, Fußgängerzonen, Grillplätze, Autobahnraststätten, um nur ein paar Beispiele zu nennen. Aber wie könne hier eine digitale Komponente ins Spiel kommen? Bogart kann sich kaum vorstellen, dass sich Würste an kleinen Fallschirmen von Kunden über deren Smartphones steuern lassen würden. Darüber hinaus müssten diese Wurstfallschirme aus Flugzeugen abgeworfen werden, deren Einsatz ein Vermögen kosten würde, und man könnte ihre Landepunkte vermutlich auch nicht genau berechnen, würden diese doch auch von Wind und Wetter beeinflusst werden. Nein, wenn schon fliegende Würste, dann müssten diese genau steuerbar sein und quasi von allein fliegen. Das heißt, und bei diesem Gedanken erhellt sich Bogarts Miene nun dermaßen, dass man meinen könnte, die Sonne gehe darauf auf, oder auch, er sei schlicht schlagartig schwachsinnig geworden, das heißt, man benötige: *Drohnen!*

Das sei *die* Lösung, *die* Zusatzidee: wurstförmige Drohnen. Drohnen sind relativ günstig, einfach zu steuern und voll im

Trend. Über Drohnen und Drohneneinsätze berichten die Medien andauernd, an Drohnen führt heute praktisch kein Weg mehr vorbei, selbst ein Kollege Bogarts nennt eine solche sein Eigen, und trotzdem sind Drohnen bis jetzt von der Werbung ziemlich unberührt geblieben, zumindest hierzulande. Man könne Drohnen so verkleiden, dass sie aussehen wie Würste, große Würste, die größten Würste des Kunden, und diese dann an gut frequentierte Standorte lenken: auf Picknickdecken in öffentlichen Gärten, mitten in die Gästeschar von Festivitäten, unter Sonnenbadende auf der Donauinsel oder am Attersee. Jeden Tag würde das Team der Drohnenoperateure an anderen Orten Österreichs auftauchen, um dort ihre fliegenden Würste – und drei sollten es zumindest sein, oder besser mindestens fünf, je mehr, desto sichtbarer und spektakulärer – unter das Volk zu bringen: »Die Wurst, so gut, dass man sie immer dabeihat« beziehungsweise »Die Wurst, so gut, dass sie überall auftaucht«. Man würde Drohnen kaufen oder ausleihen und Personen anheuern, die die Dinger fliegen können. Sofern man keine Fluggenehmigung bekommen sollte, würde man die Aktion eben in Guerilla-Form durchziehen, gewissermaßen die Königsdisziplin der Werbung, und: Wo kein Kläger, da kein Richter. Aber selbst wenn jemand die Wurstfirma klagen sollte – was könnte dieser Besseres widerfahren? Sie käme zu Gratispresse und stünde in der Öffentlichkeit als jugendlich, innovativ und verwegen dar, so verwegen, wie sich Bogart nun fühlt: als trage er ein immens wichtiges Geheimnis mit sich herum und in die Firma. Ein Geheimnis, dessen Unsichtbarkeit für andere es umso bedeutender mache, ja dessen Bedeutung man jetzt noch gar nicht ab-, jedenfalls nicht hoch genug einschätzen könne … Bogart schaudert es nachgerade vor aufgeregter Genugtuung, er bekommt eine Gänsehaut.

Da stellt sich Bogart plötzlich, man könnte sagen spielverderberisch, die Frage nach dem *Kundennutzen.* Was hätte man davon, sähe man im Prater oder an der Alten Donau fliegende Würste? Woran sollte man erkennen können, wer der Absender dieser Würste ist? Wie sollte man darauf reagieren? Die Flugwürste fotografieren, das Foto einsenden oder auf einer Website hochladen und damit an einem Gewinnspiel teilnehmen? Wie sollten

Gewinnspielteilnehmer diese Gewinnspielmechanik in Erfahrung bringen? Und selbst wenn man all das im Vorfeld flächendeckend kommunizieren könnte – für ein Foto müsste der Fotograf schon äußerst rasch reagieren. Und er müsste die kleine Drohne überhaupt erst fotografisch einfangen, und zwar so, dass man sie auch erkennen kann, dass das Foto auch etwas hermacht. Nach dem zarten Schauder erfasst Bogart nun ein leichter Schwindel ob der Fragen, die es hier noch zu beantworten, der Schwierigkeiten, die es noch zu überwinden gelte. Aber: Der Tag hat ja gerade erst begonnen, und wozu hat Bogart ein Kreativteam, wenn nicht genau dafür, solche Probleme zu lösen?

09:25 UHR SCHATZI

Als Bogart gegen 09:25 Uhr die Agentur betritt, herrscht in der Kundenberatung, wie üblich, schon reger Betrieb. Die erste Person, die ihn im Vorbeigehen im ersten Zimmer, welches rechts vom Gang abzweigt, wahrnimmt, ist das sogenannte Eichhörnchen, Kundenberaterin im Team von Cate Blanchett und der sogenannten Namenlosen, die beide vermutlich schon an ihren Arbeitsplätzen sitzen, welche vom Gang aus jedoch nicht zu sehen sind. Was es mit den dreien für eine Bewandtnis hat, werden wir später noch erfahren, jetzt wollen wir uns wieder Bogart zuwenden, der soeben die Glastür zur Kreation aufstößt, die Glastür, die ihm täglich sauer aufstößt, seitdem er einmal mit dem Kopf dagegengestoßen ist.

Auf ihrem Platz sitzt, wie durchaus üblich, bereits Prinzessin Mia, die gute Seele und gute Grafikerin der Agentur. Ansonsten herrscht müde, gähnende Leere, auch das ist Bogart schon gewohnt … dass sich der Rest seiner Mannschaft verspätet. Für gewöhnlich begegnet er diesem Umstand mit stummen Mantras wie »Sollen sie doch alle kommen, wann sie wollen« oder »Als ob wir keine anderen Sorgen hätten«, mitunter auch selbstkritischer: »Ach, Bogart, du kommst ja selbst immer wieder zu spät.« In seltenen Fällen aber auch mit einem durchaus in der gesamten Agentur vernehmbaren »Wenn ihr nicht wisst, wie man einen Wecker stellt, dann zeige ich euch das gerne«. Nun aber spricht Bogart die ersten Worte des Tages, und es sind, wir gestehen es ein, durchaus unspektakuläre. Er begrüßt die Kollegin mit einem »Morgen, Mia!«, und die flötet fröhlich-freundlich zurück:

»Guten Morgen, Bogart!«

»Schon was verpasst heute?«, fragt Bogart rhetorisch.

»Jaaaa.« Prinzessin Mia zieht das »a« und somit das ganze »Ja« dramatisch bis auf den Erdboden. »Anstoßen auf Blanchett.«

»Wie jetzt?«

»Hat Geburtstag.«

»Scheiße. Hab ich vergessen. Wie war's?«

»Tatsächlich, um 09:00 Uhr fast alle brav da, bei Brötchen und Sekt. Von allen Gratulationen, Schulterklopfen, Umarmungen, Bussi rechts und links, kurze Ansprache von Rudi, und nach fünfzehn Minuten war's vorbei.«

»Fast alle? Na, von uns jedenfalls nicht. Außer uns beiden ist ja noch niemand da.«

»Doch, doch. Ferrari, Kowalski und Patty waren auch dabei. Die warten jetzt wahrscheinlich bei Sekt oder Kaffee irgendwo auf das Morgenmeeting.«

»Sekt um 09:00 Uhr in der Früh. Bin ich froh, dass ich das verpasst habe.«

Prinzessin Mia lächelt, ohne von ihrem Bildschirm aufzublicken, und erwidert:

»Ich hab ihn erst gar nicht angerührt, sondern nur Orangensaft getrunken. Die Brötchen waren okay.«

Prinzessin Mia heißt, wie sie heißt, weil sie wie die Prinzessin in einem berühmten Science-Fiction-Film zwei Haarknödel trägt, einen Knödel links und einen rechts. Während Bogart nun seinen Computer hochfährt, glaubt er, ein leises, beinahe geflüstertes »Ja, Schatzi? Was hast du denn?« zu hören. Er dreht sich instinktiv nach links, dann nach rechts, aber es ist natürlich noch immer niemand im Raum außer ihm und Mia, deren Kopf von seinem Platz aus quasi nicht zu sehen ist, lediglich die beiden Haarbommeln ragen hinter ihrem Bildschirm hervor. Und da, jetzt hört Bogart wieder etwas, es kommt eindeutig aus der Richtung der Prinzessin und ihres Computers: »Na geh, das gibt's ja nicht. Also das geht aber echt nicht. Jetzt bin ich wirklich enttäuscht …« Bogart ist peinlich berührt, Prinzessin Mia telefoniert offenbar mit ihrem Freund, und nichts liegt ihm ferner, als solch ein intimes Gespräch zu belauschen. In der Folge hört er noch ein paar weitere Worte, die Mia so leise spricht, dass er sie nicht verstehen kann, dann herrscht wieder Stille. Bogart räuspert sich und fragt unbeholfen: »Na, wie geht's deinem Freund?« Womit er erst recht zu erkennen gibt, dass er das Gespräch belauscht hat.

»Welchem *Freund*? Ich hab gar keinen«, antwortet Prinzessin Mia so heiter, als sage sie: »*Welchem* Freund? Ich habe gleich drei davon!« Bogart ist verwirrt, was ihm an diesem Tag noch öfter passieren wird.

»Ach so, ich dachte nur, das Telefonat eben …«

»Das war kein Telefonat«, klärt die Prinzessin Bogart auf. »Ich habe mit meinem Computer gesprochen.«

Bogart überlegt, wie er auf dieses erschütternde Geständnis antworten soll, und beschließt: diplomatisch, also gar nicht. Es sind vielleicht die beiden Haarkugeln, sinniert er hingegen, über die sie telepathisch mit ihrem Computer kommunizieren kann. Der Computer sendet Signale an die neuralen Schnittstellen der beiden brünetten Bommeln und weiter durch ihre Kopfhaut in Mias Gehirn. Die Knödel sind also Sender und Empfänger. *Seltsam, dass ihm das bis jetzt noch nicht aufgefallen ist,* denkt Bogart, vielleicht hat Prinzessin Mia aber diese, ihre Gabe ja auch erst heute Morgen, eben jetzt, entdeckt und Bogart durfte einem historischen Augenblick beiwohnen.

Und wie aus Freude über diese Entdeckung beginnt Prinzessin Mia jetzt zu pfeifen, was sie bei der Arbeit öfter zu tun pflegt, zwar nicht andauernd, aber doch immer wieder, um nicht zu sagen regelmäßig, während Pfeifer, der nun bei der Glastür hereinspaziert, Derartiges nie an den Tag legt. Ein Umstand, ja in Bogarts zwangsneurotischem Verständnis ein Widerspuch, der Bogart zunehmend kribbelig und hibbelig macht. Pfeifer ist brotberuflich Artdirector und aus Leidenschaft Künstler, was soll man da noch sagen … Vielleicht dass Pfeifer beim Reden und Denken gerne, ähnlich einem Huhn oder Wackeldackel, mit dem Kopf wackelt und mit den Augen rollt. Ansonsten lächelt er gerne und oft.

Die Kunst Pfeifers entzieht sich dem ungeübten Betrachter respektive Zuhörer des Öfteren. Kreiert Pfeifer doch nicht nur nahezu unsichtbare, dann wieder beinahe blind machende Laser- und Lichtinstallationen, sondern ebenso einmal fast lautlose, ein anderes Mal buchstäblich Taubheit verursachende elektronische Klangkonstrukte, um nicht zu sagen Kakophoniekaskaden. Zu

Bogarts Geburtstag erhalte dieser von Pfeifer dessen gesamtes musikalisches Œuvre auf einer SD-Karte, eingegossen in einen Ziegel Beton, verkündete Pfeifer jüngst stolz vor der gesamten Kreation. Das freute Bogart maßlos, echt jetzt, allein fragte er sich, wie dieser Ziegel zu öffnen sei. Bogart daraufhin zu Pfeifer, die Antwort kam ebenso rasch wie überzeugend: »Gar nicht! Das ist ja die Kunst daran!« Das leuchtete Bogart einerseits ein, andererseits fand er es doch ein bisschen schade, aber was soll man machen, so ist das eben mit der Kunst.

In der Agentur ist Pfeifer eher so eine Art *Art-* als ein *Kunst-*Direktor, »mit Kunst habe dieser Beruf, diese Branche nichts am Hut«, ereifert sich Pfeifer gelegentlich. Eine Schande sei das, und schade, ja jammerschade, denn wie weit könnte es manche Marke, manches Produkt, manche Werbekampagne bringen, würden die Kunden, nämlich jene der Agentur, mehr Kunst als Handwerk verlangen, ja zumindest akzeptieren. Also pfuscht Pfeifer seiner Untergebenen, Prinzessin Mia, erst gar nicht in ihr Handwerk, das diese ohnehin perfekt beherrscht. Es stünde auch nicht dafür, die Kunden würden das ohnehin nicht verdienen. Pfeifer erledigt das, was sie, also Bogart oder die Kundenberatung, ihm auftragen, und wenn einmal nicht, dann hat er durchaus originelle Ausreden parat, wie zum Beispiel: »Ich weiß, dass das der Kunde nicht wollen wird, aber mir gefällt es trotzdem besser« oder »Manchmal muss man einfach weiter gehen als geplant« oder auch »Ich finde, wir sollten das nicht machen, deshalb habe ich es gleich bleibenlassen«. Diese, aber auch andere Stellungnahmen leitet Pfeifer nicht selten mit einem »Ggll«, einem unentschlossenen oder im Keim erstickten Glucksen, ein. Bogart versucht dann in der Regel, bis zehn zu zählen (wobei er selten weiter als bis fünf kommt), bevor er den Mund aufmacht, um während dieser Zeit die ersten Antworten, die ihm in den Sinn und Rachen kommen, wieder hinunterschlucken oder zumindest noch ein paar Mal durchkauen zu können, auf dass sie für Pfeifer, aber auch für ihn nicht allzu schwer verdaulich sein mögen.

Einmal pro Tag ruft Pfeifer »Schatzi« an, dabei handelt es sich allerdings nicht, wie zuvor bei Prinzessin Mia, um einen Computer, auch nicht um seine Freundin oder Frau, beides hat Pfeifer zurzeit nicht, sondern um seine zwölfjährige Tochter, die er hin und wieder auch in die Agentur mitbringt. Schatzi sitzt dann artig und andächtig, still und stumm neben Pfeifer und verfolgt ergriffen, ja nahezu ehrfurchtsvoll seine Operationen auf dem riesigen Bildschirm, hinter dem sie beide kaum zu sehen sind. Als Pfeifer beim Einstellungsgespräch gefragt wurde, was er denn besonders gut könne, meinte er: »Computer.« Bogarts Chef, Rudi, der Geschäftsführer der Agentur, empfand diese Antwort als durchaus originell und ausreichend, Bogart hatte bereits Bedenken, aber dem ebenso wohlwollenden wie -tuenden Enthusiasmus des Chefs einen Strich durch die Rechnung zu machen, das brachte er dann doch nicht übers Herz.

»Morgen, allerseits!«, grüßt Pfeifer jetzt mit wackelndem Kopf und rollenden Augen und schlendert dabei gemütlich zu seinem Platz.

»Morgen, Pfeifer!«, murmeln Mia und Bogart beinahe synchron zurück. Prinzessin Mias notorisch gute Laune am Morgen, und sei es noch so früh, ist für Bogart schon irritierend, wird diese auch noch von der gleichfalls guten Stimmung eines zweiten Kollegen verstärkt, beschleicht Bogart unweigerlich das Gefühl, dass das dicke Ende des Tages noch kommen würde. Und da, schon merkt Bogart, dass etwas nicht stimmt, dass heute etwas anders ist, dass es heute Morgen anders riecht als noch gestern. Er rümpft seine Nase, reckt sie dabei in alle Richtungen, schließlich den ganzen Kopf, und versucht einerseits die Herkunft des Geruches, andererseits seine Beschaffenheit zu eruieren.

Süßlich, denkt Bogart, *süßlich und leicht holzig, ja harzig ... und in jedem Fall ... ekelhaft, nahezu schwindelerregend.*

»Zirbe«, wirft Prinzessin Mia, ohne von ihrem Bildschirm aufzublicken, lakonisch ein.

»Wie bitte?«, erwidert Bogart ungläubig.

»Zirbenholzgeruch. Kommt da aus der Kiste neben mir. Ist ein Raumlüfter.«

Und tatsächlich, auf Mias Schreibtisch entdeckt Bogart eine hellbraune Holzkiste, ungefähr zwanzig mal zwanzig Zentimeter im Grundriss und fünfzig Zentimeter hoch. In den Seitenflächen gähnen ein paar Löcher, sodass die Konstruktion einem ebenso modernen wie potthässlichen Designer-Einfamilienhaus nicht unähnlich ist.

»Ist bitte urgesund und so«, schaltet sich jetzt Pfeifer in das Gespräch ein.

»Und woher kommt das?«, fragt Bogart, noch immer schnüffelnd wie ein Drogenhund.

»Ggll … Haben wir geschenkt bekommen«, weiß Pfeifer.

»Geschenkt *(schnüffel, schnüffel)* bekommen? Von wem *(schnüffel, schnüffel)* … Wollen die uns *(schnüffel, schnüffel)* umbringen?«

»Von irgendeinem Agenturpartner. In der Technik und der Beratung steht auch einer«, präzisiert Prinzessin Mia.

»Und wenn beim Papst und beim Präsidenten der USA welche stehen würden: Sofort den Stecker raus! Da könnten wir ja gleich Drogen nehmen. Ich seh jetzt schon verschwommen.« Bogart muss jetzt den Vorgesetzten raushängen lassen.

»Ggll … könnten wir eh nehmen«, schlägt Pfeifer vor.

»Verschwommen siehst du aber, weil du eine Brille brauchst«, ergänzt er.

Flugs, um auch der Unterhaltung den Saft abzudrehen, zieht Prinzessin Mia den Stecker, und im selben Augenblick erscheint in der aufschwingenden Glastür, beschwingt und schwungvoll, Seifensieder.

»Einen schönen Guten, allerseits!«

Seifensieder ist Account-Director, er ist also für die Werbeetats seiner Kunden verantwortlich, und dafür, dass fette Erträge für die Agentur erwirtschaftet werden. Das Hemd Seifensieders ist, wie üblich, weißer als ein unbeschriebenes, noch verschweißtes Blatt Druckerpapier, der Kragen reicht ihm fast bis zu den Ohrläppchen (ein Modeschnitt, dessen Namen Bogart vergessen hat), was seinem rasierten, leicht braun gebrannten Kopf etwas Eiartiges, ja nicht Unleckeres verleiht. Ist Seifensieder nervös, neigt er dazu, den Kopf kurz ein- und noch weiter in den Kragen hineinzuziehen – ein Anblick, der Bogart an ein erschrockenes Frühstücksei erinnert, das soeben, ohne Vorwarnung, kalt abgeschreckt wurde.

»Einen schönen Guten!«, erwidern Mia und Bogart, sie vollmundig, er halbherzig.

»Habt ihr nicht schon Morgenmeeting?« Seifensieder gibt sich neugierig und redselig, für beides muss er sich nicht sonderlich bemühen.

»Wir warten auf den Rest. Bis drei viertel …!«, entscheidet Bogart jetzt.

»Na, das ist ja gleich, dann will ich nicht länger stören«, meint Seifensieder. Und so augenblicklich, wie er erschienen ist, schwingt er, wie man so sagt, sein Hinterteil nun wieder aus der Kreation, um dort durchaus die eine oder andere positive Schwingung zu hinterlassen.

Bogart blickt auf die Uhr, es ist mittlerweile 09:45 Uhr, es reicht ihm, und so ruft er in den Raum:

»Morgenmeeting. In der Küche. Jetzt!«

09:45 UHR ZUWARTEN

Wenige Minuten nachdem Bogart, Pfeifer und Prinzessin Mia auf den Barhockern am Küchentisch im zweiten Stock der Agentur, der der vierte des Hauses ist, Platz genommen haben, erscheinen auch, kurz nacheinander, Ferrari, Kowalski, Patty – und Jochen aus Hamburg. Dieser, Web-Developer, also Programmierer, wie das früher hieß, gehört zur Technikabteilung. Über sein Zuspätkommen kann sich Bogart also nicht auch noch aufregen. Kowalski – wie Pfeifer: Artdirector – setzt sogleich zu einer Erklärung an, warum er auch heute, obwohl wegen Blanchetts Geburtstag schon im Hause weilend, nicht annähernd pünktlich im Morgenmeeting war: Er habe, ereifert er sich, nach dem frühen Sekt Magenprobleme gehabt. Bei Patty hingegen, ihres Zeichens Grafik-Trainee, sei trotz des Sektes der Kreislauf dermaßen im Keller gewesen, dass sie eine halbe Stunde nicht aus ihrem Stuhl in einem der Konferenzzimmer gekommen sei. Kaffee und Cornflakes, die sie vor dem Meeting noch rasch für dieses zubereitet hat, würden sie aber »gewiss in Bälde wieder auf Vordermann bringen«, lächelt sie liebenswürdig, und auf ihren Zähnen glänzt die Zahnspange gleißend und glitzernd wie die aufgehende Sonne. Als Ferrari, Konzeptionist und Texter, seine Geschichte zum Besten geben möchte, unterbricht ihn Bogart schon im Ansatz: Er müsse den Grund für Ferraris Zuspätkommen jetzt gar nicht hören, schaue man lieber, dass man weiterkomme, der Tag werde ohnehin ein Horror.

Es folgt ein Augenblick, der ganz von betretenem Schweigen erfüllt ist, eine Art vorweggenommene Trauerminute für die traurigen Ereignisse der folgenden Stunden, für die die traurige, kleine, fensterlose Küche mit ihrem fest am Boden verschraubten

Tisch, über den nun alle sieben traurig ihre Köpfe hängen lassen, die perfekte Umgebung ist. Und würde irgendjemand der Anwesenden etwas von diesen Ereignissen ahnen, ach, er oder sie würde erst gar nicht mehr aufstehen.

»Ich sage es lieber gleich, auf dass es dann nachher nicht heißt: ›Das haben wir nicht gewusst‹, ich brauche euch heute für die Wurstsache. Alle. Und ich kann nicht sagen, wie lange das dauert«, schenkt Bogart seinem Team schon am Vormittag, nach dem Sekt, reinen Wein ein. Darauf ergänzt er gnadenlos: »Und zwar unabhängig davon, was ihr sonst noch zu tun habt heute. Am besten also, ihr nehmt euch für den Abend nichts vor, was ihr nicht auch kurzfristig verschieben könnt.«

»Wurstsache?«, fragt Patty. Sie gähnt dabei so herzhaft, dass man die Cornflakes-Splitter in ihrem Mund erkennen kann, die so aussehen, als hätten sich Makrelen in einem Fischernetz verfangen.

»Echt jetzt?«, meint Prinzessin Mia verblüfft. Sie ist in der Regel leicht zu überraschen. »Aber eigentlich *habe* ich mir schon was vorgenommen«, wirft sie ein. Bogart fragt sich, ob es sich dabei um ein Rendezvous mit ihrem Computer handelt.

»Ggll …«, lautet hingegen der Kommentar von Pfeifer. Und mehr kommt aus seiner Richtung vorerst nicht.

»Präsentation ist Präsentation, natürlich bleiben wir so lange, bis alles fertig ist.« Kowalski gibt sich verantwortungsbewusst. »Kann mich in dieser Sache jemand auf den letzten Stand der Dinge bringen? Und warum war ich eigentlich bisher zu keinem … na, zu keinem Dings … wie heißt das noch gleich, das Dings … Brainstorming … dafür eingeladen?« Kowalski kann alles, kennt alles und weiß alles. Was er nicht kann, gibt es nicht; was er nicht kennt, muss er schleunigst kennenlernen; was er nicht weiß, schnellstens erfahren. Kein Wunder, dass diese Wissbegierde gelegentlich zu Wortfindungsstörungen führt.

»Wisst ihr, was: Schauen wir einmal, dann werden wir schon sehen«, lenkt Ferrari ein (beziehungsweise steigt er auf die Bremse, je nach Betrachtungsweise). Er hat ein Faible für schnelle Autos und schießt mit Ideen durch die Agentur wie ein Sportwagen, daher der Spitzname. Im Übrigen klingt sein richtiger Nachname so kompliziert, dass ihn sich ohnehin niemand merken kann, etwas, was er mit der Namenlosen, Blanchetts neuer Kundenberaterin, gemeinsam hat, von der wir später noch hören werden.

»Also: Wie schaut es bei euch heute sonst aus?«, wendet sich Bogart zuerst an Kowalski.

»Ich mach bei der Dings weiter, der Autoservice-Website.«

»Wie lange?«

»Na, wahrscheinlich *schon* länger.«

»Was heißt ›schon länger‹?« Bogart überlegt, ob er die Methode »Zuerst bis zehn zählen, dann antworten« nicht nur bei Pfeifer, sondern hin und wieder auch bei Kowalski anwenden soll.

»Keine Ahnung … vielleicht den ganzen Tag.«

»Aber wolltest du nicht heute mit einer ersten Version fertig sein, die an den Kunden gehen soll?«

»Ja, schon …«

»Aber?«

»Es gibt ja täglich neue Korrekturen vom Kunden auf die letzte Version … Und die waren so nicht eingeplant …«, wirft Kowalski ein, während sein Blick vom Eiskasten zum Geschirrspüler und von diesem zur Mikrowelle springt, als vermute er, irgendjemand habe an einem dieser Orte irgendetwas vor ihm versteckt.

»›So nicht eingeplant‹? Aber wissen wir nicht langsam, dass diese Korrekturen so gut wie immer kommen, und könnten sie daher einplanen?«

»Könnten wir schon …«

Bogart blickt zur Decke und beginnt lautlos zu zählen: »Eins, zwei, drei …«

»Aber mir sagt ja keiner was«, setzt Kowalski fort. »Ich erfahre von den Korrekturen immer erst in letzter Minute … und außerdem werde ich dauernd von anderen Jobs unterbrochen, die dann immer sofort gemacht werden müssen …«

»… acht, neun, zehn.« Bogart hat bewusst langsam gezählt, sicher ist sicher.

»Gut«, setzt er laut fort. »Du bist also den ganzen Tag mit der Website beschäftigt. Soll sein. Ich werde dich trotzdem zumindest einmal circa zwei Stunden für die Wurstzusatzideen brauchen … Ferrari?«

»Die Hörfunkkampagne für die Hörgeräte und die Online-Banner für den Friseursalon. Und dann helfe ich Kowalski …«

»Du hilfst Kowalski? Wobei?«

»Na, bei der Auto-Website.«

»Und wieso das?«

»Weil ich mich, wie du weißt, mit Autos ziemlich gut auskenne«, entgegnet Ferrari und krault seinen Hipsterbart, als handle es sich dabei um ein herrenloses Hündchen.

»Aber du bist Konzeptionist und Texter, und nicht Webdesigner.«

»Eben!«

Einerseits würde Bogart diesen Widerspruch nun gern aufgelöst wissen, vielleicht handelt es sich ja bloß um einen scheinbaren, also ein Paradoxon, andererseits scheut er sich vor dieser Auflösung wie ein Kleinkind vor dem Ungeheuer unter dem Bett. In einer Übersprungbewegung lässt er daher Ferrari Ferrari sein und richtet sich stattdessen an Pfeifer:

»Und wie sieht es bei dir aus?«

»Ggll … ganz gut …«

»Und das heißt?«

»Voll zu tun … aber alles im grünen Bereich …«

»Und was genau ist ›voll zu tun‹?«

»Zuerst die Gewinnspiel-Website für das Abführmittel fertig machen, dann die App für den Fetzenhändler…«

»Den Fetzenhändler?«

»Der Modeladen. ›Catastrophy Clothing‹ …«

»Die machen wir jetzt doch? Aber der Typ hat doch keine Kohle, hat es geheißen.«

»Schon. Aber vielleicht gewinnen wir einen Kreativpreis damit.«

»Gut. Dann hat es aber, soweit ich weiß, Zeit. Und mit der Gewinnspielseite bist du ja fast fertig. Das heißt, du kannst dich um die Wurst kümmern.«

»Ggll … glaub schon.«

»Patty?«

»Mhm.« Patty mampft weiter Cornflakes mit Milch in sich hinein. Sie hat sich ungefähr zwei Liter davon eingeschenkt. »Weiß noch nicht …«

»*Ich* brauch sie heute …«, wirft Pfeifer ein, als ob er das zuvor bei seiner Tagesplanung vergessen hätte.

»Und wofür?«

»Ggll … was Großes …«, grinst Pfeifer glückselig, während Patty kleinlaut kichert.

»Steigt mein Blutdruck, wenn ihr mir verratet, um was es sich dabei handelt?«, fragt Bogart mit einer Sanftmut, die ihn selbst überrascht.

»Ggll … nein … Ist nur ein Avatar.«

»Ein ›Avatar‹?«

»Für Pattys Ausbildung, die Werbeakademie …«

»Macht, was ihr wollt, solange ihr eure Jobs macht.«

»Außerdem wird Patty *mir* helfen«, meldet sich Prinzessin Mia. »Bei den Designs für die Eispackungen ist noch urviel zu tun. Da gibt's ja siebzehn Sorten.«

»Gut. Sonst noch was bei dir, Mia?«

»Nur die Korrekturen, die von den restlichen Jobs immer wieder reinkommen. Mal mehr, mal weniger, wie jeden Tag«, meint Mia und rückt ihre beiden Bommeln zurecht. Möglicherweise ist in dem darin verborgenen Kommunikationssystem etwas durcheinandergeraten.

»Das Übliche eben. Schaffst du schon. Jochen, warum du hier bist …«, wendet sich Bogart jetzt an den Gast aus der anderen Abteilung, »… ich habe gehört, du bist heute nicht so voll, und da möchte ich dich ebenfalls bei zumindest einem Wurst-Brainstorming dabeihaben. Vielleicht kannst du ja auch Kowalski oder Pfeifer bei dem einen oder anderen Job was abnehmen.«

»Ist gebongt!«, zeigt sich Jochen, wie üblich, unkompliziert.

»Passt, dann legen wir los«, meint Bogart und beendet damit die erste Besprechung des Tages. Und dazu ertönt ein Knall, der Knall von einem Fall, nämlich jenem von Pattys Kopf in ihre Cornflakes-Schüssel.

»Oh Gott …!«, meint Mia nach ein paar Schrecksekunden.

»Habe die Ehre …«, sagt Ferrari.

»Ooohhh …«, entfährt es Kowalski.

»Nee, näh …«, näselt Jochen aus Hamburg.

»Ggll …«, gluckst Pfeifer.

Pattys Kopf ruht jetzt bewegungslos in der noch ungefähr halbvollen Schüssel, das Gesicht unter dem Milchspiegel. Ein paar Spritzer samt Cornflakes-Brei haben es auf Pfeifers und Ferraris T-Shirts geschafft, ein paar auf den Küchentisch. *Sie sehen Erbrochenem, sehr heller Kotze, nicht unähnlich,* denkt Bogart kurz, dann ahnt, befürchtet er bereits, dass jetzt etwas getan werden müsse, und das vermutlich sehr rasch, und zwar von ihm als Chef.

»Also … sollten wir nicht ihren Kopf …?«

»Da ist jetzt eines am besten …«, unterbricht ihn Pfeifer.

»Und zwar?«

»Ggll … Zuwarten.«

»Echt?«, fragt Mia überrascht.

»Zuwarten?«, meint Bogart ungläubig.

»Ein Psychiater hat einmal gesagt, die meisten Dinge im Leben, vor allem körperliche Symptome oder Probleme, erledigen sich durch Zuwarten.«

»Bis sie erstickt ist?«

»Sie bekommt ja Luft.«

Daraufhin werfen Pfeifer und seine Kollegen einen Blick in die Schüssel und, siehe da, neben Pattys Kopf tauchen, begleitet von einem Sprudeln oder Gurgeln, das an ein Schnarchen erinnert, in regelmäßigen Abständen Luftblasen auf.

»Und woher sollen wir wissen, dass das ihr Atem ist und sie nicht gerade in Milch ertrinkt?«, fragt Ferrari besorgt.

»Ggll … ist schon öfters passiert.«

»Was heißt ›öfters passiert‹?« Bogart spürt seine Halsschlagadern anschwellen.

»Ggll … na … dass sie bewusstlos geworden ist. Sie wacht nach ein paar Sekunden wieder auf.«

»Und warum, zum Teufel, sagt mir das niemand?«

»Ist harmlos … ggll … echt!«

Um Pfeifers Worte zu bestätigen und ihn damit vor Bogarts Wut zu retten, schießt Pattys Kopf jetzt mit einer Geschwindigkeit aus der Schüssel empor, dass man meinen könnte, die Filmsequenz, in welcher er hineingefallen ist, laufe rückwärts ab. Patty öffnet die Augen, lächelt, leckt sich mit der Zunge über die Lippen und meint: »Mhm, lecker.«

»Alles okay, Patty?«, fragt Prinzessin Mia und bringt ihr ein paar Papierservietten.

»Was ’n los?«, entgegnet Patty, als wüsste sie von nichts.

»Du warst kurz weg, in der Cornflakes-Schüssel …«, klärt sie Ferrari auf.

»Oh, ’tschuldigung. Lustig. Ist heute schon das zweite Mal. Das erste Mal … beim Frühstück zu Hause.«

»Echt jetzt? Möchtest du nicht mal zum Arzt gehen?«, fragt Prinzessin Mia.

»War ich schon. Ist nur der Kreislauf. Und irgendein so ein seltenes Dings … hab den Namen vergessen. Aber nicht gefährlich.«

»Meinst du dieses Dings … dieses Dingsbums? Ah, das hatte ich auch schon einmal!« Kowalski scheint gleichermaßen Patty wie auch sich selbst von der Harmlosigkeit des Symptoms überzeugen zu wollen.

»Na, dann bin ich ja beruhigt«, schnaubt Bogart und ist genau das Gegenteil davon. Er beendet die Besprechung, und während die Kolleginnen und Kollegen aus der Küche schlendern, bleibt er selbst noch sitzen, als wolle er den eigentlichen Beginn seines Arbeitstages noch ein paar Minuten hinausschieben, als verringere diese Verzögerung das Arbeitspensum, als würden seine unzähligen Vorsätze und Aufgaben abseits des Tagesgeschäftes, die er nun ebenfalls in seinem Gehirn hin und her zu wälzen beginnt, dadurch weniger. Dabei starrt ihn, wie jeden Tag, einer der Küchenkästen verblüfft an. Jemand hat diesem gezeichnete Kulleraugen aus Karton aufgeklebt, Augen, die zu fragen scheinen: »Bogart, was machst denn *du* hier?« Der blanke Hohn …

EINSCHUB 2

Vorsätze Bogarts abseits des Tagesgeschäftes, in der Reihenfolge ihrer Wichtigkeit

1) Jenen Schnaps austrinken, den Bogart als Weihnachtsgeschenk von einem Geschäftspartner bekommen hat, bevor er, der Erstgenannte, komplett verdunstet.
2) Bei der Administration Kopfschmerz- und Vitamintabletten nachbestellen.
3) Recherchieren, weshalb der Kaffee in letzter Zeit derart mies schmeckt.
4) Überlegen, wie die Wochenplanung optimiert werden könnte.
5) Überlegen, wie die Kundenaufteilung in der Kreation optimiert werden könnte.
6) Mit Chef Rudi über die Vision der Agentur sowie Gott und die Welt reden.
7) Bildschirm und Tastatur putzen.
8) Desktop aufräumen.
9) Schreibtisch aufräumen.
10) Leben aufräumen!
11) Mit Schmant einen Plan für die bessere kreative Einbindung der Technikabteilung entwickeln.
12) Ihn dabei vorsichtig fragen, woraus seine Arbeit eigentlich besteht.
13) Kowalski wegen dessen ständigen Zuspätkommens den Kopf waschen.
14) Pfeifer prinzipiell den Kopf waschen.
15) Mit Patty über ihre Ohnmachtsanfälle reden.

16) Ferrari daran erinnern, dass auch Kolleginnen und Kollegen gute Ideen haben können.

17) Prinzessin Mia fragen, ob sie über ihr Verhältnis mit ihrem Computer sprechen möchte.

18) Der Blanchett öfter widersprechen.

19) Prinzipiell allen öfter widersprechen.

20) Die Kreationsabteilung zu einem Motivationsessen einladen und sicherheitshalber vorher bekannt geben, dass es sich um eine Einladung handelt, damit möglichst viele kommen.

21) Die Spesen der letzten drei Monate abrechnen und vorher noch die verdammten Rechnungen suchen.

22) Einen Massagetermin bei der einmal pro Woche in die Agentur kommenden Masseurin vereinbaren.

23) Die Konzeption für einen Social-Media-Auftritt der Agentur vorantreiben und die Verantwortung dafür jemand anderem umhängen.

24) Einen Berater in der Agentur finden, der einen Kunden für die Kondomkampagnenideen findet.

25) Die Liste der freien Mitarbeiter aktualisieren.

26) Eine Blacklist mit unverschämten oder unfähigen Partnern und Freelancern anlegen.

27) Salz und Pfeffer für die seltenen Mittagessen in der Agentur kaufen und dann gleich im eigenen Schreibtisch verstauen, bevor das ein anderer macht.

28) In der Agentur einen Bücher- und eventuell auch CD-Flohmarkt mit zu Hause ausgemusterten Beständen veranstalten.

29) Jochen aus Hamburg nach Tipps für Hamburg fragen.

30) Katjuschka fragen, ob sie tatsächlich ein künstliches Gebiss hat, wie es ein Gerücht in der Agentur besagt.

31) Mit Seifensieder wieder einmal was trinken gehen, und ihm vorher das Versprechen abnehmen, dass dabei nicht über die Arbeit gesprochen wird.

32) Sich jeden Tag nach dem Aufwachen vorsagen: »Bogart, du bestimmst selbst, ob es ein guter oder ein schlechter Tag wird.«

33) Zum Schreien die Kreation verlassen, z. B. in den Innenhof, auf die Terrasse oder eine Toilette gehen.

34) Weniger fluchen.

35) Den hässlichen Poster hinter Pfeifers Arbeitsplatz entfernen – am besten, wenn dieser nicht da ist.

10:15 UHR
UND WARUM NICHT?

Kaum dass Bogart und seine Kollegen direkt nach der Morgenbesprechung oder der anschließenden Zubereitung einer Tasse Kaffee oder, stellvertretend, einer hastigen Zigarette auf der Raucherterrasse zu ihren Arbeitsplätzen in der Kreation zurückgekehrt sind, taucht dort auch schon Kollegin Cate Blanchett auf, nein, sie erscheint vielmehr, schreitet, ja schwebt einher respektive herein, gefolgt von dem Eichhörnchen, welches, bereits zu dieser Tageszeit, hyperaktiv, um nicht zu sagen hypernervös, ihre Chefin umwuselt.

»Morgen, Cate!«, begrüßt der eine oder die andere im Raum nun aus Gewohnheit den hohen Gast aus der Kundenberatung, als habe man der Blanchett nicht schon zum Geburtstag gratuliert. Und diese singt salbungsvoll »Morgen, ihr Lieben!« zurück. Wie es denn heute so gehe, also allgemein, mit der Arbeit und jedem Einzelnen, möchte sie nun wissen, worauf man ihr ein »Eh«, ein »Geht so« sowie ein »Ggll« entgegnet beziehungsweise vor die Füße wirft. Diese stecken heute, wie Bogart als Schuhfetischist schon bemerkt hat, als die Diva die ersten Zentimeter ihres rechten Beines in die Kreation gesetzt hat, in hochhackigen schwarzen Pumps mit roter Ledersohle – also eine Luxusschuhmarke, *die* Luxusschuhmarke, schlussfolgert Experte Bogart. Offenbar hat die Blanchett ein wichtiges Kundentreffen oder ein ebensolches Rendezvous nach der Arbeit, oder sie verdient einfach nur zu viel. Ansonsten trägt die Überirdische einen schwarzen Jumpsuit, eine Perlenkette und eine Zahnspange, alle drei Dinge mit unendlicher, unvergleichlicher Grazie. Kolleginnen wie Kollegen wissen, dass die Blanchett diese Spange dennoch nicht nur als peinsamen Makel, sondern als alttestamentarische

Strafe begreift, eine Ungeheuerlichkeit, die ihr ein unbarmherziger, in seinen grausamen Entscheidungen nicht zu verstehender Gott irrtümlich aufgebürdet hat. Er hat sie, die Blanchett, nicht nur mit einer Zahnspange gedemütigt, sondern auch noch mit annähernd der gleichen, die auch Trainee Patty trägt. Diese freilich, ohne damit die geringsten Probleme zu haben.

Natürlich handelt es sich bei Cate Blanchett nicht um Cate Blanchett, *die* Cate Blanchett. Aufgrund einer zumindest von Bogart, einigen Kollegen sowie Cate Blanchetts Freunden konstatierten frappanten Ähnlichkeit mit der berühmten Schauspielerin wird die Account-Direktorin aber gemeinhin so genannt, und diese hat, so scheint es, nicht rasend viel dagegen einzuwenden.

Während die Blanchett heute, wie auch seit geraumer Zeit, mit einem schwarzen Bob (ähnlich jenem der echten Cate Blanchett im vierten Teil einer berühmten Abenteuerfilmserie) durch die Agentur zu lustwandeln pflegt, trägt ihre Account-Managerin, also ihre Kundenberaterin, namentlich Eichhörnchen, ein an den Haarwurzeln bereits nachbräunendes Blond, jenes Blond, das mitunter von selbstironischen Blondinen als Entschuldigung dafür genannt wird, dass man etwas nicht verstanden habe. Außerdem trägt sie ein Klemmbrett, *Cate Blanchetts Klemmbrett*, welches diese extra bei einer Bürobedarfsfirma bestellen hat lassen, da es nicht zu den Standardbeständen der Agentur zählte, zumindest bisher … Bogart fragt sich, ob er je andere Kolleginnen oder Kollegen mit einem Klemmbrett unter dem Arm gesehen hat. Er kann sich diesbezüglich, schlussendlich, an niemanden erinnern.

Das Eichhörnchen leidet unter Hyperaktivität, redet so schnell, dass weder Kollegen noch Kunden oder es selbst mitkommt, und wurde daher von Blanchett mit einem Kaffee- und Energy-Drink-Verbot belegt.

»Alsowirwollten … wirdsindhierweilwirdieDingsdieWebsite … diesolltejaschondasolltenwirjaheute …«, schießt das Tierchen nun los und dabei von einem zum anderen Arbeitsplatz, um sich mit seinen rot lackierten Fingernägeln zerstreut Jobunterlagen, Mappen, Layouts, Schreibgeräte und Smartphones zu krallen, diese kurz zu begutachten, da und dort zu beschnuppern und wieder achtlos wegzulegen oder fallen zu lassen.

»Was wir sagen wollen, ist, dass wir eigentlich die Homepage sowie die ersten drei Folgeseiten der Auto-Website an den Kunden senden wollten«, übernimmt nun die Blanchett und erlöst damit ihre Assistentin, welcher ob ihrer eigenen Bewegungs- und Redegeschwindigkeit etwas schwindlig geworden ist, worauf sie anscheinend vergessen hat, was sie eigentlich sagen wollte. »Wollten wir das nicht, Kowalski?«, ergänzt die Blanchett nun. Sie setzt sich auf den heute freien Freelancer-Tisch schräg gegenüber von Kowalski, blickt diesem treuherzig in die Augen und beantwortet sich ihre Frage gleich selbst: »Das wollten wir doch, oder?«

»Ja sicher, das können wir auch«, versucht es Kowalski herzhaft mit einer Verteidigungstaktik.

»Sooo? Wo sind denn dann die Homepage und die drei Folgeseiten? Magst du sie uns nicht zeigen?«, bohrt die Diva nach. Bald wird sie Kowalskis Nerv erreicht haben.

»Noch nicht ganz fertig.«

»Und warum nicht?«

»Wir haben *heute* gesagt ... und *heute* Abend ist es fertig.«

»Kowalski ... Wenn du es uns heute am Abend zeigst und wir noch Korrekturanmerkungen haben, wie wollen wir die Seiten dann heute noch an den Kunden senden?« Bogart meint, jetzt das Geräusch eines Zahnarztbohrers zu hören, den die Blanchett offenbar noch nicht wegzulegen gedenkt.

»Und selbst wenn wir keine Anmerkungen zu den Seiten haben sollten und wir sie gegen 19:00 oder 20:00 Uhr an den Kunden senden, und früher wirst du sie, nehme ich mal an, nicht fertig haben, so erhält der Kunde diese, da er üblicherweise um 18:00 Uhr nach Hause geht, erst morgen früh. Wie hast du dir das also vorgestellt?«

Während Ferrari unschlüssig seinen Bart krault, Prinzessin Mia verlegen eine ihrer Bommeln zurechtrückt und sogar das Eichhörnchen den Atem anhält und sich mit ein paar nervösen Zuckungen seiner Nase zufrieden gibt, beginnen sich Kowalskis Adamsapfel hektisch auf und ab sowie seine Augen nach rechts und links zu bewegen. Er versucht eine Erklärung hervorzuwürgen, wissend, dass es schwer werden würde, der Agenturkönigin diese auch schmackhaft zu machen. Bogart seinerseits ist gefangen im Zwiespalt – zwischen dem Instinkt, als Kowalskis Vorgesetzter diesem aus der argumentativen Not zu helfen, und der Neigung, dies schon deshalb zu unterlassen, weil die Blanchett mit ihren Vorhaltungen im Grunde nicht ganz unrecht, um nicht zu sagen durchaus recht hat. Eine Gefangenschaft, die ihn dermaßen lähmt, dass er kein Wort herausbringt.

»Ggll …«, ertönt es hingegen von Pfeifer, der vis-à-vis von Bogart, also zwischen diesem und Kowalski sitzt. Dabei dreht er sich auf seinem Bürosessel, von Bogart zu Kowalski und damit zur Blanchett, und hebt die Hand wie ein Klassenbester auf eine Frage in der Mathematikstunde.

»Danke, Pfeifer!«, erwidert Lehrerin Blanchett ohne Umschweife, bevor der eifrige Schüler die Antwort, also Entlastung Kowalskis von sich geben kann. Sie setzt fort: »Aber ich rede mit Kowalski.« Dieser zuckt zusammen, Blanchetts Bohrer ist offenbar am Ziel angekommen.

»Wir … wir haben ausgemacht, dass … dass wir heute was zum Dings, na ich meine den Dings, zum Kunden senden, und das können wir auch. Wir haben keine Uhrzeit ausgemacht«, meint Kowalski und schafft es nun endlich, ein paar Wortbrocken auszuspucken, bevor er daran erstickt wäre.

»Kowalski, offenbar hast du mir nicht zugehört. Aber lassen wir das jetzt. Ich schlage vor, dass wir uns um 17:00 Uhr deine Website-Entwürfe ansehen. Können wir das? Und, Bogart, kannst du da auch dabei sein? Wäre vielleicht keine schlechte Idee.« Und schon notiert das Eichhörnchen so schnell, dass man statt seiner Finger nur ein Flirren der Luft sieht, den Termin für das nächste Meeting auf dem Klemmbrett.

»Ich werd's versuchen«, antwortet Bogart, schon jetzt unendlich müde von diesem Tag. »Aber versprechen kann ich nichts. Wie du weißt, müssen wir uns heute voll auf die Wurst konzentrieren.«

»Gutes Stichwort, wann können wir *da* was sehen?«, wendet sich die Blanchett nun Bogart, ihrem nächsten Patienten, zu. Es gelingt ihr, vermutlich durch ausgiebiges Training vor dem Spiegel, beim Sprechen den Mund gerade so weit zu öffnen, dass möglichst wenig von der Zahnspange zu sehen ist und sie dennoch jede Silbe korrekt modulieren kann.

»Äh … was meinst du mit ›was sehen‹?«

»Na, die Sonderideen. Keine Layouts.«

»Frühestens am Abend, wir kommen erst heute zu den Brainstormings. Und das war auch so ausgemacht, ging nicht früher.«

»Tja, mag sein, wird aber trotzdem knapp, übermorgen ist Präsentation. Meeting dazu also 18:00 Uhr?«

»Sollte sich ausgehen.« Über dem Klemmbrett im Griff des Eichhörnchens flirrt erneut die Luft.

»Na bestens. Dann wünschen wir euch einen produktiven Tag!«, sagt dieses, schwingt ihr Hinterteil wieder elegant vom Schreibtisch herunter und schickt sich schon an, mit ihrer Assistentin im Schlepptau aus der Kreation zu stolzieren. Da fällt Bogart siedend heiß ein, dass er der Gnadenlosen noch gar nicht zum Geburtstag gratuliert hat.

»Äh … Cate!«

Mit einem »Ja?« hält diese im Abmarsch ruckartig inne, wodurch das überraschte und erschreckte Eichhörnchen beinahe in sie hineinläuft.

»Sorry, dass ich in der Früh beim Gratulieren zu spät war. Alles Gute!«, sprudelt es aus Bogart heraus wie aus einem längere Zeit verstopft gewesenen Rohr. Und jetzt erdreistet er sich, es geht gewissermaßen mit ihm durch, die Unnahbare unvermittelt zu umarmen und sie auch noch flüchtig links und rechts auf die Wangen zu küssen, auch hier kann er schlecht der Kollegenschaft nachstehen, die das bereits bei Brötchen und Sekt erledigt hat.

»Oh, danke. Nicht so wichtig«, erwidert die Umarmte und Geküsste kurz angebunden und geht mit ihrer Dienerin nun endgültig ab. Bogart fragt sich, was »nicht so wichtig« sein könnte: ihr Geburtstag, sein Vergessen auf diesen oder seine verspätete Gratulation? Vermutlich Letzteres …

Die Kollegen reagieren unterschiedlich auf die Visite. Kowalski murmelt missmutig etwas vor sich hin, um dann unvermittelt zwei Dinge gleichzeitig zu Boden zu werfen, förmlich wegzuschmeißen. Erstens: seine Nerven. Zweitens: eine der beiden Lautsprecherboxen seines Computers. Während das circa fünfzehn Zentimeter hohe graue Plastikgehäuse mit einem schwachen Krachen auf dem Fußboden aufschlägt und dabei erstaunlicherweise nicht zu Bruch geht, schickt Kowalski noch ein »Scheiße, verdammte! Wer glaubt denn die, wer sie ist?« hinterher. Pfeifer versucht es mit einem weiteren, aber diesmal einigermaßen kraftlosen »Ggll …«, Prinzessin Mia verdreht die Augen, allein Ferrari findet zu mehr oder weniger deutlichen, zumindest deutlich hörbaren Worten:

»Na, grüß Gott!«

10:45 UHR
HIRNSAUSEN 1

Nachdem Kowalski sich vom Besuch der Blanchett erholt hat, der eine oder andere Kaffee sowie dieses oder jenes Glas Wasser nachgefüllt wurden, trommelt Bogart seine Leute zusammen und übersiedelt mit dreien von ihnen – Ferrari, Kowalski und Jochen aus Hamburg – für ein Brainstorming zur Wurstpräsentation in das Konferenzzimmer im selben Stock. Pfeifer und Prinzessin Mia sollen sich vorerst anderen Aufgaben widmen, Bogart werde sie, noch heute, zu einem zweiten Termin hinzuziehen.

»Luft«, keucht Ferrari nach Betreten des kleinen Raums und öffnet sogleich das einzige Fenster. Bogart erklärt in aller Kürze die Aufgabe sowie den Ernst der Lage, beides ist den meisten ohnehin bekannt. Und: Man werde hier nicht aufstehen, bis man nicht zumindest zehn bis zwölf brauchbare Zusatzideen für die vermaledeite Wurst habe. Apropos: Es hätten doch hoffentlich schon alle Anwesenden die eine oder andere Sorte der besagten Wurstmarke probiert, oder? Das auf diese, eigentlich rhetorisch gemeinte Frage folgende peinliche Schweigen sagt Bogart mehr als tausend Worte. Er öffnet die Tür zum Gang, ruft »Patty!« Richtung Kreation, von der praktischerweise gerade die Tür offen steht, schließt die Augen und versucht sich zu beruhigen. *Alles halb so schlimm,* denkt er sich, *der Supermarkt ist ja gleich ums Eck.*

Mit einem »Jaaa?« ausgestattet, erscheint Patty Sekunden später in der Tür zum Konferenzzimmer. Sie dürfte sich von ihrem Ohnmachtsanfall bereits einigermaßen erholt haben und erhält daraufhin prompt einen Auftrag: Sie gehe nun bitte ohne Umschweife in den Supermarkt und hole dort alle Sorten des Wurstkunden, die man auf Lager habe. Genau, die Stangenwürste! Sie solle die Rechnung mitbringen, Geld gebe es nachher.

»Dürfen wir die Würste dann auch essen?« Patty scheint der gute Liter Milch mit Cornflakes nicht genug gewesen zu sein, unglaublich, was die Jugend so futtern könne, ohne aufzugehen wie eine Schweinswurst, beginnt Bogart der Neid anzufressen.

»Ihr dürft nicht, ihr müsst! Und jetzt beeil dich!«

»Coool! Bin gleich wieder da.«

»Und wir fangen schon mal an, würde ich sagen. Es brennt gewissermaßen der Hut, also die Wurst.«

»Ich habe auch schon eine Idee«, verkündet Kowalski sogleich stolz und grinsend wie ein Zirkuspferd.

»Und die wäre?«, fragt Ferrari skeptisch.

»Na ja, man kann über Facebook oder Instagram Würste an seine Freunde senden.«

»Was jetzt? Echte?«, meint Ferrari noch skeptischer.

»Virtuelle natürlich.«

»Und was hat man davon?«, will es Bogart ganz genau wissen.

»Na ja, dass man eben ... eine Dings ... eine Wurst versenden kann.«

»Kann es sein, dass es das schon einmal gab?« Ferrari kann sich mit der Idee noch immer nicht anfreunden.

»Was? Auf Facebook oder Instagram versendete Würste?« Kowalski hingegen kann sich nicht vorstellen, dass seine Idee undicht ist, ja vielleicht sogar gehörig leckt.

»Auf Facebook versendete, mehr oder weniger lustige Symbole«, präzisiert Ferrari seine Zweifel.

»Na ja, dann ... dann kann man vielleicht was damit gewinnen.«

»Genau. Echte Würste. Das könnte funktionieren«, lenkt Bogart jetzt ein. »Jede virtuell versendete Wurst ist quasi ein Gewinnlos für eine Wurst des Kunden. Je mehr ich versende, desto größer die Gewinnchancen, desto mehr Präsenz auf Facebook oder Instagram.«

»Geil. Das eintausendste Facebook-Gewinnspiel ...« Da es mit herkömmlicher Kritik nicht funktioniert hat, geht Ferrari jetzt zu Zynismus über, einer Taktik, die Kreative üblicherweise gut beherrschen.

»Ferrari, es geht in erster Linie darum, ob es funktioniert, und das ist meiner Meinung nach einfach und schräg genug, dass es klappen könnte. Ob es auf Instagram funktioniert, weiß ich nicht, auf Facebook ziemlich sicher. Und im Übrigen ist das ein Brainstorming, und da geht es nicht darum, Ideen sofort abzuschießen, sondern zu unterstützen und auszubauen. Wir treffen nachher sowieso eine erste Auswahl.« Damit ist das Thema für Bogart erledigt, er bittet um weitere Ideen, während er die erste in kleinen, schwarzen, sauberen Blockbuchstaben in sein kleines, schwarzes, sauberes Notizbuch notiert und Ferrari noch etwas in seinen Bart brabbelt, das aber keinen mehr interessiert. Es folgt eine schier ewig währende Minute voller zwischen echter Hilflosigkeit und falscher Bescheidenheit oszillierender Stille, bis jemand erneut den Mund aufmacht, diesmal ist es Ferrari.

»Die … haben doch extrem lange Würste, richtig?«

»Meines Wissens, ja … Werden wir gleich sehen, wenn Patty zurück ist.« Bogart bildet sich ein, den Braten, also die Wurst, bereits riechen zu können, die Ferrari ihnen gleich auftischen wird.

»Wir machen sie noch länger. Wir machen die längste Wurst Österreichs, die längste Wurst der Welt.«

»Und zwar wie?« Auch Kowalski ist neugierig geworden.

»Mhm …« Ferrari starrt zur Decke, als erhoffe er sich von dort die Lösung, man sieht förmlich, wie es in seinem Motor arbeitet, wie der Wagen nur darauf wartet, in den nächsten Sekunden loszufahren, um die anderen, wie üblich, gnadenlos zu überfahren oder zumindest abzuhängen.

»Mhm, genau! Die Kunden können die Wurst selber länger machen.« Der Bolide ist gestartet und schon sehen die anderen nur mehr seinen Auspuff. »Ha, ha! Das ist die Idee!«, triumphiert der Rennkreative und nimmt die erste Kurve. »Es gibt ein Online-Banner oder eine Website zur Aktion. Dort sehen wir eine Wurst. Und mit jedem Klick der Internet-User auf diese Wurst wird sie länger!«

»Was heißt, sie wird länger?« Kowalski stellt sich dümmer, als er ist.

»Ganz einfach: Sie wird optisch länger. Man kann sie mit der Maus hin und her bewegen und sieht dann die volle aktuelle Länge.«

»Ey, geil, Alter! Außerdem könnte ein Display die aktuelle Länge anzeigen. Dann wird die Sache noch klarer«, mischt sich nun auch Jochen aus Hamburg ein, während Bogart beginnt, die Idee zu notieren.

»Genau! Ziel ist es, wie gesagt, die längste Wurst der Welt zu schaffen, bis zu einem Stichtag, dem Ende der Aktion. Dann … dann …«

»Dann wird diese Wurst wirklich produziert!«, schießt Kowalski mit Ferrari ins Ziel, dicht gefolgt von Bogart.

»Und in der Öffentlichkeit präsentiert, angeschnitten und verkostet.«

»Und von mir aus sollen alle, die die Wurst angeklickt und damit verlängert haben, auch etwas gewinnen können … was weiß ich … einen Ausflug samt Verkostung in die Wurstfabrik oder so …« Ferrari gibt sich nach seiner erfolgreichen Ideengeburt und -präsentation also auch noch großzügig.

Es folgen Ideen, die entweder dermaßen langweilig, unausgegoren oder unrealistisch sind, dass Bogart sie nicht einmal aufschreibt: Online-Banner mit täglich wechselnden Wurstsorten, »Die Wurst für den Montag!« (und so weiter), in Würsten platzierte Sender, die mit dem Besucher des Supermarktes kommunizieren, Smart-Würste, die mittels Etikett-Code oder -Chip und einer eigens dafür entwickelten Mobile-App Auskunft über Länge, Gewicht, Inhaltsstoffe, Haltbarkeit, Herkunft, Herstellung und vieles mehr geben.

»Also, ich weiß ja nicht, wie es euch geht«, seufzt Ferrari. »Aber ich brauche jetzt mal eine kurze Pause, eine Zigarette und frische Luft.«

»Machen wir das. Momentan geht ohnehin nichts weiter. In fünfzehn Minuten wieder hier. Pünktlich. Dann ist Patty wahrscheinlich auch mit der Wurst zurück.« Bogart kapituliert vor Müdigkeit und Sauerstoffmangel. Und innerhalb von drei Sekunden ist der Raum leer, haben sich die Kollegen dematerialisiert, zur Kaffeemaschine, auf die Rauchterrasse oder in eine Toilette gebeamt.

Als sich nach der Pause erneut ein Leerlauf bemerkbar machen möchte, erscheint Patty in der Tür des Konferenzzimmers, wie eine geborene Wurst-Promotorin, und knallt mit einem »Trari, trara, die Wurst ist da« drei fette Stangen auf den Tisch.

»Hab alle genommen, die's gab«, verkündet sie stolz und streicht sich etwas außer Atem die Haare aus dem Gesicht. Auch die Haarspange, farblich perfekt abgestimmt auf die Zahnspange, wird neu justiert.

»Ey, echt ätzend, Alter! Muss das jetzt sein?«, empört sich Jochen aus Hamburg. Er würde Fleisch nicht einmal bei vorgehaltener Pistole anrühren.

»Sehr fein, Patty!«, lobt Bogart hingegen und holt sogleich Schneidebretter und Messer aus der Küche. »So, dann schauen wir mal, was wir da haben … *Smoked Pepper … Salami Parmigiano … Schwein muss man haben …*«

»Weil uns Patty die Würste geholt hat?«, fragt Kowalski und greift sich schon Messer und Stange, um diese mit jenem zu schälen und in rund einen Zentimeter breite Räder zu schneiden.

»Nein, so heißt die Wurst: ›Schwein muss man haben‹«, klärt ihn Bogart auf.

»Guter Name eigentlich«, gibt Ferrari zu, was bei ihm etwas heißt. Er ergänzt: »Die anderen beiden stinken dagegen ab, passen nicht dazu …«

»Das Schwein wird die neue Sorte sein, also zumindest der Name«, mutmaßt Bogart.

»Und wie viele Sorten gibt es insgesamt?«

»Verdammt, Ferrari, das steht auf der ersten Seite des Briefings! Sechs!«

»Ja, ja, schon gut, hab's nur vergessen … Ach ja: ›Put! Put! Put!‹, so heißt zum Beispiel die Putensorte. Geil, eigentlich …«

Kowalski holt aus der Küche Teller, Brot, das offenbar vom Frühstück übrig geblieben ist, sowie Senf, worauf alle damit beginnen, systematisch die Wurstsorten durchzukosten, mit und ohne Senf, mit und ohne Brot. Bogart spült sich dabei nach jeder Sorte und Variation den Mund mit Wasser aus, welches er dann hinunterschluckt, um den Geschmack der nächsten Probe nicht zu verfälschen.

»Eigentlisch gar nicht scho schlecht …«, räumt Ferrari mit vollem Mund ein.

»Welsche?«, fragt Bogart.

»Eigentlisch alle.«

»Ich finde die Schalami am beschten.«

»Salami kann nie falsch sein«, erklärt Kowalski, nachdem er den dritten Bissen von dieser genüsslich gekaut und geschluckt hat.

»Salami geht immer«, unterstreicht Patty, die, nachdem sie ungefragt Platz genommen, bereits wieder von vorne, beim Schwein, begonnen hat.

»Boah … Ich würde sagen, nehmt euch, was ihr jetzt wirklich noch essen wollt, und dann, Patty, räum bitte den Tisch ab, mir wird sonst schlecht … Wer soll so viel Wurst essen?«, stöhnt Bogart und stopft sich ein weiteres Stück in den Mund, worauf die Angesprochene mit Brettern, Messern und Wurstresten in der Küche verschwindet, um gleich darauf wiederzukommen.

»Mhm …«, meint Ferrari und blickt wieder zur Decke (zweifelsohne ein gutes Zeichen), »… das ist die Frage: Wer isst viel Wurst? Wer *braucht* viel Wurst …?«

»Also … mhm … vielleicht …« Kowalski versucht hilflos, ihm zu helfen, als ob Ferrari Hilfe nötig hätte, eine solche auch nur ansatzweise goutieren würde.

»Die auf der Insel!«, schießt es aus Ferrari heraus.

»Welcher Insel?«, tönen Patty und Kowalski im Chor.

»Die Promi-Insel! Die Reality-Show-Insel!«, entgegnet Ferrari mit Augen, die wie Scheinwerfer leuchten, noch immer seine Genialität auskostend.

»Und wieso brauchen gerade *die* Wurst, *unsere* Wurst?« Bogart unterstützt Kowalski jetzt ein bisschen in Sachen Begriffsstutzigkeit. Irgendwie scheint der Kaffee heute nicht so recht zu wirken.

»Na, weil die sonst nur Dreck fressen dürfen!«

»Klaro, das gehört ja zu ihren Aufgaben!«, assistiert Jochen aus Hamburg.

»Genau. Und wir senden denen jetzt Würste. Und das wird auch noch vom Fernsehen übertragen. Eine waschechte Guerilla-Aktion!« Ferrari ist dermaßen ergriffen von seiner Idee, dass es ihm die Sprache verschlagen hat, aber eigentlich gibt es auch nicht mehr viel dazu zu sagen, zumindest zu dieser Idee. Bis auf die Inszenierung der Wurstanlieferung vielleicht, und dazu entfaltet sich jetzt eine von Bogarts Ideen von heute Morgen erneut in seinem Kopf, entfaltet sich wie ein Fallschirm, an dem er die Würste majestätisch im Insel-Camp landen sieht, bevor die pseudoprominenten armen Würsteln sich darauf stürzen wie die Geier.

»Gute Idee, Ferrari!«, lobt Bogart daher und setzt an, dieser eine Fallschirmkrone aufzusetzen. »Und angeliefert werden die Würste …«

»Das Geilste daran … wir werfen die Würste einfach mit kleinen Fallschirmen ab. Stellt euch das einmal vor!«, fällt ihm Ferrari ins Wort. Jochen aus Hamburg ist hin und weg. »Ey, voll knorke, Alter!«

Bogart überlegt noch kurz, ob er etwas dazu sagen soll, etwas wie: »Genau, diese Idee hatte ich auch, und wenn wir sie beide hatten, muss sie ja gut sein.« Er lässt es aber bleiben und tröstet sich mit einer alten Binsenweisheit: »Der Chef ist immer nur so gut wie seine Mitarbeiter.« Auch perfekt zu ergänzen durch: »Den guten Chef bemerkt man gar nicht.« Devot notiert er Ferraris Idee, klappt das Notizbuch zu und bellt: »Und? Was noch?«

Nach sich quälend in die Länge ziehenden Minuten voller »Mhmmm …«, »Schwierig …«, »Tjaaa …«, »Also …«, die allesamt wie die Geräusche eines allmählich, aber unwiderruflich versiegenden Brunnens klingen, des einzigen lebensrettenden Brunnens in einer riesigen Wüste unter sengender Sonne, nimmt Bogart erneut einen Anlauf, und sich ein Herz, und kramt eine weitere Idee, die ihm am Weg zur Arbeit eingefallen ist, aus seinem Hirnkasten.

»Wie wäre es denn mit …«

»Ey, Alter! Ich sage nur: Drohnen!«, meint jetzt Jochen aus Hamburg und damit genau das, was Bogart gerade sagen wollte, der sich das Ungesagte nun sagenhaft in die wenigen Haare schmieren kann, die ihm noch verblieben sind.

»Wollte ich mal in meiner vorigen Agentur machen, ist am Kunden gescheitert«, muss Ferrari jetzt klarstellen, dass er die Idee auch schon hatte, aber damit auch zugeben, dass sie genial ist, sonst hätte er sie erst gar nicht gehabt.

»Und was machen die Dings, die Drohnen?«, fragt Kowalski richtiggehend neugierig.

»Sie fliegen, Kowalski. Wie alle Drohnen«, antwortet Bogart etwas resignierend.

»Und sie sehen aus wie … Würste!« Ferrari schaltet einen Gang höher, um Bogart endgültig abzuhängen.

»Ey, geil, Alter!«, ruft Jochen aus Hamburg.

»Würste, die zu den Konsumenten fliegen … zu …«, meint Ferrari und sucht noch nach adäquaten Destinationen.

»Picknickplätzen, auf die Donauinsel, zu Open-Air-Konzerten und Festivals …«, leiert Bogart herunter, was ihm schon am Morgen eingefallen ist. Ferrari quittiert das Gesagte mit einem »… zum Beispiel!«, das so klingt wie »Brav, Bogart, manchmal kommt von dir ja auch was Brauchbares«.

»Fliegende Würste sind super«, gibt nach einiger Zeit, in der sich noch alle wie Schweine im Trog des Nachhalls der letzten Idee suhlten, Kowalski zu – als ob darauf jemand gewartet hätte. »Aber Würste isst man ja, das ist ja das Tolle daran«, setzt er nach.

»Echt jetzt?«, erwidert Ferrari. »Wer hätte das gedacht!«

»Und was willst du uns damit sagen?«, fragt Bogart schon konstruktiver.

»Na ja … vielleicht … vielleicht kann man virtuell Wurst essen …«

»Mhm … jaaa, klingt interessant …«, meint Jochen aus Hamburg.

Ferrari scheint einen Moment irritiert ob der Möglichkeit einer weiteren brauchbaren Idee zu sein, die nicht aus seiner Ecke kommt, einen Moment, den Bogart geistesgegenwärtig ausnützt, indem er voll aufs Gas steigt.

»Ganz einfach: Mit jedem Klick isst man quasi ein Stück Wurst beziehungsweise schneidet sich ein solches von der Stange herunter … Und diese Stange sieht man auf der Website oder auf einem Online-Banner … Alle, die mitessen, also klicken, können am Ende, mit etwas Glück, echte Würste essen.«

Ferrari bleibt die Luft weg, Bogart stößt sie aus und bremst sich im Ziel gemächlich ein. Das Überholmanöver hat gesessen, Jochen aus Hamburg spendet Applaus.

»Ey, voll krass, Alter!«

12:30 UHR SACKLPICKER

Es ist bereits 12:30 Uhr, als Bogart wieder an seinen Platz zurückkehrt und der Vormittag, dieser Vormittag, damit auch schon unwiederbringlich verloren scheint. Immerhin, denkt Bogart, habe das Brainstorming ein paar brauchbare, ja durchaus herzeigbare Ideen hervorgebracht, was keineswegs selbstverständlich ist. Während er eine gute Viertelstunde E-Mails liest und beantwortet, geistig Termine und Aufgaben memoriert, notiert und gleich wieder verschiebt, blickt er sich gelegentlich in der Kreation um und muss wieder einmal feststellen: Es scheinen nie alle gleichzeitig anwesend zu sein. Oder, mit anderen Worten: Ständig fehlt jemand – zurzeit Kowalski und Pfeifer. Es wäre durchaus interessant zu wissen, ob das statistisch üblich und daher akzeptabel oder vielmehr auf eine zu lasche Arbeitsauffassung und -einstellung zurückzuführen sei. Da aber wackelt schon Pfeifer bei der Tür herein, das heißt, sein Kopf wackelt, er schwebt beziehungsweise schlurft so geschmeidig über das Parkett, dass man keine Schritte wahrnimmt, und sollten seine Füße den Boden überhaupt berühren, würden sie vermutlich mehr wischen als schreiten, vielleicht sogar den Boden aufwischen, was ja keinesfalls unpraktisch sei. Wo Pfeifer denn gewesen sei, liegt es Bogart schon auf der Zunge, dann schluckt er die Frage aber hinunter, kann er es doch selbst nicht ausstehen, wenn Vorgesetzte ständig ihre Mitarbeiter kontrollieren.

Pfeifer schlurft also zu seinem Platz, setzt sich und berührt, wie üblich, die Tastatur seines Computers. Mehr hat er nicht gebraucht, denn augenblicklich hebt ein ohrenbetäubendes Hundegebell an, das Pfeifer erschrocken die Augen aufreißen, rollen und ihn ein fragendes »Ggll?« absondern lässt.

»Was ist denn das für einer?«, so die geistesabwesende Reaktion von Prinzessin Mia, die unverwandt auf ihren Bildschirm starrt, um dort Eiscremepackungen zu gestalten.

»Das ist ein Kleiner, das hört man an der hohen Stimmlage. Vielleicht ein Chihuahua …«, meint Patty belehrend.

»Blödsinn. Der klingt genau wie die Promenadenmischung meiner Mutter. Ein Jack Russell … und noch irgendwas«, mischt sich Ferrari ein. Währenddessen bellt das anonyme Hundsvieh unverdrossen weiter.

»Keine Ahnung, was das ist, jedenfalls ist es auf meinem Bildschirm!«, empört sich Pfeifer.

»Wo?«

»Was?«

»Wie?«

Und schon stürmen alle zu Pfeifers Computer, um sich die Quelle des infernalischen Lärms anzusehen. Dort jagt, mit heraushängender Zunge, die Animation eines jungen Hundes, unentwegt bellend, über den Bildschirm, sabbert diesen an und pinkelt tatsächlich sogar in eine Ecke.

»Neeein!«, entfährt es Ferrari.

»Ooooch … der ist ja ursüß!«, ruft Mia aus.

»Sagte ich es doch: ein Kleiner …«, beginnt Patty.

»Aber kein Chihuahua.« Ferrari muss wieder recht haben.

Jetzt reißt Bogart der ohnehin dünne Geduldsfaden. »Ist mir scheißegal, was das für einer ist, sorgt dafür, dass er zu bellen aufhört, verdammt noch einmal!«

»Ggll … glaube, der reagiert auf Lärm!«

»Auf seinen eigenen, oder was?« In seinem Ärger begreift Bogart nicht gleich, worauf Pfeifer hinauswill.

»Ggll … auf unseren, seid mal alle still!«

Und tatsächlich verstummen auf Pfeifers Kommando jetzt alle, worauf zweierlei passiert. Erstens hört der Hund auf Pfeifers Schirm zu bellen auf, zweitens hört man ein leises, unterdrücktes »Gnihi«, gefolgt von einem »Tihi« sowie einem »Hihi«, und alle drei Geräusche scheinen aus der Technikabteilung nebenan, zu der die Tür einen Spalt breit offen steht, zu kommen.

Pfeifer erhebt sich ruckartig von seinem Sessel (eine derart energische Bewegung hätte man ihm gar nicht zugetraut), geht zur Tür, die in die Technikabteilung führt, öffnet jene ganz und sagt zu den dort arbeitenden Programmierern Folgendes: »Sacklpicker!« Nicht mehr und nicht weniger …

Daraufhin schließt er die Tür, geht zu seinem Platz zurück und setzt sich wieder. Die »Gnihis«, »Thihis« und »Hihis« im Nebenraum setzen wieder ein, diesmal durchaus unverschämt ungehemmt.

»Was ist ein Sacklpicker?«, fragt Patty, die für dieses Wort vermutlich zu jung ist.

»Ein Tütenkleber«, meint Ferrari, dem schlagartig sein Alter bewusst wird.

»Tütenkleben war früher eine Häftlingsbeschäftigung, es heißt also irgendwie auch *Verbrecher.*«

»Sagt mal, brennt bei euch eine Hanfplantage?«, schreit Bogart jetzt nach nebenan. Und es kommt, wie es kommen musste: Der Hund beginnt wieder zu bellen – eigentlich handelt es sich eher um ein Kläffen. »Löscht das Ding *sofort* wieder von Pfeifers Schirm, bevor ich Geiseln nehme!«

»Echt jetzt? Aber er ist doch so flauschig!«, raunzt Prinzessin Mia traurig.

»Dann nimm ihn dir mit nach Hause, hier kann er nicht bleiben!«, gibt sich Bogart unerbittlich.

Schon spaziert, mit unschuldiger Miene, Jochen aus Hamburg aus der Technik herein und fragt: »Ey, kann ich helfen?«

»Frag nicht so dumm, sondern mach das weg!«

»Also ich war's ja nicht, aber ich kann mal schauen, was sich machen lässt.« Und in Windeseile hat Jochen aus Hamburg den Dezibel-gesteuerten Hund von Pfeifers Computer deinstalliert.

»Aber süß war er schon!«, seufzt Prinzessin Mia und macht sich, wie die anderen, wieder an die Arbeit. Ein paar Minuten später öffnet sich erneut eine Tür, diesmal jene zum Gang, und Seifensieder steckt seinen kurz geschorenen Schädel in die Kreation.

»Alle ins Große Konfi. Sofort!«

12:45 UHR
HOLLA, DIE WALDFEE!

Während innerhalb weniger Minuten sämtliche Mitarbeiter im für die Größe der Agentur eigentlich bereits zu kleinen Großen Konferenzzimmer eintreffen, beobachtet Bogart, der als einer der Ersten gekommen ist, Rudi, den Chef, am anderen Ende des Raumes. Der Geschäftsführer steht, die Hände auf die Rückenlehne eines Stuhles gestützt, und blickt zu Boden, als ob dort geschrieben stünde, was er seinen Mitarbeitern nun mitzuteilen hat. Es ist nichts Gutes, es ist nichts Einfaches, es ist nichts Alltägliches, das sieht Bogart gleich, sieht es am Blick des Chefs, an dessen gebückter Körperhaltung, an dessen Fingern, die krampfartig die Lehne umklammern, als brauche er etwas, irgendetwas, an das er sich jetzt klammern, das er jetzt oder jetzt noch festhalten könne.

»Sind alle da?«, fragt Rudi mit bleicher Miene. Er richtet sich hinter seinem Stuhl auf und den Blick auf die Versammelten, versucht anscheinend, ob er auch ungestützt noch stehen und seinen Leuten in die Augen blicken kann, und setzt, als kurz darauf der letzte Mitarbeiter erschienen ist und der erste bereits ein Fenster geöffnet hat, mit einem tiefen Luftholen fort:

»Ich habe … leider eine … tragische Nachricht für euch …« Er senkt den Blick erneut zu Boden, sucht Worte, zumindest halbwegs passende, angemessene. Die Männer und Frauen im Raum halten den Atem an und holen ebenfalls noch einmal tief Luft, man könnte meinen, sie befürchteten, in wenigen Sekunden nicht mehr dazu zu kommen. Rudi hebt wieder den Blick, er ist glasig, so hat man den Chef noch nicht gesehen. Und nun spricht er die Worte, an die sich alle Anwesenden sehr lang, die meisten ihr Leben lang, erinnern werden:

»Ich habe soeben erfahren, dass Cate Blanchett (er verwendet hier ihren richtigen Namen, der aber für uns nichts zur Sache tut) gefunden wurde … tot … in unserem Innenhof.«

Wie können wir uns diese Szene vorstellen? Wie eine Szene in einem Film vielleicht, nämlich im falschen, zumindest sieht sie Bogart so, sieht sich selbst darin so, als Protagonist, der nicht weiß, wie er da hineingeraten ist. Eine Szene, die in Zeitlupe abläuft und in klassischem 2D, denn Bogart, wir haben es schon gehört, sieht ja kaum dreidimensional. Eine Szene, die, wie die meisten Filmszenen, aus mehreren Einstellungen besteht. Da wäre einmal die Totale, der ganze Raum, alle Mitarbeiter, nach Rudis letzten Worten mehr oder minder erstarrt in ihrer jeweiligen Bewegung oder Körperhaltung, beim Dem-Nachbarn-etwas-Zuflüstern, beim Hochrecken-des-Kopfes-um-über-Vordermann-und-Vorderfrau-zu-sehen, beim Notizen-für-anstehende-Projekte-Überfliegen, beim Nasenbohren. Und dann gibt es noch die Nahaufnahmen, die Close-ups, welche Bogart jetzt nacheinander wahrnimmt und die mit ihren Bewegungen die Starre der Totale ablösen, auflösen.

Das Eichhörnchen, dem die Tränen in die Augen und aus dem Gesicht schießen, stammelnd: »Was, das … das ist nicht wahr … das kann doch nicht wahr sein …« Entsprechend ihrem Naturell ist ihre Reaktion die erste, aber sie spricht nicht, wie üblich, im Zeitraffer, sondern in normaler Geschwindigkeit, oder aber sie spricht, wie gewohnt, schneller und Bogart nimmt es nur in Zeitlupe wahr. Er weiß es nicht und wir auch nicht, aber natürlich ist das in diesem Moment völlig egal.

Pfeifer, dessen Kopf, nachdem er bei Rudis Worten scheinbar eingefroren ist, nun wieder zu wackeln beginnt, unschlüssig, ziellos, während seine Augen, die ansonsten eher im Halbkreis nach oben rollen, nun unten hin- und herschwingen, gleichfalls verlangsamt, wie zwei Gewichte, die sich sogleich am tiefsten Punkt einpendeln werden.

Prinzessin Mia, deren Augen und Mund, auf den sich gleich ihre rechte Hand legen wird, sich unendlich langsam synchron öffnen, während die linke, scheinbar Halt suchend, nach ihrem linken Haarbommel greift. »Oh … mein … Gott!«, hört Bogart hinter Mias Hand hervor, hört es – wie von einem Tontechniker für einen Radio-Spot um 50 Prozent verlangsamt.

Seifensieder, der den Kopf senkt und dabei gleichzeitig einzieht wie eine Schildkröte in Gefahr, das Ei zwischen seinen Schultern noch mehr in den haushohen blütenweißen Kragen zieht und sich dabei mit der Linken über die Schale, also Glatze fährt, als müsse er sich versichern, dass sein Kopf noch dort sitze, wo er hingehöre. Dabei schließt er die Augen, hofft vielleicht, dass, wenn er sie gleich wieder öffnet, der Film zu Ende, er aus diesem makabren Traum erwacht ist.

Jochen aus Hamburg, der noch blasser und dünner wirkt, als er es als strenggläubiger Veganer, Nichtraucher und -trinker ohnehin ist, ja der in Bogarts zweidimensionalem Film fast nur mehr eindimensional erscheint, ein Strich auf einem Stuhl, ein Strich mit ungläubig geöffneten Augen und Mund, dem nun ein leises »Nee, näh« entweicht wie die letzte Luft aus einem ausgemergelten Luftballon.

Patty, der langsam, ganz langsam, die Augen zufallen, der Kopf nach vorn auf die Brust fällt, selbst das in Zeitlupe, und deren Oberkörper, wie eine Marionette, der man die Fäden durchgeschnitten hat, darauf unweigerlich auf den Tisch knallen würde, würde ihr jetzt nicht ein Nachbar geistesgegenwärtig seinen Ellbogen in die Seite rammen, worauf sie aus der Übersprungbewegung erwacht.

Und Ferrari: Ferrari, der an der dem Chef gegenüberliegenden Wand des Raumes auf seinem Stuhl, auf dem er bis jetzt mit auf den Knien aufgestützten Ellbogen und nach vorn gelehnt gesessen ist, nun nach hinten sackt, die Hände auf die Schenkel fallen und ein würdiges, nämlich denkwürdiges Wort verlauten lässt, ein Wort, das eigentlich aus dreien besteht, die er aber so schnell hintereinander ausspricht, dass sie sich wie ein einziges anhören, so laut, dass es auch der Boss und alle anderen hören, ja hören müssen: »Holla, die Waldfee!«

Ferraris Wortmeldung zerplatzt im Raum wie eine Wasserbombe, die Kolleginnen und Kollegen an seiner Seite werden von ihr angespritzt und zucken leicht zusammen, ein paar Tropfen fliegen bis in Rudis Gesicht, der darauf den Blick zu Ferrari wendet, einen Blick, der sagt: »Danke, Ferrari! Danke für diese überaus passende, pietätvolle Wortmeldung. Sie ist genau die richtige Reaktion auf diese Situation.«

Den Kolleginnen und Kollegen von Ferrari ist dessen Reaktion freilich vollkommen egal, die meisten werden sie nicht einmal wahrgenommen haben. Als sich gerade die ersten Münder öffnen, um die ersten Fragen zu stellen, fährt Rudi fort:

»Noch kann man nichts zur genauen Todesursache sagen … Cate wurde vor circa einer halben Stunde von einer Hauspartei gefunden … im Hof … offenbar zu Tode gestürzt … vermutlich von der Raucherterrasse …«

»Ist es …?«

»War es …?«

»Und was …?«

»Aber …«

Und jetzt trudeln sie ein und sprudeln hervor, zaghaft, verschreckt, stammelnd vorerst, aber rasch bestimmter, aufgeweckter, artikulierter, die ersten Fragen, und es werden im Laufe des Tages unzählige werden. War es ein Unfall, Mord oder Selbstmord? Wer habe die Blanchett gefunden? Wann genau sei das passiert? Wo sei die Polizei? Und so weiter und so fort.

»Bitte habt Verständnis, dass ich im Moment wirklich nicht mehr dazu sagen kann …«, verlautbart Rudi nun etwas gefasster. »Die Ermittlungen laufen gerade an. Dazu ein paar wichtige Dinge: Wir haben seit ein paar Minuten ein paar Polizisten unter der Leitung eines gewissen Chefinspektor Vogel im Haus. Bitte antwortet auf ihre Fragen. Vermutlich werdet ihr alle im Verlauf des Tages einzeln befragt werden. Solltet ihr daher das Haus verlassen, zum Beispiel, um etwas zu essen zu holen, sprecht das mit den Polizisten ab, vor allem, wann ihr wieder hier seid. Die Gespräche werden im Kleinen Konfi im ersten Stock stattfinden, das dafür den ganzen Tag gesperrt ist, und vermutlich parallel in einem zweiten Raum. Des Weiteren den ganzen Tag gesperrt sind der Hof sowie die Raucherterrasse … und Cates Schreibtisch. Ich muss euch bitten, dort ab sofort nichts mehr zu berühren, ja einen Bogen um ihren Arbeitsplatz zu machen.«

Jetzt gesellt sich ein Unbekannter an Rudis rechte Seite, den dieser mit einem Blick ansieht, den man mit »War das so in Ihrem Sinne?« sowie »Und den Rest erklären bitte Sie« übersetzen könnte. Der Mann neben dem Geschäftsführer könnte der Postbote sein, ein Heizungstechniker oder der neue Masseur, aber es ist Chefinspektor Vogel des Landeskriminalamts, in Zivil, wie das bei seinesgleichen so üblich ist. Er sieht derart durchschnittlich und unauffällig aus, dass er sich kaum beschreiben lässt, daher lassen wir das konsequenterweise hier auch bleiben. Vogel wiederholt im Wesentlichen, was Rudi schon verlautbart hat, vielleicht mit der einen oder anderen Variation oder Präzisierung, zudem gibt er den Geschehnissen und Anordnungen so etwas wie einen amtlichen Anstrich, als ob es den jetzt gebraucht hätte. Im Hof werde nun der Fundort der Toten genauestens untersucht, man solle sich daher nicht schrecken, wenn man Männer und Frauen in weißen Overalls im Hause oder in den Gängen antreffe, wobei man diesen Anblick vermutlich ohnehin schon aus dem Fernsehen kenne. In etwa einer halben Stunde würden die Einzelbefragungen beginnen. Er, Vogel, würde dazu jeweils den Geschäftsführer, Rudi, bitten, die jeweils zu Befragenden von ihren Plätzen zu holen. Wer das Haus verlassen wolle, solle bitte unbedingt zu Vogels Kollege, Bezirksinspektor Krampfinger, kommen, seinen Namen sowie Abgangs- und Wiederkehrzeit angeben. Im Übrigen bitte er die Anwesenden, das Büro nur zu verlassen, wenn es unbedingt notwendig sei, zum Beispiel für wichtige Kundentermine. Und keine Sorge, abends könnten vermutlich alle zu normalen Zeiten nach Hause gehen. Nach wenigen Minuten empfiehlt sich der Chefinspektor, um wieder seiner Ermittlungsarbeit nachzugehen.

Bevor es dank weiterer Fragen, die jetzt laut werden, zu laut für seine Stimme wird, erhebt Rudi diese nun noch einmal:

»Bitte bleibt ruhig, diese Besprechung ist noch nicht zu Ende.« Dabei hebt er die Arme wie ein gütiger Priester, um nicht zu sagen der Heilige Vater.

»Was nun die anstehende Arbeit betrifft … Ich muss es leider sagen, auch wenn es für euch sicher nicht leicht ist, aber glaubt mir, für mich auch nicht … Diese Arbeit muss leider gemacht werden … Es gibt Produktions-Deadlines und es steht eine immens wichtige

Präsentation an.« Und schon setzt, wie das Amen im Gebet der Gläubigen vor dem Papst am Petersplatz, ein Staunen und Raunen ein, das erneut beschwichtigender Worte und Gesten bedarf.

»Ihr werdet euch jetzt vielleicht fragen, warum wir die Präsentation nicht verschieben oder sogar absagen. Das kann ich euch sagen: Erstens, weil dieser Termin für den Kunden der letztmögliche ist, wir wollten sie nämlich schon vorige Woche aus anderen Gründen verschieben, und man hat uns geantwortet, dass das völlig unmöglich sei. Wenn wir diesen Termin nicht wahrnehmen können, können wir eben nicht an der Präsentation teilnehmen. Zweitens: weil der Gewinn dieses Kunden für unseren heurigen Jahresabschluss von größter Bedeutung ist. Gewinnen wir ihn, sind wir vermutlich unsere Sorgen für heuer los. Gewinnen wir ihn nicht … nun lassen wir das jetzt einmal, und denken wir positiv.«

»… sind wir vermutlich unsere Sorgen für heuer los …« und »… denken wir positiv …«, hallen Rudis Satzwindungen in Bogarts Hirnwindungen nach, und er überlegt, was jene eigentlich bedeuteten, bedeuten könnten und wie sie zur jetzigen Situation passten, um sich die Antwort gleich selbst zu geben, nämlich: wie die Faust aufs Auge. Blanchetts sogenanntes Tagesgeschäft würden jedenfalls Seifensieder und das Eichhörnchen übernehmen, wie der Chef meinte, dazu gebe es im Anschluss gleich ein Meeting, an dem er natürlich auch teilnehmen werde. Die Leitung der übermorgigen Präsentation hingegen werde er selbst übernehmen, mit Blanchett dazu bereits vereinbarte Termine würden nun mit ihm stattfinden. Ansonsten bitte er darum, alle nicht dringenden Projekte so weit wie möglich nach hinten zu verschieben, als ob das, denkt Bogart, nicht ohnehin ständig vonnöten, also der Normalfall sei.

»Das wär's vorerst. Danke euch!«, beendet Rudi seine Ansprache. Die Sätze davor hat Bogart verpasst, nicht gehört, als hätte jemand den Filmton zuvor ab- und jetzt erst wieder aufgedreht. Langsam erheben sich die Männer und Frauen von ihren Plätzen, sehen sich an und im Raum um, als suchten sie den Ausgang, stoßen zusammen und gegen Stühle – wie ein sauber sedierter Hühnerhaufen. Bogart bleibt noch sitzen, versucht sich zu konzentrieren, auf irgendetwas zu konzentrieren, zum Beispiel darauf, was er als Nächstes machen sollte, müsste. Vielleicht mit seinem Team reden, etwas zu essen holen oder einfach aufs Klo gehen. Allein diese Konzentration will sich nicht einstellen, denn jetzt taucht in seinem Film jemand auf, den er gar nicht sehen kann, sich dafür aber vorstellen muss: die Blanchett, auf dem Asphalt in ihrem Blut liegend, die Augen erstaunt in den Himmel gerichtet, als wenn sie dort, als letztes Ereignis ihres kurzen Lebens, eine Wurst fliegen gesehen hätte. Und dann ist Bogart allein mit Rudi, der, die Hände wieder auf eine Stuhllehne gestützt, aus dem Fenster blickt. Vielleicht sieht er die Account-Direktorin gerade fallen, in Superzeitlupe, so langsam, dass sie dem Chef – und er ihr auch noch – in die Augen blicken kann.

»Wir müssen da durch, Bogart …«, sagt Rudi jetzt unvermittelt und unendlich kraftlos, ohne den Blick vom Fenster zu nehmen. »Irgendwie müssen wir da durch …«

13:15 UHR SCHMAFU

In einer Art Übersprunghandlung (Pattys Schlafattacken also prinzipiell nicht unähnlich) beschließt Bogart, Essen zu holen. Von Hunger kann noch keine Rede sein, die Wurst liegt Bogart gleich in doppeltem Sinne im Magen, aber er glaubt, dass ihm etwas frische Luft, so frisch sie innerhalb des Wiener Gürtels eben sein möge, guttun würde. Auf dem Gang trifft er auf MC Badawi, Kundenberater im Team von Seifensieder und Nebenerwerbs-Discjockey, dem das soeben vom Chef gehörte Unerhörte gehörig ins Gesicht geschrieben steht. Ob er, Badawi, etwas von »Schmafu« haben möchte? Bogart gehe jetzt dorthin, um sich eine Nudelbox zu holen. Sollte Bogart, meint Badawi darauf, »Shang Fu« meinen … danke, das sei nett, aber dorthin schaue er ohnehin selbst, und er habe schon die Kollegen gefragt, ob er ihnen etwas mitnehmen solle. Ja, *das* meinte Bogart – in der Kreation »heißt diese Bude nur ›Schmafu‹«, ergänzt er. Und dann komme er einfach mit, er müsse wieder einen klaren Kopf bekommen, sofern das heute überhaupt noch möglich sei. Zuerst müsse man sich aber wohl noch bei der Polizei abmelden. Daraufhin suchen die beiden ein paar Minuten nach Chefinspektor Vogel, der, schließlich gefunden, seinen Kollegen Krampfinger herbeiholt, damit dieser sich die Namen der beiden Mitarbeiter sowie die Uhrzeiten von deren Abgängen sowie jene ihrer vermutlichen Wiederkehr notieren könne.

»Was denkst du?«, fragt MC Badawi, kaum dass sie das Haus Richtung asiatischem Lokal, welches keine fünf Minuten entfernt liegt, verlassen haben. »Unfall? Mord? Selbstmord?«

»Keine Ahnung … Unfall kann ich mir schwer vorstellen … Es ist zwar ziemlich stürmisch heute, aber die Blanchett war ja nicht leichtsinnig. Dass es die über das Geländer geweht hat …«, antwortet Bogart nachdenklich.

»Also Mord oder Selbstmord …«

»Was anderes bleibt wohl nicht übrig …«

»Aber depressiv hat die doch wirklich nicht ausgesehen …«

»Wie sehen Depressive aus, Badawi? Weißt du es?«

»Ein Wahnsinn …«, übergeht dieser geflissentlich Bogarts Frage, »… da ist man echt sprachlos.« Worauf er sich gleich erneut selbst widerspricht und fortfährt: »Aber … wenn es Selbstmord war, hätte sie dann nicht irgendetwas hinterlassen … einen Abschiedsbrief oder so …«

»Vielleicht hat sie ja … Die untersuchen gerade.«

»Und wenn es keiner war, kein Selbstmord … dann … dann …«

»… dann ist es nicht unwahrscheinlich, dass es einer von uns war …«, ergänzt Bogart und spricht damit das Ungeheuerliche, bis dato Undenkbare und dennoch vollkommen Logische, das seit Rudis Erklärung nur darauf gewartet hat, endlich an Licht und zu Gehör zu gelangen, aus – als räume er lediglich ein, dass einer von ihnen, von ihren Kolleginnen und Kollegen, versehentlich den Zuckerbehälter beim Kaffeeautomaten ausgeschüttet habe.

MC Badawi schüttelt, die Hände in den Jackentaschen, resigniert den hängenden Kopf. Der in den letzten Stunden entstandene und stetig stärker werdende Bartschatten macht ihn noch blasser. Er wirkt nun wie ein Drogenabhängiger, dem die Sucht, vielleicht aufgrund reicher Eltern, noch genug Geld für anständige Markenkleidung gelassen hat. Iran? Irak? Saudi-Arabien? Wo MC Badawi wohl herkommt, beziehungsweise seine Eltern, fragt sich Bogart wieder einmal, denn jedes Mal, wenn es ihm Badawi erzählt, vergisst er es sogleich wieder. Eine Ungebührlichkeit, eine Geringschätzung, für die sich Bogart jetzt, wie schon viele Male zuvor, ein bisschen schämt.

»Wie war sie so … in der Zusammenarbeit?«

»Na ja, ich bin ja schon länger in einer anderen Gruppe«, weicht MC Badawi aus.

»Und davor, als du noch bei ihr warst?«

»Frage nicht«, gesteht der Kundenberater und lächelt mit leidendem Blick.

»Kann ich mir vorstellen ...«

»Du hast ja selbst täglich mit ihr zu tun ... gehabt.«

»Allerdings ...«

Als ob es jetzt, wie bei einem Begräbnis, angezeigt wäre, wird circa eine Minute lang pietätvoll geschwiegen.

»Und das Eichhörnchen?«, bohrt Bogart darauf weiter.

»Keine Ahnung ... Ist, glaube ich, mit sich selbst genug beschäftigt ... Wird aber auch ihr Fett abbekommen haben ...«

Da ist man auch schon bei »Shang Fu« angekommen, einem asiatischen Restaurant, in das man am besten, wie es Bogart einmal formuliert hat, nach der Colin-Powell-Doktrin für Kriege marschiert: mit einem genauen Plan, was man dort will, um, *wenn* man es hat, so schnell wie möglich wieder abzuhauen. Wände, Tische, Stühle, Lampen, alles schaut nach Erste-Generation-China-Lokal-in-Wien aus, riecht auch danach, und wie es hinter dem Schrebergartenplastiklamellenvorhang, der die Ausschank mit der Küche verbindet, genau aussieht, wagt man sich kaum vorzustellen, oder man möchte es letztlich nicht wissen. In einer Ecke steht wie eine bunte, etwas voluminöse Stehlampe »Meister Schmafu«, also »Shang Fu« persönlich. Es ist schwer zu sagen, ob er seine Angestellten oder die Gäste beobachtet, vielleicht meditiert er aber auch.

»Die Liste, Badawi, hast du sie?«, fragt Bogart schon jetzt ungeduldig.

»Einen Augenblick ...« Es beginnt das übliche Suchen nach der Liste mit den Wünschen der Kolleginnen und Kollegen, Badawi fummelt sich durch seine Jacken- und Hosentaschen, um bei der fünften oder sechsten endlich fündig zu werden.

»Also, da hätten wir mal ... Sag, kannst du das lesen, Bogart?«

»E – N – T – E.«

»Passt! Seh ich auch so ...«

»Aber *welche* Ente?«

»Ja ... Ente eben!«

»Herrschaftzeiten, hier gibt's mindestens vier verschiedene Enten. Und alle mit Reis oder Nudeln. Macht acht Möglichkeiten ...«

»Ich glaube, es ist normale Ente. Und alle wollten Reis.«

»*Ich* mag Nudeln! Und was ist ›normale Ente‹?«

»Na, knusprige Ente. Mit Reis.«

»Und wieso glaubst du das?«

»Na, weil das Pfeifer immer nimmt, und das ist die Bestellung von Pfeifer!«

Nach einigen Minuten hat man auch die restlichen vier Speisenamen dechiffriert.

»Also … wir hätten gern Folgendes …«, liest MC Badawi der Kellnerin hinter dem Tresen vor. »2 × normale Ente, 1 × Ente Szechuan, 2 × Ente Shang Fu … Alles mit Reis, ›normalem‹ Reis.«

»Verdammt, die Szechuan-Ente mit gebratenen Nudeln!«

Die Kellnerin sagt: »Okayyy, mit Nudeln. Vielen Danke!« Sie grinst, deutet eine Verbeugung an und dreht sich zum Plastiklamellenvorhang um. Durch diesen schreit sie nun, in einer von Bogart und MC Badawi nicht im Geringsten zu verortenden asiatischen Sprache, die gewünschten Gerichte mit einer derartigen Lautstärke und Geschwindigkeit in den Küchenorkus, dass es die Lamellen in dessen dunstige Dunkelheit weht.

Es folgen ein paar Minuten beklemmenden Wartens, in welchen Bogart versucht, die Aufschrift auf einer Chili-Flasche am Tresen zu entziffern, und MC Badawi sich mit einem Paar Essstäbchen aus einem Behälter zur freien Entnahme spielt.

Die Blanchett liegt tot im Hof und wir warten auf Ente, denkt Bogart. *Irgendeinen Sinn muss das einfach haben.* Wie um seine Gedanken zu bestätigen, schiebt nun eine unsichtbare subalterne Existenz hinter den Schrebergartenlamellen einen unbedruckten weißen Plastiksack über den Tisch, der die beiden Reiche, jenes des Dunstes des Dampfes und der Dunkelheit jenseits des fettigen Vorhanges sowie jenes der Kunden, der Kellnerinnen und des Kaschemmenklimas diesseits davon, miteinander verbindet.

»So, bitte schön.« Die Kellnerin präsentiert den Sack, als wäre er eine Gottesgabe, öffnet ihn und liest die für Bogart und Badawi völlig unverständlichen Zeichen respektive Wörter von den Deckeln ab: »1 × Ente Szechuan, 4 × Ente Shang Fu. Alles mit Nudeln.«

Badawi *(unsicher):* »Mhm …«

Bogart *(unwirsch):* »Mhm!«

»Ich glaube, da ist was nicht ganz richtig«, wirft Badawi kleinlaut ein.

»Ich glaube, da ist *einiges* nicht ganz richtig«, wirft Bogart der Kellnerin großspurig vor.

»Ist alles richtig, wie haben bestellt: 1 × Ente Szechuan, 4 × Ente Shang Fu. Alles mit Nudeln«, verteidigt sich die Kellnerin, und zwar freundlichst grinsend.

»Wir haben aber 2 × Ente Shang Fu und 2 × Ente normal bestellt«, meint Bogart nun in einem »Süß-saure Suppe«-Tonfall.

»Ja genau, normale Ente ist Ente Shang Fu.«

»Ist knusprige Ente.«

»Ja, ja. Gibt's auch knusprige Ente.«

»Also ist normale Ente doch die knusprige Ente?«

»Nein, nein, ist Shang Fu Ente.«

»Was, die knusprige Ente?«

»Nein, nein, die normale Ente.«

»Aber wir haben doch 2 × Shang Fu Ente bestellt!«

»Ja, ja. Haben bestellt. Und 2 × normale Ente. Ist 4 × !«

»Mhm … das ist jetzt interessant …«, meint Badawi und starrt auf den Plastiksack mit den Nudelboxen.

»Was heißt ›… das ist jetzt interessant …‹? Und überhaupt: Wir haben auch nicht fünfmal Nudeln bestellt.«

»Doch, doch, haben bestellt Nudeln«, tönt und grinst es hinter dem Tresen hervor.

»Aber … ich … wir …«

Da läutet das Smartphone in Bogarts Jackentasche, genauer gesagt: eines der beiden Smartphones. Und wie üblich weiß Bogart nicht, welches es ist, jenes links oder rechts, das private oder das Firmentelefon. Er nestelt zuerst das falsche heraus, flucht, findet schließlich das richtige und nimmt das Gespräch eher drohend als fragend an:

»Ja?!«

»Ggll …«, ertönt es auf der anderen Seite der Leitung.

»Pfeifer. Was gibt's?«, meint Bogart resignierend.

»Ich hätte gern statt normaler Ente … ggll … Acht Schätze Ente.«

Und jetzt hört Bogart einen Schrei, einen lauten Schrei, ein »Ahhhhhhhh«, das nicht aus dem Mobiltelefon, sondern aus seiner Kehle zu kommen scheint, diese jedoch nicht über den Mund verlässt, sondern ihm direkt in den Kopf schießt, um dort wie eine ausgeflippte Flipperkugel kreuz und quer von den Schädelwänden widerzuhallen. Durch diesen Nachhall hört er außerdem MC Badawis Stimme:

»Ich habe eine Idee, Bogart: Zahlen wir einfach.«

14:00 UHR
JA, MUTTER

Auf dem Rückweg vom Asiaten sprechen Bogart und MC Badawi kaum miteinander, irgendwie haben beide in den letzten Stunden vorerst genug zu hören bekommen. Im Übrigen graut ihnen vor dem, was sie in der Agentur erwartet: sprachlose oder darauf los spekulierende Kollegen, bleiche Gesichter, Polizeiverhöre, Chaos und Konfusion. Und, nicht zu vergessen und über allem und allen wie das Schwert des Damokles dräuend: die Wurst.

Zurück in der Kreation, stellt Bogart seine Nudelbox ab, um seine Jacke auszuziehen, da läutet in der rechten Innentasche (diesmal errät Bogart auf Anhieb die richtige Seite) eines seiner Mobiltelefone, nun das private. Schon an der eindringlichen, insistierenden Art des Läutens, bei dem es sich freilich um denselben harmlosen Klingelton wie sonst handelt, vermeint Bogart zu erkennen, nein, ist er sich vielmehr völlig sicher, wer der Anrufer ist, nämlich eine Anruferin: *Mutter.* Er atmet tief durch, überlegt kurz, aber es nützt ja nichts, nimmt er das Gespräch nicht an, meldet sich Mutter in zehn Minuten wieder.

»Ja, Mutter?«

»Bogart! Sag … sind die Fenster eh zu?«

»Welche Fenster, Mutter?«

»Na, deine Fenster!«

»Ich glaube schon … Wieso?«

»Na, weil die doch Regen angesagt haben!«

»Sie sind sicher zu …«

»Aber gerade warst du dir nicht sicher!«

»Aber jetzt bin ich es. Ich erinnere mich wieder, ich habe sie alle vor dem Verlassen der Wohnung zugemacht …«

»Soll ich nicht sicherheitshalber vorbeischauen und …?«

»Nein, Mutter, sollst du nicht.«

»Weil ich doch zufällig gerade in der Nähe bin ...«

»Wie gesagt, sehr lieb, aber absolut nicht notwendig.«

»Oder brauchst du sonst vielleicht was? Ich könnte ...«

»Nein, Mutter, ich brauche wirklich nichts, vielen Dank ...«

»Ist irgendetwas?«

Bogart seufzt, überlegt kurz, ob er mit der Wahrheit herausrücken soll, was aber sollte das schon bringen?

»Es ... nein, Mutter, was soll denn sein?«

»Na etwas, du klingst so anders. Geht es dir gut, Bub, ist alles in Ordnung?«

»Ja, Mutter, mir geht es gut, es ist alles in Ordnung ...«

Während Bogarts Mutter weiter versucht, ihn davon zu überzeugen, dass ein Besuch von ihr nicht nur vorteilhaft, sondern nachgerade überlebensnotwendig für Bogart sei, gerät dieser durch den steten mütterlichen Redeschwall in eine Art Rausch respektive Trance, die ihn, wie unter Einwirkung einer bewusstseinserweiternden Droge, die sich in der Kreation abspielende Szene nur umso deutlicher wahrnehmen lässt:

Zwei der drei in den Innenhof gerichteten Fenster sind sperrangelweit geöffnet, Kowalski und Ferrari beugen sich so weit wie möglich hinaus (man wundert sich fast, dass ihr Schwerpunkt nicht schon außerhalb des Fensters liegt), offensichtlich um zu verfolgen, was im Hof vorgeht, sprich: um ein paar Blicke auf die Leiche der Blanchett und das Ermittlungsteam zu werfen.

Mit Mutters Redeschwallbrühe im rechten Ohr, auf die Bogart gelegentlich und automatisiert mit einem »Ja!«, »Sicher!« oder »Alles ist gut!« reagiert, gelingt es ihm mit dem linken, ab und an Wortfetzen der beiden Kollegen auf dem Fensterbrett zu verstehen. Diese berichten, wie in der griechischen Tragödie Boten oder Diener, vom grauenhaften Geschehen hinter der Bühne.

»Die sehen wirklich so aus wie aus dem Dings, dem Dingsbums, dem Fernsehen!«, ruft Kowalski verzückt.

»Das Blut neben ihrem Kopf hat tatsächlich dieselbe Farbe wie die Sohle ihrer Schuhe«, sagt Ferrari verblüfft.

»Ich glaube, sie sieht zu uns hoch ...«, mutmaßt Kowalski verstört.

»Echt jetzt?«, fragt Mia verdattert.

»Sie sieht nirgendwohin, sie ist tot!«, berichtigt Ferrari verärgert.

»Müssten die mit der Untersuchung der Leiche nicht bald fertig sein?«, meint Kowalski verunsichert.

»Woher willst *du* das wissen, warst *du* schon einmal dabei?«, antwortet Ferrari verächtlich.

Drei, vier weitere Kolleginnen und Kollegen stehen ebenfalls in der Kreation und verfolgen Ferraris und Kowalskis Live-Berichterstattung mit den gebannten Mienen des Bodenpersonals bei der Mondlandung. Sie wagen nichts zu sagen, nichts zu fragen, scheinen allesamt den Atem anzuhalten und starren abwechselnd Kowalski und Ferrari an, je nachdem, wer gerade spricht, am Ball ist, wie bei einem Tischtennis-Match. Der Zutritt zu Hof und Terrasse: verboten! So sind die hofseitigen Fenster der Agentur die einzige Möglichkeit, die Schaulust und Neugier zu befriedigen. Zu schauen gibt es ab der zweiten Reihe vor dem Fenster freilich wenig, dafür Geistreiches zu hören.

»Eine schöne Leiche, irgendwie«, meint Ferrari verzagt.

»Fast noch schöner als zu Lebzeiten«, ergänzt Kowalski verschämt.

Jetzt wird es Bogart aber zu unverschämt, zu bunt, zu laut.

»Mutter, ich muss jetzt wirklich aufhören …!« Bogart versucht, den Schwallbrühehahn vorerst zuzudrehen. Vergeblich, die Quelle sprudelt weiter. Er resigniert, verabschiedet sich mit einem »Ich muss jetzt wirklich Schluss machen, ich melde mich später wieder!« und beendet das Gespräch.

»Sagt mal, habt ihr alle nichts zu arbeiten?«, fragt Bogart verärgert. Da überfällt ihn, heimtückisch, von hinten und ohne Vorwarnung, selbst der Drang, zum Fenster zu stürzen, sich weit hinauszustrecken und die Geschehnisse im Hof mit den Augen aufzusaugen wie einen Pornofilm, den toten, vermutlich verdrehten Körper der Blanchett, ihren im Tod erstarrten Blick in sich aufzunehmen wie ein Kunstwerk, ein Meisterwerk. Ob ihr Mund wohl geöffnet, einer oder beide ihrer Arme vom Körper abgewinkelt sind, wie wohl ihr Haar fällt, welches Muster das Blut um ihren Kopf bildet (vielleicht eine Art Heiligenschein), wie stark ihr

Hosenanzug beschädigt ist, ob die Strümpfe noch sitzen? Fragen über Fragen, die innerhalb von Sekunden in Bogarts Kopf aufplatzen wie Blutgerinnsel, Fragen, von denen man blind werden oder einen Schlaganfall erleiden könnte. Fast körperlich spürt er dieses Verlangen, die Blanchett, oder was von ihr übrig geblieben ist, mit seinen Blicken zu verschlingen, spürt, wie seine Beinmuskulatur nach vorne drängt, es den ganzen Körper in Richtung hofseitiger Wand zieht, wie es diesen weitertreibt, wie wenn er beim Laufsport notgedrungenermaßen bei einer Kreuzung stehen bleiben muss.

»Haben wir … aber das ist gerade nicht ganz leicht …«, seufzt Prinzessin Mia verzweifelt. Sie richtet eine ihrer Bommeln, die seit Rudis Kundgebung irgendwie ein-, ja zusammengefallen zu sein scheinen wie Germknödel nach einiger Zeit auf dem Teller.

»Mir ist schlecht … einfach nur schlecht …«, sagt Seifensieder. Und man ist, angesichts seiner Gesichtsfarbe, geneigt, es ihm zu glauben. Er zieht den Kopf ruckartig tief in den Kragen und schüttelt ihn ein paar Mal, als bekunde er damit seinen Ekel oder sein Unvermögen, die Situation zu verdauen.

»Ggll … jetzt mal essen …«, meint Pfeifer mit haltlos humorvoller Heiterkeit und macht sich daran, seine Lunch Box von »Shang Fu« aus dem Plastiksack, den MC Badawi in der Kreation abgestellt hat, herauszusuchen. Er findet dabei ein Glückskeks, reißt die Verpackung auf, beißt die Hälfte des hohlen Kekses ab, nimmt den zusammengefalteten Zettel heraus und liest ihn allen Anwesenden laut vor:

»Heute wird dein Glück vom Himmel fallen.«

14:15 UHR
ZWEI PAAR SCHUHE

Da stehen sie nun vor dem Kleinen Konferenzzimmer, in welchem sie ihre Gerichte aus dem »Shang Fu« essen wollten, Bogart sowie die Webdeveloperin Katjuschka und Jochen aus Hamburg. Doch in dem winzigen Raum befragt die Polizei gerade einen Kollegen oder eine Kollegin, durch die Milchglastür kann man das weder optisch noch akustisch erkennen, offenbar reden die Personen dahinter sehr leise.

»Wer sitzt da grad drin?«, flüstert Jochen aus Hamburg. Er versucht, die Umrisse hinter der Scheibe einer bestimmten Kollegin, einem bestimmten Kollegen zuzuschreiben.

»Schmant, glaube ich«, antwortet Katjuschka, mit ihren riesigen Augen konzentriert auf die Tür glotzend.

»Neee. Das ist Seifensieder.«

»Blödsinn. Seifensieder ist kleiner.«

»Woran willst du die Größe erkennen? Der sitzt ja!«

»Schmant ist auch im Sitzen größer. Müsstest du wissen, er sitzt dir gegenüber.«

»Schmant ist ein Sitzriese.«

»Eben. Und der da drinnen ist im Sitzen größer als Seifensieder. Also ist es Schmant.«

»Egal. Kommen ohnehin beide dran.«

»Und sollten beide einiges zu erzählen haben, über die gute Blanchett …«

»Was soll das heißen?«

»Und welcher Bulle sitzt da wohl gerade drinnen?«

»Keine Ahnung. Ich weiß nicht einmal, wie viele hier sind.«

»Für die Verhöre drei, glaube ich.«

»Der Vogel …«

»Der Krampfinger …«

»… und ein Schoitl, hab ich gehört …«

»Feitel heißt der«, scheint Katjuschka allwissend, »oder auch Feitl, ich glaub, das ist der da drin.«

»Los, gehen wir, das Essen wird kalt!«, wechselt Jochen aus Hamburg das Thema und damit gleich das Stockwerk. Man weicht in die Küche im Obergeschoss aus. Dort ist man allein, die anderen Kollegen essen anscheinend an ihren Arbeitsplätzen, im Stiegenhaus, auf der Toilette oder weiß Gott wo. Bogart und Katjuschka öffnen ihre Kartonboxen, nehmen die Essstäbchen aus der Papierhülle und stochern sogleich lust- und orientierungslos in ihren Enten mit Nudeln herum, Jochen in einem von zu Hause mitgebrachten, nicht näher identifizierbaren veganen Gericht in einer Tupperware-Box. Bogart denkt über Katkuschkas Blanchett-Bemerkung nach und sich durchaus etwas dabei, allein es will in seinem Kopf nicht so richtig Gestalt annehmen.

Dass Katjuschka – die in Wirklichkeit Katja heißt, ein Name, den sie abgrundtief verachtet – statt Reis Nudeln erhalten hat, scheint diese nicht einmal zu bemerken, und falls doch, dürfte es sie heute kaum stören. Will man sich Bogarts Kollegin vorstellen, denkt man am besten an Woodstock, Snoopys gefiederten Freund, trägt sie doch ihre Haare wie der gezeichnete Kanarienvogel: dottergelb und nach oben wie hinten abstehend. Ansonsten trägt sie, wie üblich, ein weißes geripptes Trägerunterhemd, auch Tanktop genannt, etliche Tätowierungen (»There'll be no sadness, no sorrow« liest Bogart auf ihrem linken Unterarm und »Quod me nutrit me destruit« auf dem rechten Oberarm) sowie, so will es die Legende, ein künstliches Gebiss, seit sie einen Eishockey-Puck mit den Zähnen gefangen hat, was ein Tor der gegnerischen Mannschaft verhindert haben soll. Da sie bei einem Fußballtraining für ein Agenturturnier MC Badawi einmal mittels eines Bodychecks eine Rippe gebrochen hat, sind die meisten Kollegen geneigt, auch die Sache mit dem Puck zu glauben. Ansonsten ist an ihr einiges irgendwie zu groß geraten, die Augen, die Nase, der Mund, Brüste und Hände, würde Bogart sagen, aber alles zusammen in einigermaßen gleichem Ausmaß, sodass sich durchaus ein harmonisches Gesamtbild ergibt.

Jochen aus Hamburg, wie schon erwähnt, lebt so gesund, dass er den Eindruck einer wandelnden Leiche erweckt. Läuft er gegen einen Tisch oder Türstock, macht man sich Sorgen, etwas von ihm, ein Unterarm, ein Fuß, könnte einfach abbrechen. Geht er über ein Kanalgitter, befürchtet man, er könnte durchrutschen. Ist es stürmisch, ist man versucht, ihn an einem Straßenschild festzubinden. Heute trägt er, wie an drei von vier Tagen, an und für sich hauteng geschnittene Jeans, die jedoch um seine Beine schlottern wie Behelfszelte in einem Flüchtlingslager bei Sturm um ihre armseligen Insassen. In seinen Kapuzen-Sweater würde Jochen vermutlich zweimal passen, und selbst wenn er den gesamten Inhalt seines Rucksacks darin transportieren würde, könnte man keine Umrisse davon erkennen. Ob er sich mit der veganen Lebensweise wirklich sicher sei, wird er daher nicht selten gefragt. Die Antwort fällt immer gleich aus: Keine Sorge, er sei es, überaus sogar. Im Übrigen, erzählt er jetzt übergangslos, habe er neulich Energiekugeln ausprobiert und könne diese uneingeschränkt weiterempfehlen.

»Energiekugeln?«, entgegnet Bogart fassungslos.

»Scheiß mich an ...«, meint Katjuschka gleichermaßen.

»Ey, sind richtig geil, Alter, und bringen's voll«, sagt Jochen missionarisch.

»Und aus was sind die?«, fragt Katjuschka neugierig.

»Aus Trockenfrüchten und Haselnüssen. Gibt's aber auch mit Kokos und anderem Zeugs.«

»Aha«, bemerkt Bogart, als ob ihn die Angabe der Inhaltsstoffe tatsächlich interessieren, gar überraschen würde. Damit weiß man jetzt über die Existenz von Energiekugeln Bescheid und kann wieder lustlos im Essen umrühren.

»Aber die Schuhe waren schon scharf«, bekennt Katjuschka umrührend.

»Welche Schuhe?«, fragt Jochen mampfend.

»Na die von Blanchett. Ist mir aufgefallen, weil die normalerweise in der Agentur nicht mit Mörderabsätzen herumläuft.«

»Woher weißt du überhaupt, welche Schuhe die heute anhatte?«

»Hab ich gesehen, wie sie in die Agentur gekommen ist. War ja fünfzehn Zentimeter größer damit. Und die rote Sohle fällt auch auf.«

»Unter ihrem Tisch steht ein zweites Paar flache Schuhe.«

Schweigen. Alle drei denken kurz nach, ob dieser Umstand von irgendeiner Bedeutung sein könnte, dann wird dieses Nachdenken aber sehr rasch anstrengend, ja ermüdend, und so lässt man es wieder bleiben.

»Hat die so gut verdient, dass die sich solche Luxusböcke leisten hat können?« Jochen lässt das Thema anscheinend keine Ruhe.

»Woher weißt *du,* dass das Luxusböcke waren?«, meint Katjuschka überrascht.

»Na, hör mal, das weiß man einfach, dass diese schweineteure Marke Schuhe mit roten Sohlen hat!«

»Aber für wen oder was hat sie die Schuhe heute angezogen? Kundenmeeting?«, wirft Katjuschka weitere kriminalistische Fragen auf und ein.

»Wenn Sie in der Früh mit den Killer Heels gekommen ist, wollte sie irgendjemand im Haus, Kunden oder Kollegen, damit beeindrucken. Sonst hätte sie sie ausgezogen, vorübergehend die flachen angezogen und erst zum Beispiel am Nachmittag wieder zu den Stilettos gewechselt.«

»Oder sie wäre gleich in den flachen gekommen, hätte die Luxuspantoffeln in der Handtasche mitgenommen und erst zum besagten Termin angezogen.«

Bogart versucht, sich Katjuschka mit den Stilettos der Blanchett vorzustellen, aber das wird irgendwie nichts. Katjuschka trägt Sportschuhe oder Militärstiefel, und anderes Schuhwerk an der Kampfmaschine übersteigt Bogarts Vorstellungskraft.

Nun wird ihm auch noch heiß. Es liegt vielleicht an der Chili-Sauce in den Nudeln, an dem kleinen Raum, den drei Leute durchaus aufzuheizen imstande sind, oder an der Hitze der Ereignisse. Zudem beginnt seine Arschritze, wie schon beim Aufwachen, wieder zu jucken. Eine Tragödie, wenn man bedenkt, dass sich Bogart im Sitzen und in Gegenwart der beiden Kollegen, noch dazu beim Essen und angesichts der jüngsten Geschehnisse, schlecht mit der Hand am Hintern kratzen kann. Er wetzt also verschämt auf dem Sessel herum und bewegt dabei auch Oberkörper und Arme, um von der Scheuerbewegung seiner Arschbacken abzulenken. Ein jämmerliches, unwürdiges Schauspiel, von dem gnädigerweise zumindest Katjuschka und Jochen nichts mitzubekommen scheinen.

Jochen kratzt sich nun selbst an den Unterarmen. *Vermutlich Mangelerscheinungen*, denkt Bogart, während er das Jucken bei sich selbst einem billigen Duschgel zuschreibt, vor dem ihn schon Freunde gewarnt haben, vergeblich freilich – das Duschgel wurde in den Untiefen des Badezimmers gefunden und muss nun einmal aufgebraucht werden.

Katjuschka stopft sich schweigend die letzten Nudeln und Entenstücke hinein, Bogart wird beinahe gleichzeitig mit dem Essen fertig. Jochen isst nicht auf, zu groß war die Portion für ihn, zumindest heute, der Rest wird wohl noch für das Nachtmahl reichen. Sie packen ihre Boxen und das Besteck zusammen und entsorgen es in der Küche, Jochen verstaut seinen Rest im Eiskasten.

»Sag mal, Katjuschka …«, lässt es Bogart einfach keine Ruhe, »… was ich dich schon lange fragen wollte: Was heißt eigentlich ›Quod me nutrit me destruit‹?«

»Was mich ernährt, zerstört mich.«

Irgendetwas an diesem Satz, seiner Bedeutung und Verwendung als eines von Katjuschkas Tattoos, kommt Bogart bekannt, vertraut, ja logisch vor. Als er darüber nachdenkend die Küche verlässt, erscheint Rudi, noch immer mit bleichem Gesicht, in der Tür seines vis-à-vis gelegenen Zimmers und fragt:

»Bogart … äh … hast du ein paar Minuten für mich Zeit?«

14:35 UHR
RUDI

»Setz dich, bitte!«, fordert Rudi, Bogarts Chef, diesen auf und deutet dabei auf einen der beiden Stühle rund um den kleinen Besprechungstisch in Rudis Zimmer. In diesem befinden sich ansonsten bloß ein kleiner Schreibtisch samt Sessel sowie ein lächerlich winziger Kasten. Der Chef ist weder eitel, noch sammelt er Papier an, und jeder Quadratmeter Büro kostet Geld, teures Geld. Rudis Zimmer liegt, wie die Kreation, hofseitig, allerdings ein Stockwerk über dieser. Bogart fragt sich, wie lange, wie oft der Chef heute bereits aus diesem Fenster in den Hof geblickt hat, als ob er mit seinen Blicken das Ungeheuerliche, das Undenkbare ungeschehen machen könne, die Tote wieder zum Leben erwecken, die nächsten Tage, die kommenden Projekte doch noch retten könne.

»Ich habe lange nachgedacht, Bogart … seit ihrer Entdeckung im Hof vermutlich jede Sekunde … und … ich muss das machen, wir müssen das machen«, meint Rudi. Und er sagt erst gar nicht dazu, wovon er spricht. Was genau getan werden müsse, weiß Bogart doch nur zu gut, was gemeint ist, gemeint sein muss: die Kundenpräsentation am übernächsten Tag, bei der es um die Wurst geht.

»Wenn wir das nicht gewinnen, Bogart, ist das Jahr im Arsch … und dann weißt du, was kommt, was kommen muss, was ich tun muss …«

Dann musst du ein paar Leute rauswerfen, damit du einen positiven Jahresabschluss hinbekommst, denkt Bogart und überlegt, ob sich der Chef mit dieser Erklärung gewissermaßen bei Bogart entschuldigen wolle, dass er seine Leute jetzt nicht einfach nach Hause schicke, zumindest für den Rest des Tages. Was

Vernünftiges könne bei der Arbeit unter solchen Umständen ja doch nicht rauskommen. Oder vielleicht doch? Womöglich gerade deswegen? Ein verwegener Gedanke, der Bogart, ohne dass er das näher begründen könnte, durchaus plausibel erscheint.

Der Chef fixiert seine Espressotasse, die am Besprechungstisch steht, dreht sie langsam mit Daumen und Zeigefinger am Stand, als ob er sie dadurch wieder befüllen oder eine Handlungsanweisung im spärlichen Kaffeesud auf ihrem Boden erscheinen lassen könnte, zumindest eine kryptische Prophezeiung, über jede Botschaft wäre er dankbar. Bogart fixiert den Chef, wie dieser die Kaffeetasse fixiert; die Zeit, vielleicht weil sie nicht weiß, wo sie hingehen, wie sie weitergehen soll, scheint still zu stehen.

»Wie konnte sie da nur runterstürzen … Wie ist das möglich?«, scheint der Chef den Kasten zu fragen, nachdem ihm die Espressotasse nichts gesagt hat.

»Du meinst, sie ist gestürzt, es war ein Unfall?«

»Also … davon muss man doch als Erstes ausgehen … oder?«

»Weiß nicht …«

»Oder denkst du an Selbstmord?«

»Ich denke gar nichts … was denkt denn die Polizei?«

»Lässt kaum was raus. Ihren Arbeitsplatz haben sie schon Millimeter für Millimeter untersucht.«

»Und sind die jetzt auch noch immer im Hof, ich meine, ist die Blanchett …«

»Keine Ahnung, Bogart, ich verfolge das nicht alles, die wollen das nicht, und ich auch nicht. Ich weiß ohnehin nicht, wo mir der Schädel steht …«

»Wenn es Selbstmord war, finden die was … oder hätten es schon gefunden … einen Abschiedsbrief auf ihrem Computer oder Smartphone … Online-Recherchen zu Todesarten, was weiß ich …«

»›Online-Recherchen zu Todesarten‹?«

»Machen Selbstmörder oft.«

»Das heißt … du glaubst auch nicht, dass es Selbstmord war?«

Bogarts Schweigen ist Rudi Antwort genug.

»Und war es dann … einer von uns? Was meinst du?«

Wer denn sonst?, denkt Bogart, … *die Pensionistin, der Fernsehschauspieler, oder eine der wenigen anderen Parteien im Haus, die die Blanchett vermutlich alle nicht kannten?* Er sagt es nun auch laut, was sollte er auch sonst sagen …

»Wer denn sonst …!« Es ist keine Frage, sondern eine Feststellung.

»Wer hat sie überhaupt gefunden?«, fällt Bogart auf einmal eine längst ausständige Frage ein.

»Laut Polizei: die Hausmeisterin. Wollte im Hof die Blumen gießen«, seufzt Rudi und nimmt seine Finger von der Espressotasse, nicht aber seinen Blick.

»Einen … Verdacht?«

Bogart überlegt, bevor er antwortet.

»Nein … Ich kann mir einfach niemand hier vorstellen, der sowas …«

»Genau. Und damit kann es dann … wieder jeder gewesen sein … oder?«

Was soll Bogart darauf antworten? *Ja, es kann jeder gewesen sein*? Was sollte dieser Ausdruck der Hilf- und Ahnungslosigkeit bringen? *Nein, also jeder dann wieder auch nicht*? *Wer und wer nicht*?

»Vielleicht findet es die Polizei ja raus. Schon befragt worden?«

Das Wort »verhört« will der Chef offenbar nicht in den Mund nehmen.

»Nein. Hab schon ganz darauf vergessen, dass das auch noch kommt. Du?«

»Als Erster, glaube ich.«

»Und?«

»Wie man es sich vorstellt … oder aus Fernsehen und Kino kennt«, meint Rudi und lächelt dabei säuerlich, als hätte sich die Wirklichkeit, die traurige Realität etwas anderes verdient als eine wie in einem Roman oder Film ablaufende Bewältigung.

»Was hätte *sie* jetzt gemacht?«, lautet wieder eine Frage an den Kasten, der immer noch nicht antwortet.

»Sie … hätte wohl weitergemacht.«

»Und? Ist das jetzt ein Trost für uns? Ist es deshalb in Ordnung? Jetzt könnte ich ein Bier brauchen … wirklich …« Rudi beendet

Bogarts Gedankengänge durch die Reihen der Kolleginnen und Kollegen und starrt dabei immer noch auf den Kasten. Ein Bier ist so ziemlich das Letzte, was Bogart jetzt braucht, benommen ist er ohnehin, und wie lange er heute noch arbeiten wird müssen, mag er sich gar nicht vorstellen.

»Vielleicht hätte ich das Kellerlokal in unserem Haus doch kaufen sollen …«, sinniert Rudi jetzt.

»Was, in *diesem* Haus?«

»Bei mir zu Hause.«

»Um was daraus zu machen?«

»Eine Brauerei.«

»Eine Brauerei?«

»Überlege ich schon lange.«

»Und warum hast du es nicht gekauft?«

»Desolater Zustand. Die Renovierung wäre teurer als der Kaufpreis gekommen.«

»Und die Technik, Behälter et cetera müssen ja auch eine Stange Geld kosten, oder?«

»Ach, das ist gar nicht so schlimm … hab mir alles durchgerechnet. Mit einer kleinen, feinen Craft-Bier-Auswahl wäre da schon Geld drin. Ein gepflegtes IPA zum Beispiel …«

»Gute Idee. Pale Ales mag ich … Was ist eigentlich der Unterschied von einem Pale Ale zu einem India Pale Ale?«

Rudi holt Luft und sieht Bogart zum ersten Mal, seit dieser in seinem Zimmer gelandet ist, in die Augen. Der Chef ist in seinem Element, einem obwohl flüssigen, so doch überschau- und im wahrsten Sinne des Wortes berechenbaren.

»Auf den langen Wegen nach Indien ist den Engländern ihr Pale Ale leider oft schlecht geworden, hohe Temperaturen, schlechte Lagerung. Da haben sie zu experimentieren begonnen, wie man es haltbarer machen könnte. Schlussendlich sind sie bei zwei Maßnahmen gelandet. Erstens: mehr Hopfen. Zweitens: höherer Alkoholgehalt.«

»Klingt einfach.«

»Die besten Ideen sind immer einfach, Bogart. Das musst du als Kreativdirektor ja schon bemerkt haben.« Jetzt lächelt der Chef sogar kurz freundlich und Bogart lässt sich davon anstecken.

Doch mit der nächsten Wortmeldung verdüstert sich Rudis Miene bereits wieder.

»Aber ich hab dich nicht wegen des Biers hereingeholt, Bogart, dafür hast du heute, haben wir zu viel um die Ohren. Ich habe dich wegen *einer* Frage geholt, und bitte gib mir eine ehrliche Antwort …«

»Ja?«

Rudi blickt Bogart jetzt dermaßen traurig und müde in die Augen, dass man meinen könnte, er würde jeden Augenblick zu weinen beginnen oder einschlafen.

»Schaffen wir das? Schaffst du das? Deine Leute? Heute. Und morgen …«

Bogart lässt seinen Blick vom Tisch über Rudis Augen zum Fenster gleiten. Einem Fenster, unter dem eine tote Kollegin liegt oder bis vor kurzem lag. Mit gebrochenem Rückgrat, Genick oder Schädel, oder einer Mischung daraus. Mit Blut, das aus diesem Schädel gelaufen ist, bevor es stockte, oder aus den Augen, aus der Nase, aus dem Mund, aus den Ohren. Mit ausgebrochenen Zähnen und einer verbogenen Zahnspange. Mit verrenkten Gliedmaßen, in einem zerrissenen schwarzen Jumpsuit, in zerkratzten Nobel-Stilettos mit roter Sohle. Getötet von einem der ihrigen, über das Geländer der Dachterrasse gestoßen, im Bruchteil einer Sekunde hat sie eine weitere später ihrem Tod in die Augen gesehen, bevor er sie auf dem Beton in die Arme genommen hat, ihre letzte Liebe.

»Ja«, sagt Bogart (und hat nicht die leiseste Ahnung, warum er das sagt), »wir schaffen das!«

14:55 UHR KOWALSKI

Nach dem Besuch beim Chef taumelt, ja torkelt Bogart über die Wendeltreppe zurück in das untere Geschoss der Agentur und geradewegs in zwei in Arbeitsoveralls gekleidete Polizeibeamte hinein, die auf dem Weg in das obere Stockwerk sind, vielleicht, um von dort auf die Terrasse zu gelangen. Da die beiden auch Handschuhe tragen, ist kaum freie Haut von ihren Körpern sichtbar, gleich Spezialeinheiten in einem verseuchten Gebiet, einem Katastrophengebiet, vielleicht nach einem Terroranschlag mit ABC-Waffen, bewegen sie sich durch das kontaminierte Agenturgelände. *Was für ein Bild!*, denkt Bogart. Sie blicken einander für eine Sekunde in die Augen, die Ermittlungsexperten und der Werbefachmann, und wissen voneinander schon alles, was sie, aus verschiedenen Welten stammend, voneinander wissen können: nämlich nichts. Dieses »nichts« steht, hängt, wabert kurz auf der einzigen zwischen ihnen noch freien Wendeltreppenstufe, bevor es in sich zusammenfällt, sich in zu trockene Büroluft auflöst. Und als ob sie diesen Vorgang erkennbar zur Kenntnis nehmen wollten, kommentieren ihn alle drei, der Polizist, die Polizistin und Bogart, mit einem »Entschuldigung« und zwängen sich, peinlich darauf bedacht, einander nicht zu berühren, man könnte sich ja mit den Berufsleiden des jeweils anderen anstecken, aneinander vorbei.

Kaum an den Forensikern vorbei und schon rechts in die Kreation abbiegen wollend, bemerkt Bogart, dass im Gang links die Tür zu Blanchetts Büro offen steht. Ohne eine bewusste Absicht dazu gefasst zu haben, wendet sich Bogart nach links, geht auf Blanchetts Büro zu, verlangsamt dann seine Schritte und wirft vorsichtig, als könne darin Gefahr lauern, einen Blick in das Reich der verschiedenen Kollegin. *So sieht also der Arbeitsplatz einer*

Toten, einer Kürzlich-ums-Leben-Gekommenen, einer Vor-wenigen-Stunden-Ermordeten aus, denkt Bogart, nämlich: exakt so wie jener der lebenden Blanchett – und der der meisten anderen ihrer Kolleginnen und Kollegen. Ein Schreibtisch, darauf ein Laptop, ein stationärer Computer, ein Telefon, Projektmappen, fein säuberlich sortiert und gestapelt, ein A4-formatiges Notizbuch, ein Post-it-Block, eine Füllfeder, eine offene Packung Knäckebrot, eine halb volle Karaffe mit Leitungswasser, dazu ein fast leeres Glas, Lutschtabletten, vermutlich gegen Blanchetts chronische Halsschmerzen, Taschentücher, eine schwarze Leckerjacke, über die Lehne des Bürostuhls gehängt, ein Rollkasten unter dem Tisch, ein weiterer Kasten hüfthoch an der Wand, eine große Topfpflanze am Fußboden. Und mitten darunter und darübergebeugt ein Spezialist der Spurensicherung, gleichfalls im weißen Overall, der offenbar dabei ist, sämtliche Gegenstände im Raum zu fotografieren, vermutlich auch den Arbeitsplatz des Eichhörnchens vis-à-vis von jenem der Blanchett. Ihre Assistentin muss mit ihrem Laptop heute irgendwo anders arbeiten.

»Kann ich Ihnen helfen?«, fragt der Spurenexperte nun Bogart. Und es klingt wie: »Würden Sie gefälligst den Raum verlassen und mich arbeiten lassen?«

Nein, das bezweifelt Bogart, bezweifelt entschieden, dass der Forensiker ihm helfen kann, und er entgegnet: »Äh … Entschuldigung!«, als habe er sich in Blanchetts Zimmer verirrt.

Eine halbe Minute später ist Bogart auch schon zurück in seiner Abteilung, der Kreation. Da sitzen sie alle, scheinbar wie an jedem anderen Tag: Ferrari an einer Hörfunkkampagne für Hörgeräte und an Online-Bannern für eine Friseursalonkette; Pfeifer an einer Gewinnspiel-Website für ein Abführmittel und an einer Mobile-App für einen Modehändler; Prinzessin Mia an Designs für Eiscremepackungen, bei denen ihr Patty hilft, wenn Mia darauf besteht und Pfeifer nicht darauf, sie einen Avatar oder anderen Schabernack gestalten zu lassen, beides kann Bogart nur hoffen; und schließlich Kowalski an einer Automobil-Website. *Und niemand, der sich zurzeit um die Wurst kümmert,* denkt Bogart bekümmert, *aber wie sollten sie auch.* Die Kampagnenidee samt Umsetzungsbeispielen für TV, Hörfunk, Plakate und Anzeigen steht, jetzt braucht es noch die Sonderideen, und jemand, der die Präsentation schreibt. Dieser Jemand wird, wie üblich, er sein, Bogart. Und er wird es morgen machen, machen müssen, denn heute braucht es die besagten Ideen, der Chef würde sonst die gesamte Präsentation über den Haufen werfen, vielleicht gar nicht erst antreten, zumindest hat er damit schon öfter gedroht.

Bogart blickt sich um und sieht niemand. Niemand, dem die Präsentation wirklich ein Anliegen wäre, der ihre Bedeutung erkennen würde, der Verantwortung dafür übernehmen wollte. Und niemand, der ihnen das heute verübeln könnte. Schon spürt er den bekannten Druck auf der Brust, unauffällig noch, nur von ihm, als geübtem Panikattackenopfer, bemerkbar, eine diffuse Beklemmung unter dem Brustbein, die andere der Wirbelsäule oder einer versetzten Blähung zuschreiben würden. Doch Bogart weiß, es werde stärker werden, er wird sich vielleicht wo anhalten oder setzen und ein paar Mal kräftig ein- und ausatmen müssen, und er wird sich dafür, wie üblich, einen Platz suchen müssen, an dem ihn keiner sieht, keiner ihm zusehen kann, am besten vermutlich, wie schon öfter, die Toilette. Also verlässt er mit großen Schritten die Kreation Richtung Klosett, das glücklicherweise nur ein paar Meter rechts von dem an die Kreation anschließenden Gang abzweigt, direkt neben dem Eingang. Für die Kolleginnen und Kollegen sieht es womöglich so aus, als ob der Leiter der Kreation von einem plötzlichen Harn- oder Stuhldrang übermannt worden wäre. Bogart fällt das Atmen immer schwerer. Kaum hat er die Toilettentür hinter sich geschlossen, sich auf die Brille gesetzt und mit beiden Händen an den Wänden abgestützt, lässt die Krise aber schon nach. »Einatmen, ausatmen, regelmäßig und ganz ruhig«, sagt sich Bogart und schließt die Augen. Vorsichtig steht er auf, vergewissert sich, dass ihm nicht schwindelt und die Atmung wieder normal funktioniert, das Herz wieder ruhiger schlägt, der Druck auf der Brust verschwunden ist, und kehrt, nicht ohne zum Schein die Spülung zu betätigen, in seine Abteilung zurück.

Kowalski. Warum fällt Bogarts Blick jetzt auf den Kollegen, der verbissen hinter seinem riesigen Bildschirm Linien und Flächen,

Balken und Buttons formt, wieder verformt, vergrößert, verkleinert, verwirft, zwischenspeichert, hin und her schiebt? Kowalski, mit dem er schon länger nicht mehr geredet, wie ihm jetzt auffällt, nicht mehr unter vier Augen gesprochen hat. Kowalski, der heute Morgen von der Blanchett vorgeführt wurde wie ein unfähiger Praktikant.

»Kowalski, hast du ein paar Minuten für mich Zeit?«

»Mhm, eigentlich nicht, ich muss …«

»Fünf Minuten, Kowalski. Länger kann ich selbst nicht.«

»Okay. Jetzt gleich?«

»Jetzt. Gehen wir runter auf die Straße eine rauchen.«

Vor der Haustür starrt Kowalski geistesabwesend eines der vor dem Eingang parkenden Polizeiautos an. Bogart hat ihm eine Zigarette angeboten, da Kowalski üblicherweise keine besitzt, um nicht, wie dieser meint, »in Versuchung zu geraten«. Der Artdirector gehört zur Gruppe der nicht rauchenden Raucher (beziehungsweise der rauchenden Nichtraucher, was die Sache wohl eher trifft). Ab und an kauft Kowalski dann jenen, bei denen er so gut wie täglich schnorrt, beispielsweise Bogart oder Ferrari, eine Packung Zigaretten, um schließlich auch aus dieser sofort wieder zu schnorren. Manchmal kauft der ob seiner Sucht offenbar Irregewordene aber auch Freunden und Kollegen um Unsummen einzelne Zigaretten ab. Eine Zigarette für einen Espresso, eine Zigarette für ein Bier, eine Zigarette für einen Gin Tonic, eine Zigarette für ein Abendessen … immer tolldreister und verschwenderischer werden die Angebote, die der eine oder die andere schon nicht mehr annehmen möchte – oder kann. Aber Proteste nützen nichts: Wenn Kowalski schon raucht, muss er sich zumindest dafür bestrafen, es für sich so teuer wie möglich, jeden einzelnen Glimmstängel zu einem puren Luxus machen. Es ist wohl den heutigen Geschehnissen zuzuschreiben, dass er die jetzige Zigarette wortlos und sogar gratis angenommen hat. Bogart zündet zuerst jene von Kowalski, dann seine eigene an.

»Alles okay?«, fragt Bogart. Er erkennt sogleich, wie erstaunlich dumm diese Frage war, wo doch nichts, aber auch gar nichts okay sei, okay sein könne an diesem Tag.

»Geht schon. Muss ja.«

»Der Auftritt von der Blanchett … das ist öfters vorgekommen, dass … die dich so angegangen ist, oder?«

»Du kennst sie ja …«

»Aber ganz unrecht hatte sie leider nicht, Kowalski, das weißt du, nehme ich an.«

»Kann sein. Aber sie hat auch keinen Grund benötigt, um sich so aufzuführen. Du hast es ja selbst immer wieder gesehen.«

»Ja. Das habe ich. Warst du … hast du sie heute auch schon vorher … oder nachher noch …?«

Jetzt sieht Kowalski Bogart in die Augen, mit einem Blick, der zu sagen scheint: … *wenn du mich schon verdächtigst, dann sieh mich dabei gefälligst an, denn ich habe kein Problem, dir bei meiner Antwort in die Augen zu blicken.*

»Nein. Ich habe sie heute vorher nur aus den Dings, den Augenwinkeln, in ihrem Zimmer gesehen, und danach gar nicht mehr … lebend. Du?«

»Auch nicht. Ich meine, unter vier Augen. Manchmal sind wir um diese Zeit schon gemeinsam eine rauchen gewesen, heute ist es sich nicht ausgegangen, oder wir haben uns verpasst.«

Und jetzt, sieht Bogart nun richtig, hat Kowalski wässrige Augen? Ja, die hat er tatsächlich, und wie als Beweis löst sich nun eine Träne aus dem rechten Augenwinkel von Kowalskis rechtem Auge, gleitet gemächlich über dessen Wange und verschwindet an deren unterem Ende.

»Tut mir leid, was ich da auf dem Fensterbrett gesagt habe. Es war … ist alles so … unwirklich.«

»Schon in Ordnung. Das ist es allerdings.«

»Gehen wir wieder rauf. Ich hab scheißviel zu tun. Du wahrscheinlich auch.«

»Hab ich. Apropos, noch eine Frage: Schaffst du das alles? Heute, meine ich … und morgen?«

»Muss ich ja wohl.«

»Ich muss das fragen, Kowalski, denn wenn du, wenn ihr es nicht schafft, dann muss ich es wissen und die Konsequenzen daraus ziehen.«

»Die ›Konsequenzen‹ … und was wären die?«

»Ich muss es Rudi sagen. Dann werden wir zum Beispiel übermorgen nicht präsentieren«, hört sich Bogart sagen – und kann kaum glauben, welch große Worte er da bestimmt und gelassen ausspricht. Und sogleich schaudert es ihn vor seiner eigenen Tollkühnheit, einer Verwegenheit, die er so an sich gar nicht kennt und bei der er sich auch gleich fragen muss, ob sie denn echt oder gespielt sei. Doch so überzeugt hat sich seine Antwort für ihn angehört, dass er bereit ist, sie, falls nötig, todesmutig in die Tat umzusetzen, und sich felsenfest vornimmt, an dieser Bereitschaft festzuhalten. Selbst der stets misstrauische Kowalski scheint Bogart Glauben zu schenken und antwortet:

»Du brauchst nicht zu Rudi zu gehen. Wir kriegen das hin.«

»Danke, Kowalski.«

Fast gleichzeitig werfen sie ihre Zigarettenkippen auf die Straße, bevor sie sich zum Haustor umdrehen. Und ebenso beiläufig wie unentschlossen, unentschlossen, ob er es für sich behalten oder doch noch loswerden sollte, ergänzt Kowalski, als sie schon fast den Lift erreicht haben:

»Übrigens: Andere waren sehr wohl noch mit der Blanchett allein heute Morgen.«

Beide bleiben abrupt stehen und lauschen diesem Satz nach, der wie ein Tuch über ihre Köpfe gefallen ist, ein warmes, weiches, wohliges Tuch, das einen erschauern lässt und von dem man nicht weiß, was man damit anfangen soll. Bogart erinnert sich: *Kowalski weiß alles, zumindest glaubt er das, und was er nicht weiß, muss er wissen.*

»Wer zum Beispiel?«, antwortet Bogart, beinahe ohne dabei die Lippen zu bewegen. Es antwortet gewissermaßen aus ihm heraus, ohne dass er etwas dazu beitragen hätte müssen.

»Na ja, ein paar glaube ich …«

»Ein paar?«

»Auf jeden Fall Ferrari.«

»Ferrari.«

»Ist mir ihr rauchen gegangen, glaube ich.«

»War da noch wer dabei?«

»Keine Ahnung. Nach oben sind sie zu zweit gegangen. Aber vielleicht waren ja schon andere vor ihnen auf der Terrasse oder sind dazugestoßen.«

»Und … hast *du* sie, hat sie *irgendwer* danach noch gesehen?«
»Also ich nicht, aber das heißt nichts.«
Bogart drückt wie automatisch auf den Liftknopf.
»Ja. Das heißt nichts.«

15:15 UHR SO KÖNNTE ES GEWESEN SEIN

Zurück aus der Rauchpause, setzt sich Bogart wieder an seinen Arbeitsplatz und versucht, seine Schreibtische, den realen und den am Bildschirm, sowie seine Gedanken irgendwie zu ordnen. Die beiden Desktops verschmutzen sich gewissermaßen von selbst und Tag für Tag aufs Neue, scheinbar ohne Bogarts Zutun. Wenn er an einem Montagmorgen in die Firma kommt, sind die Papierstapel auf dem Holz sowie die Dateisymbolhaufen auf dem Screen seit Verlassen des Büros am Freitagabend wie durch Zauberei wieder angewachsen, als ob der Krempel nächtens klammheimlich kopulieren und Nachwuchs produzieren würde. Das geht so nicht, vor allem heute nicht, wo Bogart zumindest ein paar klare, übersichtliche Winkel in Arbeit und Leben benötigt.

Während Bogart mechanisch Ausdrucke, Kopien, Dateien ordnet, stapelt, wegwirft, fällt sein Blick auf Kowalskis Hinterkopf auf der anderen Seite des Zimmers. Von diesem Hinterkopf springt der Blick nun, ohne Bogarts Wollen oder Zutun, auf Ferraris Gesicht, der vis-à-vis von Kowalski sitzt und arbeitet, auf den Ohren zwei riesige Kopfhörer, die Finger auf der Tastatur, die Augen auf dem Bildschirm. Und als Bogarts Blick einmal alles, was von seinem Platz aus von Ferrari zu sehen ist, erfasst hat, betreffend die einzelnen Körperteile wie auch deren Gesamtheit, springt er wieder, fast willkürlich, Bogart jedenfalls könnte nicht sagen weshalb, zu Kowalski zurück. Dieser ist nach wie vor mit der Website für die Automarke beschäftigt, weiß der Teufel, wie er dabei vorankommt, Bogart jedenfalls will es gar nicht wissen, nicht in diesem Moment. Doch je lichter und unbefleckter Bogarts Bildschirm und Schreibtisch durch das Aufräumen, Ausmisten, Löschen werden, je mehr weiße und schwarze Flächen sich auftun, desto klarer und heller wird das Bild, die Szene in Bogarts Kopf. So könnte es gewesen sein …

Nach dem Brainstorming am Vormittag holt sich Kowalski einen Kaffee. Bei der Maschine steht bereits die Blanchett und macht sich einen Cappuccino. Augenblicklich steigt in Kowalski wieder die Wut über jene Kollegin hoch, die ihn vor versammelter Belegschaft zur Sau gemacht hat, eine ohnmächtige, hilflose Wut. Zum einen ist ihm die Blanchett rhetorisch überlegen, zum anderen sind ihre Vorhaltungen zum Teil berechtigt, und als ob beides nicht ausreichen würde, steht sie beim Chef auch noch wesentlich besser da als er, Kowalski. Und jetzt steht sie hier, wartet auf ihren Kaffee, eine Hand elegant auf die Küchenablage gelegt, die andere lässig in die Hüfte gestemmt, das linke Bein trotz der irrwitzig hohen und dünnen Absätze fest am Boden, das rechte leicht angewinkelt, den Kopf nach vorne geneigt, sodass ihr der Bob über die Wangen fällt, als ob sie selbst den Kaffeefluss konzentriert, kontemplativ kontrollieren könnte. Und kein Wort kommt ihr über die Lippen, als ob alles zu Kowalski und dessen Arbeit, zwischen ihnen beiden, heute Morgen gesagt worden wäre. Als wären er und die Sache keiner weiteren Debatten mehr wert, als gäbe es ihn bis zum nächsten Meeting überhaupt nicht mehr. Wie oft, fragt sich Kowalski jetzt, sei er schon hier oder an einem anderen Ort in der Agentur gestanden, schweigend, wütend, nachdem sie ihn fertiggemacht hat, und wie oft werde er noch *so* stehen müssen, stehen gelassen. Plötzlich fasst er einen Entschluss, nimmt sich ein Herz und spricht die Kollegin auch schon an, nicht zu laut, nicht zu leise, mit fester, klarer Stimme, die ihn selbst überrascht:

»Hast du einen Augenblick Zeit? Ich möchte kurz mit dir reden.«

Die Blanchett dreht sich zu ihm um, sieht ihn an, als ob sie erst jetzt bemerkt hätte, dass er hinter ihr steht.

»Jetzt?«

»Jetzt. Nur ein paar Minuten.«

»Gut!«

Kürzer, schärfer, prägnanter kann man das Wort »gut« nicht aussprechen. »Gehen wir eine rauchen. Brauchst du auch noch einen Kaffee?«

»Nein, danke.«

Sie gehen schweigend, ohne einander anzusehen, auf die Dachterrasse oder nehmen den Lift. Die Blanchett denkt wahrscheinlich bereits an jene Aufgaben, die dieser kurzen Unterredung folgen, während sich Kowalski vorbereitet, noch einmal hastig seine Argumente, Worte durchgeht, ordnet, verkürzt oder erweitert. Dann erreichen sie die Terrasse; sie bietet ihm schweigend eine Zigarette an, er nimmt sie mit einem knappen, stimmlosen »Danke«, hat ja, wie üblich, keine dabei, dafür gibt er ihr womöglich Feuer.

Nun lehnt sich die Blanchett, in ihrem Jumpsuit, mit dem Rücken und der größtmöglichen Unbekümmertheit an das hofseitige Geländer, sieht Kowalski fast mitleidig an und von oben auf ihn herab, denn in ihren Stilettos ist sie nicht vier Zentimeter kleiner, sondern zehn größer als er, und das ist vielleicht auch der Grund, warum sie in diesem unbequemen Schuhwerk die Terrasse bestiegen hat, nimmt einen Zug von der Zigarette und einen Schluck von ihrem Cappuccino und fragt:

»Und?«

Da fallen die Worte und Sätze, Argumente und Vorhaltungen in Kowalskis Kopf in sich zusammen wie ein Kartenhaus bei Zugluft, und er stottert, stammelt, starr auf den Boden blickend:

»Das … das heute in der Früh war nicht in Ordnung, finde ich.«

»Was ›das‹?«

Die Blanchett scheint ehrlich überrascht, ahnungslos, und falls sie das nicht ist, spielt sie es gut. *Vermutlich eine NLP-Schulung*, denkt Kowalski, *oder so etwas Ähnliches.*

»Dass du mich vor allen … zur Dings, zur Sau gemacht hast. Ja, so muss man es sagen.«

»Kowalski …« Sie klopft mit einem Finger die Asche ihrer Zigarette über das Geländer in die Tiefe, als ob jene nicht ohnehin von der Terrasse geweht werden würde. »Ich habe dich nicht ›zur Sau gemacht‹, wie du das nennst, sondern lediglich deinen Job besprochen. Und, dass wir uns, eigentlich, etwas anderes ausgemacht hatten und jetzt womöglich Probleme bekommen. Das war alles, und das muss ich sagen, das ist *mein* Job.«

»Möglich. Aber es geht darum, *wie* du es gesagt hast … Wie du es schon öfters gesagt hast … eigentlich immer.«

»Und *wie* habe ich es gesagt?« Jetzt zeigt die Blanchett doch einen Hauch von Interesse, vielleicht bildet sich das Kowalski aber auch bloß ein, eine absurde Wunschvorstellung.

»Wie … eine … eine Dings … eine Lehrerin. Eine Oberlehrerin.«

»Eine Lehrerin?«

»Ja. Genau. Eine Lehrerin.«

Blanchett überlegt kurz, nimmt einen Zug von der Zigarette, während sie nach unten auf ihre Schuhe blickt, vielleicht um dort die richtigen Worte zu finden, solche, die Kowalski nicht sogleich auf dem Betonboden der Terrasse zerstören, die etwas übrig lassen von ihm, gerade genug, dass er weiterhin funktionieren, arbeiten, für sie arbeiten kann. Dann hebt sie den Kopf und Blick wieder in Richtung des Kollegen und entgegnet:

»Kowalski, vielleicht muss ich dir ein bisschen was über unsere Arbeit erzählen. Über meine Arbeit. Aber auch über deine. Wir sind, falls du das noch nicht bemerkt hast, ein Dienstleistungsunternehmen. In einer immer härter werdenden Branche. Unsere Kunden nehmen uns Tag für Tag mehr in die Mangel, mit immer kürzeren Projektzeiten, mit immer geringeren Budgets. Wir müssen trotzdem schauen, dass wir irgendwie Geld verdienen. Damit wir die Gehälter der Angestellten zahlen können. Zum Beispiel deines und meines. Und ich, Kowalski, unter anderem ich, bin dafür verantwortlich, dass das funktioniert. Dass die Kunden zufrieden sind, bezahlen und bei uns bleiben. Dazu müssen aber alle anpacken, sich alle verantwortlich fühlen in ihrem jeweiligen Bereich, sonst wird das nicht klappen. Sonst werden wir heuer wieder ein, zwei wichtige Kunden verlieren. Willst du das, Kowalski? Also ich nicht.«

»Natürlich will ich das nicht«, entgegnet der Artdirector. Er spürt, wie er zügig nicht nur die Kontrolle über das Gespräch, sondern auch über sich selbst verliert, spürt die Wut, die er auf dem Weg hier herauf mühsam unter Kontrolle gebracht hat, sich plötzlich wieder Bahn brechen, seine Halsadern anschwellen und seine Zähne sich zusammenpressen.

»Dann handle auch danach«, schießt die Oberlehrerin sofort zurück und gönnt Kowalski keine Sekunde Verschnaufpause.

»Was heißt ›dann handle auch danach‹? Ich mache genauso meine Arbeit wie du auch. Ja, ich mache manchmal Fehler, jeder macht das. Du nicht?«

»Ach, Kowalski, jetzt werde nicht kindisch. Natürlich machen wir alle Fehler, um das geht es doch gar nicht.«

»So? Um was geht es sonst als um meine Fehler? Mit deiner Art lässt du mich bei den anderen jedes Mal wie ein Vollidiot aussehen. Und das kriegt natürlich auch der Chef mit.« Es sieht jetzt so aus, als würden Kowalskis Adern noch mehr anschwellen, platzen, reißen können, sodass er hier auf der Terrasse verbluten würde. Aber auch einen Schlaganfall könnte sich ein Beobachter gut vorstellen, kann sich Bogart jetzt gut vorstellen, so plastisch ist die Szene, die er sich ausmalt. Und schon malt er weiter, nämlich die Reaktion der Blanchett.

»Du lieber Himmel ...«, sagt die Kollegin. Sie wirft kurz den Kopf zurück und lacht hell und heiter auf. »... wenn du wüsstest. Die Wahrheit ist: Wäre *ich* nicht, würde ich dich nicht immer wieder bei Rudi verteidigen, gäbe es *dich* schon längst nicht mehr hier.« Und damit versetzt die Blanchett Kowalski den entscheidenden Schlag, einen klassischen K.-o.-Schlag wie aus dem Bilderbuch, etwas, was im Fernsehen bei einer Boxkampfübertragung einige Male wiederholt werden würde, und so wiederholt Bogart die Szene auch für sich, stellt sie sich noch einmal in Zeitlupe vor.

Was aber macht Kowalski? Geht er etwa zu Boden, verliert er das Bewusstsein? Nein, er verliert seine Sinne, seinen Verstand. Denn jetzt geht er, vielmehr gehen seine Beine mit ihm, auf die Blanchett zu, vielleicht wirft er dabei noch einen flüchtigen, instinktiven Blick zur Tür, die von Stiegenhaus und Lift auf die Dachterrasse führt, nimmt wahr (falls er überhaupt noch etwas wahrnehmen kann), dass sie noch immer allein, unbeobachtet sind, und stößt die Blanchett mit Anlauf und seinen Handballen über das Geländer, bevor diese auch nur bemerkt, was passiert, wie ihr geschieht. Vielleicht hat das Opfer seinen Tod auch den Stöckelschuhen (*... dies ist also der wahre Grund für die Bezeichnung »Killer Heels«,* denkt Bogart) zu verdanken, die erstens ihren Stand instabiler gemacht und zweitens ihren Schwerpunkt nach oben, über die Höhe des Geländers verlagert haben. Das Letzte, was Kowalski von der Bestürzt-Stürzenden sieht, bis an sein Lebensende sehen wird: ihr überraschtes Gesicht, die großen offenen Augen, die markante Nase, die roten Lippen unter dem pechschwarzen Pagenkopf. Denn die über das Geländer schwingenden Beine der Kollegin nimmt er schon nicht mehr als ihren Körper oder als Teil desselben wahr. Puppenbeine sind es, wie von einem Marionettenspieler ruckartig an den Fäden von der Bühne gezogen. Irgendetwas sagten ihre Lippen noch, Kowalski hat diese sich bewegen gesehen, allerdings nichts gehört, genauso wenig wie den Aufschlag der Blanchett im Hof. Denn das Einzige, was der Rasende seit dem Moment hört, in welchem seine Hände die Schultern der Account-Direktorin berührt haben, ist ein Rauschen. Vielleicht ist es das Blut, das durch seinen Kopf oder Körper jagt, vielleicht sind es bereits die Erinnyen, die Rachegöttinnen, die sich anschicken, ihn für seine Untat zu bestrafen.

Nach ein paar Sekunden, in denen Kowalski nichts denken, nichts fühlen kann, weil ihn Blanchetts weit geöffnete Augen, ihr offener, noch sprechender Mund zu verschlingen drohen, geht er instinktiv durch die Tür ins Stiegenhaus. In diesem ist, und man mag es ruhig als Wunder ansehen, noch immer kein anderer Kollege, keine Kollegin zu sehen. Wie ein Schlafwandler nimmt Kowalski, nun wieder ganz ruhig, eine Stufe nach der anderen, bis er vor der Tür der Agentur steht.

15:25 UHR
EINE IDEE DAZU

»Herr Bogendorf, hätten Sie vielleicht jetzt Zeit für uns?«, hört Bogart eine Stimme hinter sich, während er vor sich im Gedanken noch Kowalski, nachdem dieser die Blanchett von der Terrasse gestoßen hat, wieder die Agentur betreten sieht, als ob »der Strumpf«, wie Bogarts Mutter zu sagen pflegt, »kein Loch hätte«.

Bogart schreckt hoch, dreht sich um und blickt in das Gesicht von Chefinspektor Vogel. Dass es sich um diesen handelt, weiß Bogart allerdings in diesem Moment nicht, nicht mehr, hat er doch, wie die meisten anderen in der Agentur, das Gesicht des leitenden Beamten ob seiner buchstäblich unbeschreiblichen Unauffälligkeit nach dessen Ansprache sofort wieder vergessen. Und als ob Vogel das aus Bogarts konsterniertem Blick ablesen könnte, ergänzt er:

»Chefinspektor Vogel, ich leite hier die Ermittlung.«

»Ah, ja … Sie haben ja vorhin … Ja, ich habe Zeit«, antwortet Bogart und meint damit: »Nein, ich habe keine Zeit, überhaupt keine Zeit, aber was bleibt mir denn anderes übrig, wenn mich die Polizei verhören will, weil eine tote Kollegin im Hof liegt.«

»Danke Ihnen. Wenn Sie mir bitte folgen …«

»Wie lange wird das … Verhör … denn dauern?«

Der Unbeschreibliche redet im Gehen bereits weiter, zielsicher steuert er über die Wendeltreppe auf das Konferenzzimmer im oberen Stockwerk der Agentur zu. *Seltsam*, denkt Bogart, *die finden sich hier am ersten Tag besser zurecht, als es bei mir noch nach drei Monaten der Fall war.*

»Es handelt sich um kein Verhör, sondern eine Zeugenbefragung, Herr Bogendorf, das ist ein gewichtiger Unterschied. Ich denke, wir werden nicht länger als zwanzig Minuten brauchen.«

Im Großen Konferenzzimmer sitzt bereits ein zweiter Polizist. Da Bogart den Mann noch nie gesehen hat, kann es sich nur um einen solchen handeln, auch wenn er, wie Vogel, keine Uniform trägt. Er trägt stattdessen einen Schnurrbart und die Haare über der hohen Stirn zurückfrisiert. *Vermutlich*, denkt der Kreationsleiter, *hatte er noch nie im Leben eine andere Frisur, einen anderen Bart.* »Irgendjemand siehst du ähnlich«, sagt sich Bogart. Auf dem Tisch vor dem Mann steht ein Laptop, in welchen jener stoisch und mit gleichmütiger Miene hineintippt.

»Ich darf vorstellen: Bezirksinspektor Krampfinger. Er wird zu ihren Angaben Notizen machen. Bitte setzen Sie sich.« Bogart nimmt vis-à-vis von Vogel und Krampfinger Platz. Dieser blickt jetzt kurz zu Bogart auf und nickt. Vielleicht bestätigt er damit gewissermaßen dessen Anwesenheit, oder er grüßt ihn kurz, man weiß es nicht.

»Ihre und unsere Zeit ist kostbar, beginnen wir also gleich mit der ersten Frage … War der Feitl schon da?« Dabei blickt Vogel zu Krampfinger, der daraufhin zu tippen aufhört.

»Wie bitte?«

»Na, war der Feitl schon da?«

»Ist das schon eine Frage?«

»Sicher ist das eine Frage!«

Krampfinger zieht verwirrt eine Augenbraue hoch und schickt sich an, die Frage in den Computer zu tippen.

»Also bitte, natürlich ist das nicht *so* eine Frage, also eine unserer Fragen! Aber der wollte eigentlich vor diesem Gespräch mit seinem Bericht …«

»Ich glaube, der redet noch mit einer anderen Mitarbeiterin.«

»Wird schon kommen … Entschuldigen Sie die Verzögerung, Herr Bogendorf. Kollege Feitl ist Abteilungsinspektor und mein Stellvertreter hier. Wir führen die Befragungen parallel aus, so geht es schneller.«

Hier sitzt ein Bezirksinspektor und sieht jemandem ähnlich, einem Schauspieler vermutlich, einem österreichischen Schauspieler, denkt Bogart und beginnt sich zu ärgern, dass ihm der Name nicht einfallen will.

»Kein Problem«, nuschelt er zerstreut. Er sieht zum ersten Mal auf seine Armbanduhr. Es ist fast 15:30 Uhr, und Bogart läuft, wie man so sagt, die Zeit davon, zügig und unbeirrbar. Er weiß, bald wird er sie nicht mehr einholen können.

»Beginnen wir bitte mit einer kurzen Beschreibung Ihrer Person, Geburtsdatum und -ort, wohnhaft, Beruf, Funktion hier et cetera, das Übliche halt, Sie kennen das ja …«, sagt Vogel locker und lässig. Doch woher sollte Bogart das kennen, außer aus Filmen oder Serien vielleicht, aber solche Stellen merkt sich ja niemand, zumindest nicht Bogart. Also zählt er einfach die vermeintlich wichtigsten Daten aus seinem Leben auf und erzählt dazu einiges über seine Funktion und Tätigkeit in der Agentur, während Krampfinger kurz »Zur Person …« murmelt und darauf stoisch und scheinbar unbeteiligt vor sich hin tippt: *Geburtsdatum, Geburtsort, Wohnort, nicht verheiratet, keine Kinder, Gymnasium, Studium, diverse Praktika, seit zwanzig Jahren in der Werbung, als Texter begonnen, seit circa fünfzehn Jahren Kreativdirektor, seit neun Jahren in dieser Agentur, seit fünf Jahren Leiter der Kreation.*

»›Leiter der Kreation‹, was heißt das konkret?«

Bogart fragt sich kurz, ob sich Vogel dümmer stellt, als er ist. Andererseits, woher sollten branchenfremde Personen wissen, was Bogart, was sein Team eigentlich genau mache, wie ihre Arbeit, ein normaler Arbeitstag für sie aussehe? Wer denkt bei Werbung schon an die Art und Weise, wie sie entsteht?

»Das heißt, ich leite ein Team von fünf Personen, sechs, mir inklusive. Eigentlich acht, wenn ich zwei Web-Developer dazuzähle, die auch kreativ arbeiten. Und natürlich die Freelancer, wann immer wir welche brauchen.«

»Natürlich. Die Freelancer.« Vogel meint das nicht sarkastisch, er sagt es, weil ihm vorerst nichts Besseres einfällt, dann fragt er:

»Also jetzt fünf, sechs, acht oder noch mehr Personen?«

Jetzt hebt auch Krampfinger den Kopf. Er blickt Bogart an, als habe dieser in Aussicht gestellt, den Mörder der Blanchett zu verraten.

»Das … kommt darauf an, wie man zählt. Schreiben Sie am besten ›sechs‹, das stimmt auf jeden Fall.«

Krampfinger schreibt, Vogel fragt weiter:

»Und … wie würden Sie Ihr Verhältnis zur Toten beschreiben?«

»Ich würde sagen … professionell.«

»Professionell. Und wie hat man sich das genau vorzustellen? Haben Sie mit dem Opfer direkt zusammengearbeitet?«

»Ja habe ich. Sie hat Aufträge von Kunden bekommen, hat mich, meine Abteilung damit gebrieft, und wir haben das ausgearbeitet.«

»Und wie lief das in der Regel so ab?«

»Was … meinen Sie damit?«

»Na ja, funktionierte das gut, reibungsfrei, oder gab es da auch schon mal Auseinandersetzungen?«

»Natürlich gab es die, wie in jeder Agentur. In jeder Firma wahrscheinlich.«

»Wie oft, würden Sie sagen?«

»Keine Ahnung … vielleicht ein, zwei Mal im Monat.«

»Heftige Auseinandersetzungen?«

»Manchmal harmlos, manchmal durchaus heftig.«

»Haben Sie mit dem Opfer gern zusammengearbeitet?«

»Meistens ja, würde ich sagen.«

»Hatten Sie mit ihm auch privat zu tun?«

»Nein.«

»Kein Bier nach der Arbeit oder … anderes?«

»Anderes?«, denkt Bogart. *Vogel könnte es durchaus direkt aussprechen: Hatten Sie mit dem Opfer ein Verhältnis, haben Sie mit dem Opfer gefickt?*

»Nein. Eigentlich überhaupt nicht.«

Vogel lehnt sich jetzt zurück, erweckt dabei einen durchaus selbstzufriedenen Eindruck, atmet bedeutungsschwanger ein und aus und fragt weiter:

»Wie beliebt war das Opfer bei den Kolleginnen und Kollegen?«

»Unterschiedlich … würde ich sagen.«

»Unterschiedlich. Können Sie das ein bisschen näher erläutern?«

»Ich würde sagen, die meisten mochten sie … Sie war meistens gut gelaunt, hilfsbereit … gut in ihrem Job, genau … ja.«

Die meisten mochten sie. Das war jetzt durchaus eine Lüge, um nicht zu sagen eine glatte Lüge, Bogart fragt sich, weshalb er jetzt gelogen hat. Da kommt Vogel schon mit seiner nächsten Frage, während Krampfinger gleichmütig weitertippt:

»Kommen wir zu etwas anderem: Das Opfer ist vermutlich zwischen 10:30 und 11:30 Uhr von der Terrasse gestürzt beziehungsweise gestoßen worden …«

»Kann man das schon sagen … ob es ein Unfall oder ein …?«

»Ob Fremdeinwirkung vorliegt, meinen Sie? Das können wir noch nicht genau sagen, aber die Wahrscheinlichkeit ist sehr hoch. Aber Sie verzeihen, dass wir hier die Fragen stellen. Das ist leider unser Beruf. Also: Waren Sie im betreffenden Zeitraum mit dem Opfer auf der Terrasse, Herr Bogendorf, beziehungsweise … haben Sie das Opfer im betreffenden Zeitraum gesehen?«

»Opfer«, so nennt Vogel die Blanchett jedes Mal, denkt Bogart. Für den Leiter der Ermittlung hat sie keinen Namen, ist sie vermutlich ein »Fall«, Arbeit, ein Ärgernis, im Grunde. Vielleicht kann sich jener ihren richtigen Namen aber auch nur nicht merken, »Blanchett« kann er die Tote ja schlecht nennen. Beinahe vergisst Bogart aufgrund dieser Überlegungen auf die Antwort.

»Nein, habe ich nicht, glaube ich.«

»Glauben Sie? Denken Sie gut nach, Herr Bogendorf, das ist jetzt wichtig!«

Bogart denkt gut nach.

»Nein, habe ich nicht. Sie war bis circa halb elf bei uns in der Kreation wegen eines Jobs, dann bin ich mit zwei Leuten in ein Brainstorming gegangen, da waren wir länger als bis halb zwölf.«

»Und in diesem … Brainstorming, da haben sie keine Pausen gemacht, haben den Raum die ganze Zeit über nicht verlassen?«

»Doch haben wir, für ein paar Minuten: Kopf auslüften, aufs Klo gehen, eine rauchen …«

»Eine rauchen?«

»Zumindest ich habe eine geraucht.«

»Auf der Raucherterrasse?«

»Auf der Raucherterrasse.«

»Allein?«

»Allein.«

»Haben Sie auf dem Weg dorthin oder zurück irgendjemand gesehen, der gerade auf die Terrasse gehen oder von ihr zurückkommen hätte können?«

»Da muss ich überlegen …«

»Überlegen Sie.«

Jetzt muss Bogart wirklich überlegen. Wen könnte er gesehen haben, hat er überhaupt jemanden gesehen? Ferrari vielleicht? Kowalski? Pfeifer? Katjuschka? Oder Seifensieder? Alles Raucher, alle mehrmals täglich auf der Terrasse. Oder jemand anders? Das Eichhörnchen, der Blanchett vorhoppelnd oder nachwuselnd, wie so oft?

»Nein, niemand.«

»Hm. Und ... gibt es Zeugen dafür, dass Sie allein waren, auf der Terrasse? Könnte *Sie* jemand gesehen haben, den oder die *Sie* nicht gesehen haben?«

»Hm ... kaum. Ich habe über das Geländer in den Hof geschaut, den Rücken zur Tür gewendet. Vielleicht ist da jemand raufgekommen, hat aber drinnen geraucht, am Ende der Treppe im Stiegenhaus, ist aber eher unwahrscheinlich.«

»Weshalb ist das unwahrscheinlich? Weil es verboten ist?«

»Nein. Bei offener Tür ist es erlaubt, es steht ja auch drinnen ein Aschenbecher. Wenn das Wetter gut ist, rauchen eigentlich alle draußen. Und selbst wenn jemand in meinem Rücken geraucht hätte, hätte ich ihn oder sie wahrscheinlich zumindest kurz bemerkt.«

»Mit wem haben Sie denn das Brainstorming gehabt?«

»Mit Kowalski und Ferrari. Und unserer Trainee.«

»›Ferrari‹?«

»Ferbecnik. ›Ferrari‹ ist sein Spitzname.«

»Verstehe. Und wie heißt Ihr Trainee?«

»Ploszdal.«

»Könnten Sie beides buchstabieren?«, meldet sich Krampfinger griesgrämig zu Wort. Und man denkt den unausgesprochenen Nebensatz mit: ... *wenn Ihre Kollegen schon so unmögliche Namen haben müssen.*

»Wir haben eine Mitarbeiterliste«, erwidert Vogel mit einem gelangweilten Seitenblick auf den Kollegen, seufzend, und wendet sich wieder an Bogart.

»Und, was haben *die* in besagter Brainstorming-Pause gemacht?«

»Keine Ahnung, Ferrari ... Ferbecnik wollte auch eine rauchen gehen, ich hab mir dann aber noch einen Kaffee geholt, vielleicht war er schon wieder unten, wie ich gekommen bin … Und Patty, die hat sich wahrscheinlich ein paar Minuten hingelegt.«

»›Hingelegt‹?«

»Schläft gerne.«

»Gut«, erwidert Vogel knapp (es hört sich jedoch an wie »gar nicht gut«). Er ergänzt: »Hätten wir das auch besprochen!« Worauf er die Hände ineinander verschränkt, die Ellbogen auf den Tisch stützt und zu Krampfinger blickt, der darauf nickt. Offenbar hat er alles notiert.

Plötzlich schwingt die Glastür auf und ein dritter Polizist spaziert herein, ebenfalls in Zivilkleidung. Der Mann ist offenbar Sportler, vermutlich Triathlet, Körperfettanteil acht Prozent, schätzt Bogart, mit dem ist im Ernstfall nicht zu spaßen. Der Achtprozentige wirft einen Blick auf Bogart, einen Blick, der zu besagen scheint: *Da sitzt ja noch einer von denen, man weiß nicht genau, was sie tun, wo sie herkommen und wie man zu einem von ihnen wird, aber das ganze Haus ist voll mit ihnen und wir haben jetzt unsere Arbeit damit*. Dann wandert sein Blick weiter zu Vogel, seinem Chef.

»Ich wollte nur sagen, der Bericht …«

»Danke, Feitl. Wir sind da eh gleich fertig.«

»Ich hol mir dann den Nächsten.«

»Passt.«

Und so unvermittelt, wie Feitl aufgetaucht ist, verschwindet er wieder.

»Eine letzte Frage, Herr Bogendorf … Haben Sie irgendeine Idee dazu, wer mit der Toten derartige Probleme gehabt haben könnte, dass er oder sie, sagen wir, bei ihrem Sturz etwas nachgeholfen hat?« Jetzt sehen Vogel und Krampfinger Bogart an, starren ihm in die Augen, vergessen dabei sogar zu zwinkern, scheinen mit ihren Blicken eine Antwort, eine Idee aus ihm herausgaffen, herausstochern, herauspressen zu wollen.

Bogart überlegt aufs Neue. *Eine Idee: die verblüffende Umsetzung eines Produktnutzens. Was eine Idee nicht alles sein kann,* denkt er. Dann antwortet er:

»Nein. Habe ich nicht.«

15:55 UHR HIRNSAUSEN 2

Von der Einvernahme durch Vogel und Krampfinger noch einigermaßen benommen, zieht es Bogart automatisch zurück in die Kreation, um sich dort zu sammeln und nach dem Rechten zu sehen. Wie ein Haufen Hühner in der Legebatterie hocken hier nun alle gleichzeitig und brüten ihre Arbeiten aus, Ferrari, Kowalski, Patty, Pfeifer sowie Prinzessin Mia.

Bogart liest sich die Wurstsonderideen aus dem ersten Brainstorming durch und notiert seine Favoriten. Es bleiben lediglich vier über, zu wenig, eindeutig zu wenig, und überhaupt: Das sind bisher nur die Ideen von Kowalski, Ferrari und ihm, Bogart. Patty hat ja kaum was bei-, sondern lediglich die Würste in die Hirnsausensitzung hineingetragen, aber immerhin, das war auch wichtig. Wie geplant, beziehungsweise in Erwägung gezogen, muss nun ein zweites Brainstorming mit neuen, auf diesem Projekt unverbrauchten Köpfen her, kurz: Pfeifer und Prinzessin Mia.

»Pfeifer. Mia. Brainstorming!«

»Ggll … wann?«

»Jetzt.«

»Echt jetzt?«

»Echt jetzt.«

Pfeifer verdreht die Augen und wackelt mit dem Kopf, Mia seufzt und stößt die Luft aus.

»Und wo?«, flötet die Prinzessin leidend.

»Küche. In den Konfis sitzt die Polizei. Apropos: Seid ihr schon verhört, ich meine … befragt worden?«

Beide verneinen.

»Und wann wird das passieren?«

Beide wissen es nicht.

»Gut. Dann nützen wir die Zeit bis dahin. Wenn einer zur Befragung muss, machen wir eben zu zweit weiter. Oder … Patty, was ist zurzeit mit dir?«

Patty ist soeben beinahe eingeschlafen, ihre Stirn befindet sich nur mehr wenige Zentimeter über der Tastatur.

»Mhm … was?«, nuschelt die Narkoleptikerin durch ihre Zahnspange.

»Guten Morgen. Zeit für ein Brainstorming?«

»Eigentlich sollte sie mir bei den Packungen helfen«, wirft Prinzessin Mia ein.

»Hab ich schon fertig.«

»Na dann, holt euch noch Kaffee, Wasser oder weiß Gott was, und ab in die Küche, bitte!«

Während sich Pfeifer einen Kaffee, Prinzessin Mia einen Tee und Patty eine weitere Schüssel Cornflakes macht, holt Bogart die Wurstreste samt Senf aus dem Kühlschrank, schneidet von jeder Stange sowie vom Rest des Brotlaibes ein paar Scheiben herunter und richtet alles auf einem Teller an. Diesen knallt er auf den Tisch, seinen Kolleginnen und dem Kollegen unter die Nasen, die diese rümpfen.

»Was, sollen wir die jetzt …?«, fragt Prinzessin Mia, während ihre Bommeln zusammenzucken.

»Ggll … ich hatte Mittagessen, bitte schön!«, zeigt Pfeifer auf.

»Und ich hab sie schon beim ersten Brainstorming gekostet«, grinst Patty.

»Pfeifer, Mia, wenn ihr diese Würste, für die wir schließlich Werbung machen wollen, noch nie probiert habt, dann ist jetzt die letzte Gelegenheit dafür. Also: Habt ihr?«

»Ggll … wo du so fragst … ich weiß gar nicht …«

»Also, ich vertrag sowas nicht … echt jetzt …«

»Essen. Jetzt. Von jeder Sorte eine Scheibe. Schmeckt mit Senf und Brot vorzüglich.«

Widerwillig, aber doch nehmen sich die Kollegin und der Kollege eine Scheibe Wurst, sie ohne allem, er mit Senf und Brot.

»Ggll … gar nischt schlescht.«

»Alscho, meinesch ist dasch nischt.«

»Sehr brav. Und jetzt noch die anderen Sorten.«

Während Prinzessin Mia und Pfeifer drei Sorten Wurst hinunterwürgen, erläutert Bogart das Briefing und schließt mit einem »Alles so weit klar?«. Alles so weit klar.

Mit dem Verebben der letzten Schmatzgeräusche breitet sich in der kleinen Küche eine fast behaglich zu nennende Stille aus. Patty, Pfeifer und Prinzessin Mia sitzen da, als ob sie im Wartezimmer einer Arztpraxis darauf warten würden, aufgerufen zu werden. Mia streichelt geistesabwesend ihre Haarknödel, Patty kämpft mit dem Schlaf, Pfeifer rollt mit den Augen und wobbelt mit den Kopf nach oben und unten, rechts und links, ohne dabei den Oberkörper zu bewegen. *So geht das nicht, so wird das nichts,* denkt sich Bogart.

»Hallo? Äh … wisst ihr noch, warum wir hier sind?«

»Jaja, ist aber … ggll … nicht ganz einfach heute.«

Pfeifer schluckt den letzten Bissen hinunter und beginnt zu grinsen. Mit dem Wurststau in seinem Mund dürfte sich auch ein Ideenstau in seinem Kopf gelöst haben. Er hebt den rechten Zeigefinger und blickt verschmitzt nach links oben.

»Ggll …«

»Jaaa, ich höööre …« Bogart wird ungeduldig.

»Ggll … Ggll …«

»Himmel!«, ruft Bogart diesen vergeblich an.

»Es … Ggll … steckt.«

Bogart ist erschüttert. Er hat heute schon viel mitmachen müssen, aber das hat er einfach nicht verdient, ein so übler Kollege oder Chef ist er dann doch nicht, kann er gar nicht sein. Und da, in diesem Moment, wird ihm etwas bewusst, fällt ihm etwas auf, was ihm längst auffallen hätte können, ja müssen, schließlich ist er für seine Mitarbeiter verantwortlich. Wie Schuppen fällt es ihm von den Augen, wie das Licht in jene des Nach-langer-Blindheit-plötzlich-wieder-sehen-Könnenden: Pfeifer ist verrückt, vollkommen verrückt, durchgeröstet wie ein Klebstoff schnüffelnder Kapuzineraffe, da hilft alles nichts, das ist nun einmal, Unfall hin, Mordfall her, die Situation hier.

»Können wir irgendetwas tun, damit es herauskommt?«, fragt Prinzessin Mia, die gute Seele, die gute. Sie macht sich echt Sorgen. Man weiß jedoch nicht, ob um Pfeifer oder dessen Idee.

Pfeifer verharrt noch immer mit dem Zeigefinger in der Luft, das Gesicht zu einem breiten Grinsen verzogen, als wäre er samt und sonders mit farblosem Nagellack überzogen, nur die Augen blicken jetzt verheißungsvoll zu den Kollegen. Da löst sich mit einem Mal die Starre, die Lähmung, durch Pfeifers Körper geht ein Ruck, durch seinen Kopf die Idee, die erste dieses Brainstormings, und sie beginnt aus ihm herauszusprudeln wie ein aufgestauter Gebirgsbach.

»Mach deine eigene Wurst!«

»Wie jetzt?«, fragen Mia und Patty im Chor.

»Auf einer Website kann man durch Klicks auf Zutaten und Produktionsschritte seine eigene Wurst zusammenstellen. Und die teilt man dann in den Social Media …«

Patty ist begeistert und übernimmt fliegend: »Cool, und unter allen Teilnehmern werden Gewinner gelost …«

»… deren Wurst wirklich produziert und verkauft wird … und diese erhalten einen Vorrat davon«, bindet Bogart die Wurst ab. »Könnte klappen. Gut, Pfeifer und Patty, weiter so!«

Der urplötzlich angelaufene Ideengenerator gibt auch Prinzessin Mia zu denken, es denkt sich gewissermaßen etwas in ihr zusammen, und dieses Etwas möchte sich jetzt auch stolz präsentieren. Sie drückt noch einmal auf ihre linke Bommel, wie auf die Pumpe einer Spritzblume, und schon quillt es aus ihrem Mund heraus:

»Es könnten ja auch echte Würste sein … in der Öffentlichkeit. Zum Beispiel auf Parkbänken ausgelegt. Und …« Noch ein Druck auf die Bommel. »… und auf der Wurstbanderole gibt es Infos zu einem Gewinnspiel …«

»Und das funktioniert wie?« Bogart ist gleichermaßen erstaunt wie begeistert. Schon denkt es sich aber in Prinzessin Mia weiter.

»Na ja, man muss … man muss zum Beispiel … man muss zum Beispiel die Wurst fotografieren und das Foto hochladen!«

»Genau …«, meint Patty, wieder assistierend. »… oder sie jemand anderem schenken und das dokumentieren!« Bogart notiert die ersten beiden Ideen in sein schwarzes Büchlein, während sein Team schon weiterdenkt.

»Man sagt doch: ›Es geht um die Wurst …‹«, sagt Prinzessin Mia.

»Klar. Sagt man«, sagt Patty.

»Ggll, guter Spruch«, sagt Pfeifer.

»Den könnten wir doch … wir könnten …« Prinzessin Mia versucht es wieder mit einem sanften Druck auf ihr rechtes Haarbällchen.

»Wir könnten ihn … ggll … im öffentlichen Raum!«

»Auf Baustellennetze …«, meint Bogart und webt das Ideennetz weiter.

»Altmodisch. Projektionen!« Bei Projektionen ist der Klang- und Video-Künstler Pfeifer zu Hause, in seinem ureigensten Metier.

»Und weiter?«, fragen Bogart und Patty unisono.

»Nichts weiter. Teaser. Total. Nur ›Jetzt geht es um die Wurst‹, und darunter einen Hashtag oder QR-Code. Und der führt zur Website.«

»QR-Codes sind aber sowas von tot!«, weiß die jüngste am Tisch, Patty.

»Oder wir … haha!« Bogart ist jetzt tatsächlich ein hitzköpfig-hochtrabendes Haha entfahren. »Wir platzieren diesen Spruch im Umfeld von wichtigen Themen und Aussagen!«

Schweigendes Unverständnis starrt Bogart aus allen Richtungen an, und er erklärt sich, vielmehr die Idee:

»Nehmen wir zum Beispiel ein Wahlplakat. Da projizieren wir drauf: ›JETZT. GEHT ES. UM DIE. WURST.‹« Bogart setzt jedes einzelne Wort wie imaginäre Bauklötze im Blocksatz in die Luft.

»Coool!« Patty ist erneut begeistert und daher putzmunter.

»Oder … ggll … wir machen das mit Augmented Reality.«

»Genau. Oder so!«

So genau will es aber jetzt weder Bogart noch jemand anderer in der Runde wissen oder gedanklich durchspielen, man befürchtet vor allem, Pfeifer könnte die Sache mit der augmentierten Realität weit- und ausschweifend technisch erklären, also notiert Bogart, und die anderen warten auf die nächste Eingebung.

Und so läuft die Zeit weiter, verrinnt, sickert durch die Köpfe und Körper von Bogart, Pfeifer, Patty und Prinzessin Mia, durch den Raum und in den Boden, ohne dass man sie sehen oder riechen, auffangen oder aufhalten könnte. Bogart jedoch spürt sie, wie lebensnotwendiges Wasser scheint sie seinen Körper zu verlassen, Bogart dehydriert gewissermaßen Zeit, Sekunden, Minuten, und in wenigen Stunden wird er zeitlich so ausgetrocknet sein, dass er sich nicht mehr, dass er nichts mehr bewegen werde können, zeitlos mumifiziert.

»Es muss doch noch was geben … Da ist noch mehr drinnen«, versucht Bogart mehr sich als die Kollegen zu motivieren.

»Wir könnten sie verstecken«, meldet sich Prinzessin Mia.

»Wen?«, fragt Patty, der beim Nachdenken schon wieder die Lider etwas nach unten gesunken sind.

»Die Wurst.«

»Und wo?«

Die Augenlider heben sich wieder.

»Keine Ahnung. Auf Websites. Zum Beispiel von Tageszeitungen. Da werden Würste versteckt. Und … findet und klickt man sie, kann man echte Würste gewinnen.«

»Mhm.«

Bogart ist unschlüssig, was er von dieser Idee halten soll, ein weiteres Suchspiel, andererseits: Welche ihrer Ideen heute, welche Idee überhaupt war noch nicht da, hat man auf die eine oder andere Weise noch nicht gesehen? Also schreibt er Prinzessin Mias Vorschlag auf.

»Oder wir machen so etwas wie ›Wurst für die Welt‹. Über eine Website kann man für wenige Euro eine Wurst in Hungergebiete senden.« Patty ist jetzt wieder hellwach. *Faszinierend*, denkt Bogart, *wie rasch sich ihre Schlaf- und Wachphasen abwechseln.*

»Mhm«, meint Pfeifer, »Charity halt.«

»Mhm«, bestätigt Bogart, »auch schon tausend Mal da gewesen, irgendwie.«

»Aber nie ganz falsch!«, verteidigt Patty ihren Geistesblitz.

Damit hat sie recht, der Kreativdirektor notiert also auch diese Idee.

In der folgenden selbstzufrieden-sanften Stille springt Pfeifer unvermittelt auf, zeigt wie ein Musterschüler auf, grinst schelmisch, dreht sich schließlich zum Fenster um und öffnet dieses. »Das sei die beste Idee bisher«, kommentiert Bogart kurz. Und alle Anwesenden atmen befreit auf, ein und aus. Durch das offene Fenster weht es noch ein paar leichte, flüchtige Ideen herein, nichts von Dauer, nichts von bleibendem Wert, aber ein paar von ihnen durchaus wohlklingend und hübsch anzusehen, dann schließt Bogart dieses auch schon wieder, freilich, ohne zu wissen weshalb – vermutlich ein eher harmloses Symptom seiner Zwangsneurose: *Was geöffnet wird, muss unweigerlich auch wieder geschlossen werden.*

Bogart will die Leute schon auf- und hinaus-, zurück zu ihren Arbeitsplätzen scheuchen, je länger der Tag dauert, je weniger Zeit für die zu erledigenden Aufgaben, für das Ersinnen von Bombenwurstideen bleibt, desto ungeduldiger wird er, denn: Je knapper die Anzahl der verbleibenden Stunden, Minuten wird, desto sorgfältiger, behutsamer, sparsamer muss mit ihnen umgegangen werden. Da meldet sich Pfeifer erneut, fast verschwörerisch hebt er den auf die Brust gesunkenen Kopf halb an, in seinen Augen glitzert der wohl wieder aufwallende Wahnsinn, er räuspert sich und flüstert bedeutungsschwanger:

»Ein Orakel …«

»Äh … ein was?«, entfährt es Bogart.

»Ein Wurstorakel!«

Pfeifer hält sich jetzt am Tisch fest, als fürchte er, die Großartigkeit seiner Idee könnte ihn abheben lassen oder zumindest ein kleines Erdbeben verursachen.

»Wie jetzt?« Patty ist ganz Wurst, Feuer und Flamme.

»Irgendwo kann man eine Wurst nach der Zukunft befragen.«

»›Irgendwo‹?« Bogart hätte es gern etwas präziser.

»Auf Facebook zum Beispiel«, platzt es aus Patty heraus, »da gibt es so etwas Ähnliches schon!«

»Echt jetzt? Das kann man?«

Prinzessin Mia waren die sozialen Medien schon immer unheimlich.

»Spricht nicht gerade für die Idee, dass es sie schon gibt.« Bogart ist skeptisch, aber das ist eben das Problem mit guten Ideen: Sie waren oder sind alle schon da.

»Ggll … wurst!«, meint Pfeifer nachgerade manisch. »Funktioniert trotzdem. Facebook, Orakel, Wurst. Alle drei urbeliebt. Wie soll das *nicht* klappen?«

»Das Wurstorakel. Patty hat das Wurstorakel befragt. Ich seh schon den Statusbericht in meiner Timeline! Au ja, das wird geil!«

»Und was antwortet mir das Wurstorakel so?«, fragt Prinzessin Mia, der die Idee, wie es scheint, schon zu schmecken begonnen hat.

»Na … es gibt Orakelsprüche ab … wie … was …«, sucht Patty passende Sprüche.

»… was beim nächsten Essen oder Lebensmitteleinkauf passieren wird«, kommt Bogart ihr zu Hilfe.

»Zum Beispiel …« Patty versucht sich wieder als Texterin, als welche sie nicht untalentiert ist, wie Bogart feststellt. »Du wirst beim Abendessen scheibchenweise glücklich werden.«

»›Beim nächsten Einkauf geht es um die Wurst.‹« Prinzessin Mia drückt diese und noch eine weitere Wurstweissagung aus ihrem linken Haarbällchen.

»›Wenn es heute Schwierigkeiten gibt, denk daran: Alles hat ein Ende, nur die Wurst hat zwei.‹«

Bogart kommt kaum mit dem Aufschreiben nach, schon entdeckt er, dass seine letzten beiden Zeilen schlecht bis kaum leserlich sind, eckige Buchstaben weisen unzulässige Rundungen auf, zudem beginnen die Zeilenabstände zu variieren, eine weitere Katastrophe bahnt sich an, die Bogart den Schweiß auf die Stirn treten lässt. Der Schöneschreibestress hindert ihn jedoch nicht an einem eigenen Beitrag zur Idee.

»Oder … wir nennen es nicht ›Das Wurstorakel‹, sondern …«

»Sondern?«, fragen Patty und die Prinzessin unisono.

»Sondern …« Während Bogart den alternativen Namen aufschreibt, spricht er ihn auch aus: »›Die allwissende Wurst‹!«

»Geil!« Patty ist aufgegeilt und angefixt. Sie will jetzt mehr wissen.

»Und wie erscheinen die Sprüche der Wurst? Stellt man bestimmte Fragen und auf die gibt es dann verschiedene Antworten, die irgendwie ermittelt werden?«

»Ggll … Geht viel einfacher …«, meint Pfeifer lässig lächelnd. »Man fragt einfach per Klick und bekommt irgendeine Antwort per Zufallsgenerator. Und die kann man dann teilen …«

Und so geht es dahin und alles seinen Gang. Eine Idee taucht auf und nach ein paar Sekunden wieder ab. Oder einer der vier packt sie beim Schopf, zieht sie aus dem Gedankengewässer, beutelt sie ein paar Mal durch, schüttelt sie quasi trocken, dann besehen auch die anderen den Fang und fangen an, ihn zu bearbeiten, zuzubereiten. Oder an dem armen Ding ist nichts dran, worauf man es zurück ins Wasser wirft. So vergeht rasch über eine Stunde, und wenn Bogarts Uhr richtig geht, ist es bereits fast 17:15 Uhr. Zeit, hier vorerst Schluss zu machen und sich anderen dringend wartenden Arbeiten zu widmen.

»Ich glaube, wir haben jetzt mal genug. Ich weiß nicht, wie es euch geht, aber mir raucht der Kopf. Danke, das war's vorerst. Gebt bitte auch bei euren anderen Jobs weiter Gas …« Bogart spricht's und packt's zusammen: Notizbuch, Tintenroller, Wasserglas, Mobiltelefon.

»Ggll … schade! Ich glaub, ich hätte bald wieder eine uuurgute Idee!«

EINSCHUB 3

Gründe, weshalb Kreativideen in der Agentur nicht umgesetzt werden, in keiner besonderen Reihenfolge

- »Das passt nicht zur Marke.«
- »Damit überfordern wir den Kunden.«
- »Das zahlt uns der Kunde nicht.«
- »Dafür haben wir momentan keine Zeit.«
- »Das wird wahrscheinlich nicht funktionieren.«
- »Dafür bräuchte es ein größeres Budget.«
- »Dafür haben wir nicht die richtigen Leute.«
- »Das werden viele nicht verstehen.«
- »Das könnte man auch falsch verstehen.«
- »Das passt nicht zum Marketingplan des Kunden.«
- »Dafür haben wir beim Kunden keinen Ansprechpartner.«
- »So etwas haben wir noch nie gemacht.«
- »So etwas hat der Kunde noch nie gemacht.«
- »Dafür braucht man wahrscheinlich eine Genehmigung.«
- »Dafür braucht es umfangreiche Recherche.«
- »Wir haben keinen Kundenberater, der das verkaufen kann.«
- »Wir haben keinen Kundenberater, der momentan dafür Zeit hätte.«
- »Dafür müssten wir einen Freelancer einchecken.«
- »Dafür müssten wir auch in der Freizeit arbeiten.«
- »Das wird den Umsatz des Kunden nicht steigern.«

- »So etwas Ähnliches gab es schon einmal.«
- »So etwas Ähnliches haben wir schon probiert und es hat nicht funktioniert.«
- »Damit machen wir uns das Leben schwer.«
- »Dafür ist unsere Technikabteilung nicht gut genug.«
- »Dafür ist unsere Grafikabteilung nicht gut genug.«
- »Das würde Eigenkosten verursachen.«
- »Das müsste man einmal im kleinen Rahmen testen.«
- »Dafür ist jetzt nicht der richtige Zeitpunkt.«
- »Das passt nicht zur Positionierung unserer Agentur.«
- »Das lässt sich pressemäßig nicht gut verkaufen.«
- »Das sollten wir wirklich nächstes Jahr machen.«
- »Diese Idee hat aber keine digitale Komponente.«
- »Das trägt nicht dazu bei, die Marke weiterzuentwickeln.«
- »Der Kunde hat momentan andere Sorgen.«
- »Wir haben momentan andere Sorgen.«
- »Das passt nicht zur aktuellen Kampagne des Kunden.«
- »Das ist etwas anderes, als wir dem Kunden unlängst angekündigt haben.«
- »Dazu bräuchte es die Expertise eines Anwalts.«
- »Puh, da versteh sogar ich nicht alles.«

- »Da müssen die Konsumenten einiges lesen.«
- »Dafür müssen sich die Konsumenten gut mit ihrem Smartphone auskennen.«
- »Das sollte man vielleicht noch einmal gründlich durchdenken.«
- »Wie viele Konsumenten werden dieses Angebot wirklich wahrnehmen?«
- »Das können andere besser als wir.«
- »Das wäre voriges Jahr perfekt gewesen.«
- »Da sollten wir auf einen wirklich passenden Kunden warten.«
- »Wir haben zurzeit andere Prioritäten.«
- »Das hält uns zu sehr vom Tagesgeschäft ab.«
- »Davon könnten sich gläubige Menschen beleidigt fühlen.«
- »Das sieht aus, als ob es Werbung für eine Partei wäre.«
- »Das sieht ein bisschen einer bestehenden Kampagne ähnlich.«
- »Das könnte als sexistisch aufgefasst werden.«
- »Da könnten wir uns überheben.«
- »Das wird nicht gerade dabei helfen, unser Performance-Ziel zu erreichen.«
- »Sieht wie eine Idee aus, die extra zum Einreichen produziert wurde.«
- »Das werden nur ganz wenige Menschen wirklich mitbekommen.«
- »Das müsste man breit bewerben und dafür gibt es kein Geld.«

- »Die dafür notwendige Technologie ist unausgegoren.«
- »Wir haben keine Ahnung, wie lange wir für die Programmierung brauchen.«
- »Dafür sind momentan zu viele Leute auf Urlaub.«
- »Dafür sind momentan zu viele Leute krank.«
- »Das ist Kreativität um der Kreativität willen.«
- »Das machen wir wegen Projekten, die dann dazwischenkommen, ohnehin nicht fertig.«
- »Wir haben auch so schon genug Stress.«
- »Irgendetwas stört mich daran, ich weiß nur nicht, was.«
- »Die Bombenidee ist das auch nicht gerade.«

17:15 UHR SWUSCH!

Und jetzt, denkt Bogart, wieder an seinen Platz zurückgekehrt, *die neuesten Wurstideen abtippen? Oder zur geistigen Erholung vielleicht erst einmal die Stundenerfassung erledigen?* Nämlich jene von gestern, für die er abends schlicht zu faul war? Besser die Stundenerfassung, entscheidet er rasch, »führen« heißt schließlich »entscheiden«, dann können die Ideen vor ihrer elektronischen Verarbeitung noch etwas einsickern beziehungsweise abhängen. Er steigt also mittels Benutzername und Passwort (beides vergisst er immer wieder, genauso wie den Aufenthaltsort jenes Post-its, auf dem er beides feinsäuberlich notiert hat) ins Stundenerfassungssystem ein, da weht es Prinzessin Mias meckernd-motzendes Maulen von schräg vis-à-vis über die Tischgruppe, über seinen Laptop, direkt in Bogarts Ohren.

»Kowalski, ich hab dir gesagt, dass ich Patty heute noch brauche.«

»Ja, hast du, aber sie gehört dir nicht allein.«

»Natürlich nicht. Aber *ich* hab angekündigt, dass *ich* sie heute brauche.«

»Aber sie hat vorher gesagt, dass sie mit deinem Job schon fertig ist.«

»Ja, mit dem, was ich ihr bisher gegeben habe, aber ich muss ihr jetzt noch etwas geben, sonst schaffen wir das nie.«

»Und ich schaffe meine Auto-Website sonst nie.«

»Ich dachte, da hilft dir Ferrari?«

»Mach ich auch. Ich suche Bilder«, meldet sich dieser geistesabwesend, mit seinem Blick am Bildschirm klebend.

»Na eben!«, meint Prinzessin Mia. Man sieht sie selten so erbost, fast schon am Rande des für eine Prinzessin Geziemlichen dahinschlitternd, ihre Bommeln wirken unscharf, so sehr zittern sie, ragen über diesen Anstandsrand bereits hinaus.

»Aber mehr kann er nicht machen«, erwidert Kowalski, von dem man solche Dispute durchaus kennt, der darin geübt ist. »Er ist schließlich kein Grafiker.«

»Dann hättest du dir das besser eingeteilt! Muss ich ja auch machen. Überhaupt heute.«

Es geht die Tür zur Technik auf, und ein gelbgefiederter Kopf, jener Katjuschkas, erscheint wie aus einem Vogelhaus.

»Alles in Ordnung bei euch?«

»Alles in Ordnung. Aber danke für deine Sorge«, erwidert Bogart. Und schon verschwindet der Vogelkopf wieder und die Vogelhaustür schließt sich.

»Ich kann mir nicht Dinge einteilen, von denen ich nicht weiß, ob und wann sie kommen und wie viel Zeit sie brauchen. Du kannst Patty jetzt noch eine Stunde haben, dann brauch ich sie, sorry …«, spricht der Artdirector Kowalski zur untergebenen Grafikerin Mia. Und damit ist die Sache erledigt, allerdings lediglich theoretisch, denn jetzt passiert Folgendes, das muss man sich einmal vorstellen, wo es doch eigentlich unvorstellbar ist, unvorstellbarer noch als alles, was heute ohnehin schon an Unvorstellbarem passiert ist:

Prinzessin Mia setzt noch einmal zu einer Widerrede an, öffnet den Mund, schließt ihn aber wieder und wendet sich wieder ihrem Computer zu. Zärtlich liegen ihre Finger auf der Tastatur, die sie sonst kaum benützt, reichen ihr doch zumeist ihre Grafikwerkzeuge, konzentriert ihr Blick auf dem Bildschirm oder irgendeinem speziellen Element darauf.

»Und genau das werde ich machen, Schatzi«, sagt Prinzessin Mia jetzt. Sagt es so laut, dass es alle hören können, ja müssen, sagt es ganz offensichtlich zu ihrem Computer. *Zu wem denn sonst,* denkt Bogart. Daraufhin nimmt sie ihre Hände vom Keyboard, öffnet ihren Untertischkasten und entnimmt diesem, man glaubt es nicht, eine Laserpistole. Die Laserpistole sieht aus wie ein verchromter Fön aus den Fünfzigerjahren. Bogart wundert sich, woher er eigentlich weiß, dass es sich um eine Laserpistole handelt, wo es doch in jeder Hinsicht viel wahrscheinlicher wäre, dass Prinzessin Mia einen Fön aus ihrer Lade zieht. Doch bevor er sich diesem Umstand weiter widmen kann, beweist ihm die Prinzessin bereits, wie recht er hat, indem sie die Pistole auf ihren Kollegen Kowalski richtet, nicht etwa mit einer Hand, wie in den meisten Science-Fiction-Filmen, nein, sondern so, wie in sauber recherchierten Kriminalfilmen Faustfeuerwaffen gehalten werden, nämlich mit beiden Händen. Mit einer eleganten Bewegung dreht sie sich mit der Sitzfläche des Schreibtischstuhls nach links und stoppt den Schwung nach circa sechzig Grad mit dem Fuß ab, hat nun Kowalski im Visier und spricht diesen, der ihr noch immer den Rücken zuwendet, an:

»Kowalski.« Nicht mehr und nicht weniger sagt sie, ohne jedwede erkennbare Emotion, und Kowalski dreht sich natürlich um und sieht sie an, als ob sie einen Fön auf ihn richten würde, ein fataler Irrtum, sein letzter, wie sich gleich herausstellen soll. Noch könnte sich Kowalski mit einem Sprung vom Sessel, vielleicht sogar auf die Auf-ihn-Zielende, vielleicht aber auch, indem er sich auf die Knie wirft und um Gnade winselt, retten. Allein nichts davon geschieht, bis buchstäblich einen Augenblick später Folgendes passiert: Prinzessin Mia betätigt den Abzug der Laserpistole, und im selben Augenblick verlässt mit einem trommelfelltraktierenden »Swusch« ein grüner Laser- oder sonstiger Strahl das Gerät, um in ebendiesem Moment auf Kowalski zu treffen, der sogleich samt seinem Stuhl von grünem Licht überzogen wird, kurz aufflackert, auflodert und verpufft. Ein rauchendes Aschehäufchen, dort, wo vor zwei, drei Sekunden noch Kowalskis Sitzgelegenheit, auf welcher er auch gesessen hat, gestanden ist. Sein Schreibtisch und der Fußboden scheinen kaum Schaden genommen zu haben, da und dort glosen ein paar Stellen, es riecht etwas angekokelt, freilich angenehmer als am Morgen nach Zirbenholz, befindet Bogart, und: Seltsam, ja faszinierend, mit welcher Entschlossenheit und Gründlichkeit dieses so harm- und arglos wirkende Persönchen, Prinzessin Mia, doch imstande ist, sich innerhalb einer Sekunde eines ihr zur Last gewordenen, ja unter Umständen gar Leid verursachenden Kollegen zu entledigen.

»Scheiß … mich … an …«, faselt Ferrari fassungslos. Patty schläft schlagartig ein und schlägt mit dem Kopf auf der Schreibtischplatte auf. Und Bogart? Bogart traut buchstäblich seinen Augen nicht. Ein Vorgang wie der soeben verfolgte ist nach Bogarts Dafürhalten ziemlich unwahrscheinlich bis technisch ganz und gar unmöglich. Aus dieser nüchternen Bewertung ergibt sich auch sogleich die Lösung des Rätsels: Bogart hat die Szene *nicht* verfolgt, weil sie nämlich gar nicht stattgefunden hat. Er hat etwas gesehen, was nicht passiert ist, hat es sich vorgestellt, das machen Menschen nun einmal, und sogenannte Kreative in besonderem Maße.

»Vielleicht schaff ich ja beides«, versucht Patty den Streit jetzt mit einer interessanten Intervention zu schlichten und freut sich sichtbar über ihre Idee.

»Schauen wir einmal, dann werden wir schon sehen«, gibt sich Kowalski damit zufrieden und arbeitet weiter.

»Schauen wir einmal …«, lässt es auch Prinzessin Mia seufzend dabei bewenden.

17:30 UHR SEIFENSIEDER

Die Stundenerfassung noch kaum begonnen und die Wahn- respektive Wunschvorstellung von Kowalskis Pulverisierung durch Prinzessin Mia kaum verdaut, wird Bogart schon wieder gestört, und zwar von Seifensieder, der, noch immer wie aus dem Ei gepellt, an das sein Kopf erinnert, durch die Glastür zum Vorzimmer spaziert, nach wie vor mit sicherem, schnellem Schritt, wenn auch mit weniger Elan als am Morgen.

»Sag … Bogart … hast du ein paar Minuten für mich Zeit?«, flüstert er in nahezu konspirativem Tonfall. Er beugt sich über den Angesprochenen, zieht einmal den Kopf ein, bis sein irrwitzig hoher Hemdkragen beinahe bis zum oberen Rand seiner Ohren reicht, und fährt sein Haupt darauf wieder aus wie eine Schildkröte.

»Äh … eigentlich nicht, wie du dir denken kannst. Worum geht's?«

»Zehn Minuten, okay? Lass uns runtergehen, eine rauchen …«

Mit Seifensieder jetzt darüber zu diskutieren, weshalb er wirklich keine Zeit habe und zu welchem Zeitpunkt es günstiger sei, würde Bogart vermutlich genauso viel Minuten kosten, als würde er das Ganze gleich hinter sich bringen, und überhaupt, ein paar Minuten Luft, wenn auch von Autoabgasen verpestet, würden ihm ohnehin wieder guttun. Also steht er wortlos auf, steckt Zigaretten, Feuerzeug und Schlüssel ein und folgt Seifensieder durch das Stiegenhaus auf die Straße.

Mechanisch und geistesabwesend zündet sich der Account-Director, kaum dass die Haustür in Schloss gefallen ist, eine Zigarette an und kommt auch schon direkt zur Sache.

»Einen Verdacht, wer es war?«, fragt Seifensieder nervös und hektisch inhalierend, ohne Bogart anzusehen. Der zündet sich bedächtig ebenfalls einen Glimmstängel an, bläst, wie es seine Angewohnheit ist, den Rauch in die Höhe und antwortet kurz, aber bestimmt:

»Nein.«

Seifensieder blickt betreten zu Boden, als suche er dort Spuren des Mordes, des Mörders, raucht hastig zu Ende, dämpft den Stummel mit seinem rechten Budapester aus und zündet sich die nächste Zigarette an.

»Du?«

Bogart versucht, Seifensieder in die Augen zu blicken, vergeblich freilich, dessen Blick weicht dem des Kollegen konsequent aus und springt unstet von einem imaginären Punkt auf dem Gehsteig zum nächsten. Vor dem Ecklokal auf der anderen Straßenseite sitzen zwei Gäste auf Barhockern, die dort samt einem kleinen Stehtisch für Raucher aufgestellt wurden, plaudern und frönen bei Kaffee ihrem Laster. *Vielleicht zwei Kellner*, denkt Bogart, *oder einfach Menschen, die um 17:00 Uhr ihre Arbeit beenden können, solche soll es ja auch geben, eine Frechheit eigentlich.* Unter dem Stehtisch wedelt ein kleiner flauschiger Hund nervös mit dem Schwanz und springt immer wieder an einem der beiden Männer hoch, wobei er mit dem Kopf mehrmals an die Unterseite der Tischplatte stößt, worauf er jedes Mal kurz aufjault, um ein paar Augenblicke darauf wieder dagegenzuspringen.

»Der Hund ist dumm wie Brot«, konstatiert Bogart emotionslos, was das Tierchen durchaus noch entzückender macht.

»Wir hatten etwas miteinander«, gesteht Seifensieder jetzt ohne Umschweife. Und es ist Bogart augenblicklich klar, mit *wem* der Kollege was hatte.

»Hast du es gewusst?«, fragt Seifensieder und wendet seinen Blick wieder zu Bogart, als habe ihm das Geständnis, das Aussprechen des lange gehüteten Geheimnisses neuen Mut gemacht.

»Gewusst nicht. Aber geahnt. Ihr habt es jedenfalls gut geheim gehalten.«

»Hat man über uns geredet?«

»Nicht dass ich wüsste.«

»Denkst du, Rudi hat es gewusst?«

»Glaube ich nicht. Und wenn, dann hat er sich nichts anmerken lassen. Hat es … deine Frau gewusst?«

»Glaube nicht. Und wenn, dann hat sie sich nichts anmerken lassen.«

»Hast du es der Polizei erzählt?«

»Ja. Besser so, als sie bekommen es von einem Kollegen oder einer Kollegin erzählt. Und ich habe ja nichts zu verbergen. Also … was ihren Tod betrifft.«

»Und bist du jetzt … verdächtig für die?«

»Was weiß ich. Vermutlich.«

Es folgt etwas, was man am besten als betretenes oder verlegenes Schweigen bezeichnet. Ein Zustand, in dem die im doppelten Wortsinn Betroffenen das Gefühl haben, etwas Sinnvolles sagen zu müssen, aber nicht die leiseste Ahnung, was das sein könnte. Bogart sucht in seiner Erinnerung nach Anzeichen einer Affäre zwischen Seifensieder und der Blanchett, findet aber außer ein paar vagen Vorkommnissen, die kaum als Indizien durchgehen, wie das gemeinsame Verlassen der Agentur oder den einen oder anderen gemeinsamen Besuch einer Branchenfestivität, kaum etwas. Als ob er diese Anzeichen hier, auf der Straße, entdecken könnte, lässt Bogart seinen Blick nun 180-gradig von Seifensieder über die andere Straßenseite und wieder auf die ihre schweifen, bis dieser Blick am Ende des zurückgelegten Halbkreises auf Chef Rudi und die Namenlose trifft. Die beiden stehen, in ein Gespräch vertieft, rund fünf Meter von Bogart und Seifensieder entfernt, fragt sich nur, zumindest fragt Bogart sich das: weshalb? Und da er selbst keine Antwort darauf weiß, teilt er seine Entdeckung nun auch mit Seifensieder, um auch diesen zu fragen.

»Und was machen die hier?«

»Was weiß ich. Rauchen? Können sie ja, wie wir, heute auch nicht mehr auf der Terrasse. Die ist ja Tatort oder könnte es sein«, entgegnet Seifensieder geistesabwesend.

»Rudi raucht nicht.«

»Vielleicht die Namenlose?«

»Hast du die schon einmal rauchen sehen?«

»Nein. Aber heute gäbe es einen guten Grund anzufangen.«

»Ich sehe keine Zigaretten.«

»Dann sind sie eben Luft schnappen. Ist doch scheißegal.«

Bogart wirft seinen Zigarettenstummel auf den Gehsteig und dämpft ihn aus, kurze Zeit später entsorgt Seifensieder seinen zweiten auf die gleiche Art, er raucht nahezu doppelt so schnell wie Bogart. Die Raucher auf der anderen Straßenseite haben sich wieder ins Lokal verzogen, die erbarmungswürdig dämliche Töle haben sie mitgenommen. Rudi und die Namenlose scheinen noch immer in ihr Gespräch vertieft zu sein.

»Wie lange ist das schon so gegangen?«

»Etwas über ein Jahr.«

»Eine lange Zeit für eine geheime Agenturbeziehung.«

»Ja. Wahrscheinlich.«

»Wäre es weitergegangen? Ich meine … wie ging es euch damit?«

»Keine Ahnung. Mal so, mal so. Wie das eben so ist, wenn so etwas geheim bleiben muss und einer der beiden einen Partner hat.« Damit war auch Bogarts nächste Frage schon beantwortet, bevor er sie stellen konnte: Die Blanchett hatte also keinen anderen Partner.

»Und wie war sie privat so?«

»Anders. Ganz anders … lebhafter … humorvoller … weicher …«

»Hab ich schon manchmal vermutet.«

»In der Firma hatte sie … eine Rüstung an. Die hat ihr auch irgendwie gepasst. Privat hat sie die ausgezogen. Das hat ihr noch besser gepasst …«

Für einen Moment befürchtet Bogart, dass ihm Seifensieder zu heulen beginnen könnte, aber das passiert nicht. Eigentlich wirkt er sehr nüchtern, wohl auch ernüchtert, aber keinesfalls traurig oder gar trauernd.

»Und weshalb wolltest du mich sprechen? Einfach, um es mir zu sagen?«

»Weiß nicht … Ich wollte wissen, ob du es weißt. Und … ob du einen Verdacht hast … und …«

»… ob ich dich jetzt verdächtige?«

Seifensieder nickt wie ein begossener Pudel. *So würde er auch aussehen*, denkt Bogart, *wenn ich ihn gefragt hätte, ob er die Blanchett umgebracht habe, und er es zugeben würde.*

»Wenn du es gewesen wärst, hättest du mir das jetzt vermutlich alles nicht erzählt, denke ich. Lass uns wieder raufgehen.«

17:45 UHR
SO ABER AUCH

Kowalski und Prinzessin Mia scheinen ihren Streit tatsächlich beigelegt zu haben, stellt Bogart bei der Rückkehr in die Kreation erleichtert fest, dafür nimmt er, kaum dass er Platz genommen hat, ein aus dem Nebenzimmer stammendes, durchaus als irre zu bezeichnendes Kichern wahr. Er beschließt, dieses Geräusch vorerst zu ignorieren, denn, wie von Pfeifer in der Morgenbesprechung der Kreation bereits richtig festgestellt wurde: Die meisten Probleme lösen sich durch einfaches Zuwarten von selbst. Stattdessen denkt er über Seifensieders Beichte in der Rauchpause nach. Das abgeschreckte Ei hat es also faustdick hinter den Ohren, gesteht Bogart dem Kollegen jetzt anerkennend zu. Wer hätte das gedacht, die Blanchett war ja auch nicht irgendwer, irgendeine Affäre, sie war immerhin die Blanchett und nebenbei die Königin der Agentur, deren furchteinflößende heimliche Herrscherin. Und das bei einem 60-Stunden-Job, einer Gattin und zwei kleinen Kindern, keine Kleinigkeit, das muss man erst einmal unter einen Hut bringen … *Mhm,* denkt Bogart jetzt und stößt dieses Geräusch auch tatsächlich leise, aber deutlich vernehmbar durch die geschlossenen Lippen aus: »Mhm.« Dann denkt er weiter: *Es wäre kein Wunder, wenn er es nicht unter einen Hut gebracht hätte – oder nicht mehr länger. So könnte es nämlich auch gewesen sein …*

Nach den wichtigsten Morgenbesprechungen und Telefonaten holen sich die Blanchett und Seifensieder, wie üblich, einen Kaffee und gehen damit auf die Raucherterrasse. Im kleinen Team der Agentur hat so gut wie jeder mit jedem zu tun, man bespricht auch anstehende Aufgaben immer wieder bei einer Zigarette an der Luft. So erscheint es auch nicht verdächtig, dass das die beiden

Etat-Direktoren so gut wie täglich gemeinsam machen. Manchmal sind ohnehin andere Kolleginnen und Kollegen dabei, gehen mit ihnen die Stiegen hinauf, fahren gemeinsam mit den beiden im Lift oder stoßen auf halber Zigarette auf der Terrasse dazu. Heute stößt niemand dazu, vielleicht acht oder zehn Minuten lang, und das ist genug Zeit. Genug Zeit für ein beklommenes Schweigen am Anfang dieser Minuten. Genug Zeit für ein paar hastige, fahrige Züge an den Zigaretten, während niemand spricht und der eine oder die andere bemerkt, dass der Wind heute ganz ordentlich bläst. Bis der eine oder die andere schließlich zu reden beginnt. Bis beispielsweise die Blanchett, ohne ihren Liebhaber anzusehen, an seinem Blick könnte sie ja bereits die Antwort ablesen, die sie befürchtet, nicht ertragen zu können, die sie vollends ihre Sicherheit, ihre Kontrolle verlieren lassen würde, bis also die Blanchett ihren Mut zusammennimmt, es wäre ja noch schöner, wenn sie diese Frage nicht stellen, nicht endlich Antwort darauf bekommen würde, und fragt:

»Wann.«

Und eigentlich ist dieses »Wann« keine Frage, man hört zumindest kein Fragezeichen danach, sondern bereits eine Drohung für den Fall einer falschen Antwort darauf. Und es ist genug Zeit, dass Seifensieder jetzt solche zu gewinnen versucht, indem er sich dumm stellt und seinerseits fragt:

»Was ›wann‹?« Jetzt erst nimmt die Blanchett, in ihren halsbrecherisch hohen Hacken lässig am Geländer lehnend, diesen Schuhen, die sie heute extra trägt, um für ihren heimlichen Geliebten zu unterstreichen, was für eine atemberaubend attraktive Frau sich dieser heute vielleicht ein für alle Male entgehen lässt, in der einen Hand die Zigarette, in der anderen den Cappuccino, jetzt erst nimmt sie also ihren schwer zu interpretierenden Blick vom Häusermeer, um ihn Seifensieder entgegenzuschleudern, einen Blick wie ein Hammerschlag, wie eine Naturgewalt, wie der Blitz vor dem Donner, einen Blick, in den ihre Worte bereits eingeschrieben stehen:

»Wann sagst du es ihr?«

So hat es kommen müssen, diese Frage hatte kommen müssen, und jetzt wundert sich Seifensieder, dass er sich nicht schon heute

Morgen nach dem Aufstehen, zum Beispiel unter der Dusche oder auf dem Weg in die Arbeit, eine Antwort darauf überlegt hat.

»Das mit uns. Dass du sie verlässt.«

»Bald.«

»›Bald‹?«

»Sehr bald.«

»Das höre ich seit Monaten.«

»Das stimmt nicht.«

»Zumindest seit Wochen.«

»Ja. Das stimmt. Es tut mir leid«, seufzt Seifensieder.

»Es tut dir leid …« Die Blanchett wirft den Filter ihrer Zigarette über das Geländer, Seifensieder zündet sich mit zittrigen Händen bereits die zweite an. Die Blanchett überlegt, scheint ein paar unterschiedlich scharfe Antworten hin und her zu wenden, zu überlegen, welche Schnitte diese an Seifensieder anrichten könnten, aber manchmal schneidet man sich mit besonders scharfen Klingen ja irrtümlich auch selbst.

»Weißt du, was? Es braucht dir nicht zu leidzutun. Nicht mehr.«

»Was … was soll das jetzt heißen?«

»Ich denke, du verarschst mich.«

»Das tue ich nicht.«

»Ich denke, du verarschst mich. Und eigentlich habe ich keine Lust mehr, länger verarscht zu werden.«

»Verdammt, du weißt, wie schwer das für mich ist. Ich … wir haben Kinder!«

»Das hättest du dir vorher überlegen sollen.«

»Gib mir noch dieses Monat Zeit … Bitte.«

»Bis zum Ende der Woche. Drei Tage, das muss reichen.«

»Das geht nicht. Ihre Eltern sind bis Sonntag zu Gast. Stell dir mal … stell dir diesen Skandal vor …«

»Sonntag. Mein letztes Wort.«

Seifensieder denkt nach. Sie wird ihm keinen Tag länger geben, das weiß er, hat er in dem Augenblick gewusst, als ihr »letztes Wort« ihren Mund verlassen hat. Und er wird es seiner Frau bis Sonntag nicht sagen, nicht sagen können. Er wird es sich vornehmen, er wird es versuchen, aber er würde eher daran ersticken, als es auszusprechen. Das weiß er auch.

»Und … wenn ich das nicht schaffe … bis Sonntag?«

»Dann wird sie es trotzdem erfahren. Von mir. Und Rudi auch. Der freut sich sicher auch darüber. Sein wichtigster Kundenberater vögelt seine wichtigste Kundenberaterin. Und lügt alle möglichen Leute an, um das zu verheimlichen. Vielleicht lügt er ja auch ihn, Rudi, oder gar Kunden an?«

»Das … das ist Erpressung.«

»Nenn es, wie du willst.«

Jetzt ist Seifensieder so gut wie völlig gelähmt. Wenn man sich vor dem Schlimmstmöglichen fürchtet, beruhigt es manchmal, zu denken: *Ich fürchte mich davor, rechne schon damit – also wird es nicht eintreten.* Tritt dieser schlimmste Fall, die Katastrophe, dann doch ein, ist man umso schockierter: *Das kann ja nicht sein, ich habe es doch vorausgesehen, antizipiert und dadurch gebannt, vertrieben, verhindert. Ich fühle mich vom Schicksal betrogen, hinters Licht geführt.* So ergeht es jetzt Seifensieder. Heute Morgen noch, nach dem Aufwachen, hat er daran gedacht, dass ihm die Blanchett heute, dass sie ihnen beiden heute das Genick brechen wird. Und dadurch, dass er es schon gedacht hat, musste es nicht mehr geschehen, musste sich Seifensieder auch keine Antwort auf die einleitende Frage zu ihrer Erpressung ausdenken. Und hier steht er nun und ist vor Schreck, vor Verwirrung paralysiert, wie hat so etwas nur passieren können? Wie hat er sich heute Vormittag – oder schon längst davor – dermaßen irren können?

Hier steht er also, Seifensieder, doch sogleich beginnt er sich zu bewegen, beginnt zu gehen, nämlich auf die Blanchett zu, bis er wenige Zentimeter vor ihr steht, von Angesicht zu Angesicht, wie es heißt, und seine Hände sanft auf ihre Schultern legt, vorsichtig, als könnten diese bei einer zu heftigen, ruckartigen Berührung explodieren und sie beide in die Luft fliegen. Und wie reagiert jetzt die Blanchett, schüttelt sie seine Hände etwa ab? Nein, sie reagiert, noch schlimmer, überhaupt nicht, zuckt nicht im Geringsten zusammen, versucht sich nicht dem Griff ihres Liebhabers zu entziehen, denn dieser und dessen Griffe berühren sie nicht mehr wirklich, seine Hände wiegen nichts mehr auf ihren Schultern, so wie ihre ganze Beziehung nichts mehr wiegt.

»Bitte. Tu das nicht. Zerstör nicht, was wir haben«, flüstert Seifensieder beschwörend.

»Was haben wir schon?«, erwidert die Blanchett und sieht ihn dabei nicht an, sondern durch ihn hindurch. »Du hast eine Familie. Und was habe ich?«

»Bitte.« Seifensieders Argumente sind jetzt auf dieses eine, ehrliche, erbärmliche Wort zusammengeschrumpft.

»Hör auf zu winseln. Das ist würdelos.«

»Würdelos …«, wiederholt Seifensieder und erkennt, dass sie recht hat. Und, dass diese Würdelosigkeit beendet werden müsse. Aber nicht von ihr, der Blanchett, sondern von ihm, hier und jetzt. Und ohne darüber nachgedacht oder es auch nur eine Sekunde geplant zu haben, küsst Seifensieder die Blanchett jetzt zärtlich und sanft auf die Lippen, hebt dabei ihren Hintern an und sie damit über das Geländer der Terrasse. Viel bedarf es dazu nicht, aufgrund ihrer vierzehn Zentimeter hohen Stöckel. Er sieht sie fallen, aufschlagen, sterben, aus seinen Armen in den Tod stürzen, von seinen Armen in den Tod gestürzt.

Und schon kann er sich wieder frei bewegen, frei atmen, was er jetzt auch macht, er atmet dreimal tief durch und geht dann das Stiegenhaus hinunter. Auf dem Weg zurück in die Agentur begegnen ihm möglicherweise ein, zwei Kollegen oder Kolleginnen, doch was werden diese auf der Terrasse vorfinden? Nichts! Und selbst wenn sie sich über das Geländer lehnen und einen Blick in den Hof werfen sollten. Wer könnte schon mit Sicherheit sagen, wie lange die Blanchett dort schon liegt? Wer könnte beweisen, dass sie von Seifensieder und nicht einem anderen Mitarbeiter hinuntergestoßen wurde? Niemand beachtet oder notiert die Rauchpausen der Kollegenschaft. Mehr als zehn Leute in der Agentur rauchen mehrmals täglich und die anderen besuchen die Terrasse mitunter zum Luftschnappen. Und Seifensieders Fingerabdrücke auf der Blanchett? Wenn man so eng und intensiv zusammenarbeitet und sich so gut versteht, sich auch privat trifft, wie es das Agentur-Team zu tun pflegt, berührt man einander nahezu zwangsläufig mehrmals täglich. Außerdem wurde sie ja heute Morgen, beim Anstoßen auf ihren Geburtstag, von so gut wie allen Kolleginnen und Kollegen umarmt und somit berührt.

Und im Übrigen wird Seifensieder sein Verhältnis mit der Blanchett ohnehin vor der Polizei zugeben. Das lässt ihn allemal weniger verdächtig erscheinen, als wenn es die Ermittler von seinen Kollegen erfahren sollten. Also sollten nicht einmal Seifensieders Fingerabdrücke auf Blanchetts Arsch ein Problem sein.

Schließlich steht Seifensieder, nach ein paar flotten, beinahe beschwingten Schritten durch das Stiegenhaus, vor der Eingangstür der Agentur. Er überprüft noch einmal den ordentlichen Sitz seiner Kleidung, zieht den Kopf, das abgeschreckte Ei, zwischen die Schultern in den blütenweißen Hemdkragen, fährt ihn wieder aus und öffnet die Tür.

17:55 UHR ZIRBENHOLZWOLLE

Wie aus einem Tagtraum erwacht Bogart aus seiner Vorstellung von Seifensieders Mord an der Blanchett und muss sich sogleich vorstellen, was es heute noch alles zu erledigen gilt. Er wirft einen Blick auf seine Armbanduhr, es ist bereits kurz vor 18:00 Uhr. Da hört er wieder das seltsame Geräusch aus dem Nebenzimmer, ein irritierendes, irrwitziges, idiotisches Kichern, er glaubt, eine männliche und eine weibliche Stimme erkennen zu können.

»Sagt mal, hört ihr das nicht?«, fragt Bogart die Anwesenden – Ferrari, Kowalski und Patty. Pfeifer und Prinzessin Mia sind nicht im Raum, müssen sich also, während sich Bogart vorstellte, wie Seifensieder seine Geliebte behände über das Geländer gestürzt hatte, davongestohlen haben, vielleicht werden sie ja, oder einer der beiden, gerade von der Polizei befragt.

»Was?«, fragt Kowalski unbeteiligt.

»Na *das*«, antwortet Bogart ungeduldig.

»Was ›das‹?«, fragt Ferrari unbeeindruckt.

»Na, das Kichern!«, antwortet Bogart unentspannt.

»Ach sooo, *das*. Macht vermutlich die Wolle«, erläutert Patty unerschüttert.

»Die Wolle. Welche Wolle, zum Teufel?«, ruft Bogart unwirsch. Und schon springt er, ohne eine allfällige Antwort abzuwarten, auf, um sich selbst ein Bild von der Sache zu machen.

In wenigen Schritten ist Bogart bei der Tür zum Nebenraum – der Heimstatt der Web-Developer, Personen, die man früher prosaisch-profan »Programmierer« nannte – angelangt und öffnet jene energisch. An der zweiten Tischgruppe (mit der ersten und den dort arbeitenden Personen wollen wir uns hier nicht weiter aufhalten, sie würden uns nur noch mehr verwirren) sitzen Katjuschka, mit dem Rücken zu Bogart, zu ihrer Rechten Jochen aus Hamburg, zu ihrer Linken deren beider Chef: Schmant. Dieser trägt, wie üblich, einen kurz geschnittenen Haarkranz und tropft seinen traurig triefenden Rotz in die Tastatur, während er mit geröteten Augen, hervorgerufen durch eine chronische Erkältung, auf den Bildschirm blickt. Vielleicht ist es dieser grippale Infekt, der Schmant den Zustand seiner beiden Team-Mitglieder ignorieren oder ihn gnädig darüber hinwegsehen lässt. Vielleicht ist er der Erkrankung ja sogar dankbar, weil ihn die Geschehnisse keinen Meter vor seinen Augen in gesunder Verfassung heillos überfordern würden.

Katjuschka und Jochen tragen jeweils einen riesigen hellbraunen Afro und kichern klammheimlich vor sich hin. Die Perücken sind derart voluminös, dass es verwundert, dass die beiden ihre Köpfe aufrecht halten können. Ihre Augen glimmen glasig, im Raum riecht es impertinent nach Zirbenholz.

»Was habt ihr da auf dem Kopf?«, stammelt Bogart fassungslos.

»Was sollen wir da haben?«, lallt Katjuschka arglos.

»Na, diese Dinger … Diese Perücken!«

»Was für Perücken?«

»Er meint die Zirben«, klärt Jochen aus Hamburg übergangslos auf.

»Ach so, die Zirben!«, fällt es Katjuschka wieder ein. Und sie scheint durchaus glücklich über diese Erkenntnis zu sein.

»Jaha, die Zirben!«, bestätigt Jochen noch einmal.

»Das Zirbenholz!«, ruft Katjuschka stolz.

»Die Zirbenholzwolle!«, ruft Jochen stolzer.

»Die Zirbenholzwollperücke!«, ruft Katjuschka feierlich.

»Die Zirbenholzwollperücken aus der Zirbenholzwolle aus den Zirbenholzluftbefeuchtern!«, ruft Jochen aus Hamburg triumphierend.

»Und warum, verdammt noch mal, habt ihr Zirbenholzwollperücken am Kopf?«, heult Bogart hilf- und ideenlos auf. Statt einer Antwort, oder als eine solche, niest Schmant nun dreimal hintereinander, oder sagen wir es besser: Es zerreißt ihn förmlich.

»Hihi«, kichert darauf Katjuschka.

»Tihi«, kichert darauf Jochen.

»Gnihi«, kichert wieder Katjuschka.

»Nihi«, kichert wieder Jochen.

Nachdem wir Schmant, Katjuschka und Jochen aus Hamburg vorgestellt haben, müssen wir uns einmal Bogart vorstellen, hier und jetzt, in dieser Situation: Er starrt, ja stiert ungläubig von Schmant zu Katjuschka, von Katjuschka zu Jochen, von diesem wieder zurück zu Schmant, und der Zirbenholzgestank vernebelt ihm zusehends Gehirn und Blick. Kann er seinen Sinnen, seinen Augen überhaupt noch trauen? Lachen Katjuschka und Jochen aus Glückseligkeit, über Schmant – oder gar über ihn?

»Aber ... warum ... warum macht ihr das?«, fragt Bogart jetzt verzweifelt. Und täuscht er sich, oder schwankt er bereits?

»Ey, Alter: die *Energie!*«, flüstert Jochen aus Hamburg.

»Die *kreative* Energie!«, ergänzt Katjuschka.

»Einfach ... *irre* ...«

»*Irsinnig* irre ...«

Das ist Bogart nun auch klar geworden, klar wie Kloßbrühe, wie es Jochen aus Hamburg ausdrücken würde. Schon holt dieser zu einer neuerlichen Demonstration seines und Katjuschkas Zustands aus.

»Ich seh sie jetzt ganz klar vor mir ... voll krass, Mann!«

»Wen? Was?«, fragt Bogart. Und es hört sich gar nicht wie eine Frage an, weil er die Antwort darauf eigentlich gar nicht wissen möchte.

»Die Wurst, Bogart ... *die Wurst!*«

»Wo ... ist sie denn?« Kaum hat Bogart diese Frage ausgesprochen, bemerkt er auch schon, wie verrückt sie sich anhört. Aber damit passt sie hervorragend zu diesem Gespräch. Jochen aus Hamburg wirft den Kopf zurück, schließt die Augen und streckt beide Arme in die Höhe. Die Auswirkung der Zirbenholzdämpfe dürfte gerade ihren Höhepunkt erreichen, der Berauschte, Beseelte, Beglückte sieht aus wie ein US-Südstaaten-TV-Prediger am Höhepunkt der Erleuchtung.

»Sie *schwebt,* Bogart. Sie schwebt über uns! Und sie ist ... atemberaubend! Sie ist ... pure Schönheit, reine Vollkommenheit, ein perfekter Organismus. Sie ist ... *Blanchett!*«

»Die Wurst?«

»*Aus* der Wurst! Ey, Alter, verstehst du nicht: Sie ist aus ihr entwichen, ihre Energie, ihre unglaubliche Energie ist aus der Toten entfahren, aufgefahren wie ihre Seele, es ist total abgefahren … eine Himmelfahrt, eine … Seelenwanderung, eine … Auferstehung!«

»Jaaa …«, entfährt es Katjuschka, die die Augen nun ebenfalls geschlossen hat und ihre Bestätigung von Jochens Vision mit einem lauten Stöhnen abschließt. Einem Stöhnen, das Bogart irgendwo zwischen einem Orgasmus, einer Geburt und einem Stuhlgang ansiedelt.

»Haaatschi«, beschließt Schmant die Szene.

Bogart gibt auf, ernüchtert stellt er fest, dass die einzige ihm verbliebene Option ein geordneter Rückzug ist. Mit letzter Kraft taumelt er zurück in die Kreation und stößt sich dabei fast mit der Stirn an der Glastür. Er schließt sie, hofft, dadurch nicht nur die Geräusche aus dem Nebenraum, sondern auch den Zirbenholzgeruch fernhalten zu können, und schleppt sich zu seinem Schreibtischstuhl, auf den er sich, unter den erstaunten und besorgten Blicken der Kolleginnen und Kollegen, erleichtert fallen lässt.

»Hihi«, hört man Katjuschka gedämpft aus dem Nebenraum.

»Tihi«, meint Jochen.

»Haaatschi«, tönt Schmant.

18:10 UHR WEINKELLER

»Wo sind Mia und Peifer eigentlich?«, hört sich Bogart fragen. Es fällt ihm einfach nichts Intelligenteres ein, was er jetzt von sich geben könnte, und Ferrari fällt keine intelligentere Antwort ein als:

»Vorher waren sie noch da.«

»Mhm«, macht es erneut in und aus Bogart heraus, während sein Blick von Ferrari zurück zu Kowalski springt, der genau zwischen ihnen sitzt. Ein »Mhm«, das zusammen mit dieser Blicklandung auch gleich eine Erinnerung zutage fördert: War da nicht etwas? Hätte da nicht etwas sein sollen? Um 17:00 Uhr schon, Grundgütiger? Mit Kowalski? Natürlich, die Website-Abstimmung, mit der Blanchett, deren Jobs sich Rudi annehmen wollte. Und um 18:00 Uhr hätte schon das Meeting zu den Wurstsonderideen beginnen sollen. Das heißt, dämmert es Bogart in die Abenddämmerung hinein, er ist mit seinem Tagesplan allein aufgrund dieser beiden Projekte bereits über eine Stunde, vermutlich schon eineinhalb, hinterher, von anderen Dingen, an die er jetzt gar nicht denken kann und möchte, ganz zu schweigen. Warum, zum Teufel, wurde hier, wurde prinzipiell nie, nirgends und jemals von irgendjemandem etwas richtig und rechtzeitig erledigt?

Und jetzt, genau jetzt, möchte Bogart alles wissen, möchte er wissen, was in diesem Moment, hier und heute, im Haus, in der Agentur gespielt wird, wo alle anderen, die Kolleginnen und Kollegen, gerade sind, was sie gerade machen, die Kreativen, die Web-Developer, die Kundenberater und -beraterinnen. An welchem Projekt, Job, Kunden sie gerade arbeiten, mit wem sie sprechen, telefonieren, mit welcher Miene, welchen Worten, in welcher Stimmung. Rudi, der Chef, Seifensieder, Schmant, Jochen aus Hamburg,

Katjuschka, Ferrari, Kowalski, Pfeifer, Prinzessin Mia, Patty und all die anderen. Freilich, Bogart könnte jetzt wieder aufstehen, sich von seinem billigen, stets falsch eingestellten Schreibtischstuhl erheben und einen Blick auf die Arbeiten der Kolleginnen und Kollegen werfen. Er könnte in seiner Abteilung beginnen und sich den Status quo zeigen lassen, kontrollieren, welche Fortschritte in den letzten Stunden erzielt wurden. In der Tat verspürt Bogart jetzt einen geradezu unwiderstehlichen Drang danach, einen sogenannten Schulterblick auf die Bildschirme seiner Teams zu tätigen. Erstens gehört das prinzipiell zu seinen Aufgaben, zweitens könnte man (sein Team, die Beraterinnen und die Berater) ein längeres Ausbleiben eines solchen Schulterblicks ihm als Versäumnis, als Nachlässigkeit auslegen, drittens scheint es Bogart gerade heute, gerade jetzt angezeigt, einmal nach dem Rechten zu sehen und, je nach Befund, zu loben oder zu tadeln, zu kritisieren oder zu motivieren, sich, wie man so sagt, einzubringen. Aber was würde Bogart bei einem solchen Schulterblick, hier und jetzt, zu sehen bekommen? Er würde Unfertiges sehen, Unvollständiges, Unausgegorenes, Unvollkommenes. »Das Unzulängliche, hier wird's Ereignis«, fällt Bogart dazu ein. Was ihm nicht einfällt, ist, von wem das Zitat stammt. Kurz: Er würde Fehler sehen, so wie er jedes Mal, wenn er die Arbeiten seiner Mannschaft begutachtet, Fehler sieht, die Fehler sieht, neben dem (zugegebenermaßen zumeist ebenso vorhandenen) Positiven, schon Gelungenen, vor allem und immer wieder die Fehler, die Irrwege, die falschen Lösungen sieht. Und zweifellos würde er hier und heute, angesichts der fatalen Umstände, mehr davon sehen, mehr als er ertragen könnte.

Was also macht Bogart? Nichts. Er bleibt, zumindest vorerst, sitzen, denn auch ein Besuch der Kolleginnen und Kollegen in den anderen Abteilungen erscheint ihm nun sinnlos, reine Zeitverschwendung, deren Fortkommen und Befindlichkeiten können und müssen ihm jetzt egal sein, darum kann und will sich Bogart nicht auch noch kümmern, der Zirbenholzwollezwischenfall hat ihm gereicht.

Solcherart von sich selbst zur Untätigkeit verdammt (denn auch an andere anstehende Aufgaben, wie etwa die Übertragung der Resultate des zweiten Brainstormings in eine PowerPoint-

Präsentation, ist momentan nicht zu denken, zu deprimiert ist Bogart angesichts des ihm soeben bewusst gewordenen, wie eine Gewitterwolke über ihm drohenden Kontrollverlustes) überkommt den Leiter der Kreation eine Traurigkeit, ein Trauergefühl, eine Niedergeschlagenheit, die ihn noch tiefer in den Sessel drückt. Die Situation, seine Situation, ist aussichtslos und daher zum Heulen, und danach ist Bogart nun auch: danach, zu heulen, sich einfach etwas auszuweinen, vielleicht für fünf oder zehn Minuten ein paar reinigende Tränen zu vergießen. Schon spürt Bogart das typische Zucken um die Mundwinkel und wie ihm das Wasser in die Augen steigt. Allein, vor seinen Untergebenen zu heulen erscheint Bogart dann doch undenkbar, unmöglich, wohin also mit den Tränen? Da, unvermittelt und unverhofft, in der Not wächst, wie es heißt, das Rettende auch, entsinnt sich Bogart einer ehemaligen Kollegin, die zum Weinen stets den Keller aufsuchte. Also gibt er sich einen Ruck, nimmt seine ihm verbliebenen Kräfte zusammen, informiert die Anwesenden, dass er kurz etwas erledigen müsse und gleich wieder zurück sei, und macht sich auf den Weg in den Keller.

Bogart nimmt die Treppen anstatt des Aufzuges, er spürt, enge Räumlichkeiten bekommen ihm jetzt nicht, die paar Schritte vom dritten Stock des Hauses, also dem ersten der Agentur, in den Keller würden ihm guttun. Vor der Kellertür angelangt, zückt Bogart seinen Schlüsselbund, um sich zugleich darüber zu ärgern, dass er keinen Kollegen gefragt hat, ob der Schlüssel zu den Agenturräumen auch den Keller sperre, er war nämlich noch nie hier unten, zumindest kann er sich nicht daran erinnern. Ein Versäumnis, das die erste Träne aus Bogarts rechtem Auge löst, jenem, mit dem er deutlich schlechter und daher nicht richtig dreidimensional sieht. Während er unter acht Schlüsseln den richtigen sucht, nimmt die Verzweiflung zu, und Bogarts linkes Auge beginnt ebenfalls zu tränen, ein Umstand, der die Schlüsselsuche und die Probe, ob dieser oder jener ins Schloss passt, umso schwieriger macht. Dazu kommen die Lichtverhältnisse, das schwache Licht der armseligen Glühbirne an der Decke deckt Bogart mit seinem Körper ab, Schloss und Schlüsselbund befinden sich praktisch im Dunklen. Nach zwei vergeblichen Anläufen versucht es Bogart mit dem dritten Schlüssel und, siehe da, dieser passt. Bogart öffnet die Tür. Auch hier ist das Deckenlicht eingeschaltet, seltsam, und so blickt er in den kurzen Gang vor ihm und sieht an der gegenüberliegenden Wand, an welcher der Gang nach links und rechts abzweigt, Industrieregale, mit diversen Kartons, Flaschen und anderen Behältern vollgestellt. Was er *hört,* ist allerdings interessanter: nämlich ein leises Schniefen, begleitet von einem verhaltenen Schluchzen. Das Geräusch kommt offenbar aus der linken Seite des Ganges.

»Hallo?«, fragt Bogart und bekommt vorerst keine Antwort. Also geht er auf das Schniefen und Schluchzen zu, das bedeutet, den kurzen Gang nach vor, um dann links abzubiegen. In den Regalen zu beiden Seiten des Ganges stapeln sich Dinge, die eine Firma wie die seine tagaus, tagein braucht, ohne dass jemand gesondert von diesen Gegenständen Notiz nehmen oder sie gar würdigen würde: Riesenpackungen mit Klopapier und Taschentüchern, Paletten mit Mineralwasser, Orangensaft und Bier, Kartons mit Druckerpapier und Tonern, Schachteln mit Bleistiften und Tintenrollern, Präsentationskartons und -taschen, permanent und nicht permanent haftende Sprühkleber, kiloweise Post-it-Blöcke, kistenweise Knabbergebäck, zwischengeparkte Keyboards und Laptops, externe Festplatten und USB-Hubs, eine Riesenportion Kabelsalat und, weiß der Teufel, was sonst noch alles. Neben diesen brauchbaren und noch aufzubrauchenden Utensilien lagert man hier aber auch schon immer – besser gesagt: mittlerweile – Unbrauchbares: Papier- und Mailing-Muster, bereits verwendete Präsentations-Charts und -Booklets, alte Handbücher und Gebrauchsanweisungen, komatöse Computer und tote Computer-Mäuse, ausrangierte Schreibtischstühle und Schreibtischlampen sowie ein windschiefes Skateboard (Bogart fragt sich, wem das wohl gehören könnte) und einiges mehr, wir können hier nicht annähernd alles aufzählen.

Und inmitten all dieser Büro- und sonstiger Materialien sitzt, tief in ein Regal gedrückt, so tief, dass man ihren Kopf fast nicht sieht und ihre in neonorangefarbenen Laufschuhen steckenden Füße kaum mehr den Boden berühren, das Eichhörnchen und weint, ja heult Rotz und Wasser, und zwar in das Klemmbrett, das auf seinem Schoß liegt, wodurch das eingeklemmte Papier bereits Wellen wirft.

»Ja … was machst denn du hier?«, fragt Bogart erstaunt. So erstaunt, dass er vergisst, selbst weiterzuweinen.

»Sieht man das nicht?«, schnieft das Eichhörnchen. Aus dem Halbdunkel zwischen den beiden Regalplatten, in denen es sich mit seinem Klemmbrett eingeklemmt hat, leuchten drei rote Punkte hervor: ihre verheulten Augen und die verrotzte Nase.

»Wegen der Blanchett?«, fragt Bogart. Ihm fällt nichts Besseres ein, und er erkennt noch, bevor er den Mund wieder zumacht, wie dumm diese Frage ist. Er setzt sich in das Regal vis-à-vis der Kollegin.

»Wegen was denn sonst?«, rotzt und trotzt das trauernde Tierchen aus seinem Versteck.

»Ja. Das ist … fürchterlich … unglaublich …«, würgt Bogart unbeholfen hervor. Vermutlich hat ihn das Eichhörnchen nicht einmal verstanden oder einfach nicht zugehört.

»Sie war so … großartig … viel besser, als alle geglaubt haben«, schnieft und schnäuzt die Assistentin aus dem Halbdunkel heraus und jetzt tatsächlich in das oberste Blatt Papier auf ihrem Klemmbrett hinein. Sie hat es einfach unterhalb der Klemme abgerissen und zusammengeknüllt. Den mit ihrem Rotz zu einer Art Papiermaché verkleisterten Papierballen wirft sie Bogart achtlos vor die Füße.

»Ja … sicher«, antwortet Bogart diplomatisch. Er ist sich aber nicht sicher, ob es nicht zynisch geklungen hat. Sein Blick fällt auf eine leere Bacardi-Breezer-Flasche, die neben dem Eichhörnchen im Regal steht.

»Hast du die …?«. Er deutet auf die Flasche.

»Hab ich. Willst du auch eine? Nächstes Regal links von mir.«

»Ich … danke, besser nicht.« Warmen Alkohol braucht Bogart jetzt am allerwenigsten.

Es folgt eine kurze Pause verlegenen Schweigens, in der lediglich das Schniefen des Eichhörnchens sowie ein undefinierbares Summen oder Brummen zu hören ist, vielleicht eine Heizungsanlage, Bogart weiß es nicht, und uns braucht es nicht zu interessieren.

»Bist du hier öfters, ich meine, warst du schon einmal hier zum …«

»Zum Heulen, meinst du?«

»Ja. Meinte ich.« Bogart ist seine Frage und die Bestätigung, wie diese gemeint war, sogleich peinlich.

»Vor einem Jahr oder so.«

»Was war damals der Anlass?«

»Die Blanchett.«

»Die Blanchett«, wiederholt Bogart die Antwort, als wäre diese nicht klar und deutlich zu verstehen gewesen.

»Sie hat mich dauernd schikaniert, zur Sau gemacht. Wochenlang.«

»Und dann? Ist es besser geworden?«

»Ich bin besser geworden. Meinte sie zumindest. Und hat aufgehört damit. Ich weiß nicht … Wenn bei ihr irgendetwas nicht stimmt … gestimmt hat, war gleich alles scheiße … Ist ein, zwei Mal was gut gelaufen, war alles gut. Es gab nur Schwarz oder Weiß.«

»Kenne ich von wo …« Bogart erinnert sich an seinen Chef.

»Aber ich hab so viel gelernt von ihr, sie hat mich immer gefordert, aber auch gefördert. Und sie hat mich nie hängenlassen … Und sie war einfach gut … die Beste …« Und da brechen erneut alle Dämme, bricht wieder alles aus dem jämmerlich jammernden und bejammernswerten Geschöpf heraus: Trauer und Tränen, Schmerz und Schleim, Rotz und Wasser, als ob es nicht nur über seine Herrin, sondern auch sich selbst weinen würde, es selbst Schuld trage am Tode jener.

Jetzt, als das Eichhörnchengejammere Bogart langsam zu langweilen beginnt, fällt ihm auf, dass mit Blanchetts Assistentin irgendetwas nicht stimmt.

»Zum Beispiel letzte Woche, da …«

Den Rest des eigentlich bemerkenswert langen Satzes hört Bogart schon nicht mehr, er geht gewissermaßen bei einem Ohr hinein und beim anderen wieder hinaus, ohne dass sich auch nur eine Silbe davon auch nur eine Sekunde an irgendeiner Stelle in Bogarts Kopf festsetzen kann, denn: Dieser Kopf hat soeben etwas Erstaunliches bemerkt, nämlich dass das Eichhörnchen nicht mehr so schnell spricht, zumindest gemessen an seiner üblichen

Redegeschwindigkeit. Es scheint, als sei sein Sprachturbo defekt, erloschen, als habe dieser gleichzeitig mit der Blanchett, ihrer Herrin, den Geist aufgegeben.

»Schmant ist auch völlig fertig. Auch wenn er sich nichts anmerken lässt«, ist das Nächste, was Bogart nach seiner blitzartigen Erkenntnis wieder wahrnimmt.

»Wie bitte?«

»Schmant. Völlig aufgelöst.«

»Äh … ja?«, fragt Bogart und meint damit eigentlich: »Und was soll das bedeuten?«

»Schwimmst du auf der Nudelsuppe, Bogart? Das weiß doch jeder, dass der total in sie verschossen ist … also war … Er hat sie angehimmelt, angebetet … Nur weil sie einmal bei einer Party im Suff mit ihm geschmust hat.« *Dann warst du mit dem Anhimmeln zumindest nicht allein*, denkt Bogart.

»Aha. Und?«

»Nichts ›und‹. Sie hat ihn nicht einmal ignoriert.«

»Hat sie das? Also ›nicht‹. ›Nicht einmal ignoriert‹?«, stammelt Bogart, hat sich jedoch Ähnliches bereits gedacht, aber nirgends nachgebohrt. Tratsch und Klatsch, zumal im Büro, waren ihm stets zuwider, zumindest, sich aktiv an der Weiterverbreitung desselben zu beteiligen. Da oder dort bei einer kleinen, feinen, schäbigen Anekdote oder Intrige zuzuhören gönnt sich aber auch Bogart ab und an.

»War ja auch eine Schnapsidee. Keine Ahnung, wie Schmant darauf gekommen ist, dass jemand wie *er* bei jemand wie *ihr* eine Chance haben könnte …«

»Tja, Verliebtheit kann man sich nicht aussuchen, oder?«, resümiert Bogart. Er denkt sogleich darüber nach, ob das überhaupt stimmen würde.

»Heute ist ja eigentlich auch Gruppe«, schnieft das Eichhörnchen jetzt mehr zu sich selbst, als habe es Bogarts Entgegnung nicht gehört. Es sieht auf seine Armbanduhr und ergänzt: »Eigentlich genau jetzt.«

»Gruppe?«

»Ja, die Gruppe«, antwortet die Kundenberaterin, als gäbe es nur eine Gruppe auf der Welt.

»Welche Gruppe denn?« Bogart wird dermaßen neugierig, dass er schlagartig die Blanchett und ihr Ableben sowie Schmant und dessen Leidenschaft vergisst.

»Na, die im vierten Stock, im Lager.«

»Und was ist das für eine Gruppe?«

»Na, die Selbsthilfegruppe.«

Es gibt Umstände, Erkenntnisse, Geheimnisse, auf die man bei deren Offenbarung einfach nicht gefasst sein kann, auch bei bestem Willen und Vorstellungsvermögen nicht. Was soll man, soll Bogart, auf eine derartige Eröffnung entgegnen? Er denkt erst gar nicht darüber nach. Automatisch antwortet er, antwortet irgendetwas in ihm für ihn:

»Tja, äh, ich glaube, ich muss jetzt gehen.«

18:30 UHR
HALLO, BOGART!

Bei Bogarts Ankündigung, jetzt gehen zu müssen, handelte es sich keineswegs um eine Verlegenheitsantwort oder gar Ausrede, auch von einer Flucht kann keine Rede sein – es trieb den Umtriebigen ein Ziel: das Materiallager im vierten Stock (der der zweite der Agentur ist, aber das sagten wir ja bereits). Es trieb ihn die angebliche Therapiegruppe, die in ebendiesem Lager, laut dem Eichhörnchen, ihre Sitzungen abhalten soll.

Um keine Zeit zu verlieren, nimmt Bogart daher auch den Lift, auf den zu warten ihm heute noch schwerer fällt als sonst. Es scheint, als sei die altertümliche Aufzugskonstruktion einer Zeitdilatation unterworfen, allein die Gesetzmäßigkeiten dieses Phänomens sind Bogart, der darüber nicht wenige Warteminuten vergrübelte und dabei nicht selten in einen veritablen Raum-Zeit-Rausch geriet, bislang verborgen geblieben. Kann sein, je schneller in der Agentur gearbeitet wird, desto langsamer vergeht die Zeit im Liftschacht, desto langsamer bewegen sich dessen Stahlseile, Führungsrollen und Gegengewichte. Zweifellos eine interessante Theorie, befindet der Kreativdirektor auch heute wieder und überlegt, diese einmal einem befreundeten Physiker vorzustellen.

Als der Lift dann doch erscheint und Bogart eingestiegen ist, wendet er sich unwillkürlich dem Spiegel darin zu. Und was sieht er in diesem, im trüben Licht der tranigen Neonröhre an der Decke? Er sieht Bedeutungslosigkeit, er sieht Hilflosigkeit, er sieht Sinnlosigkeit, er sieht Ideenlosigkeit. Damit hat er einerseits nichts, andererseits deutlich mehr gesehen, als ihm lieb ist, und so ist er erleichtert, dass das Gefährt schon nach wenigen Augenblicken wieder stehen bleibt. *»Der Mann im Fahrstuhl«*, denkt Bogart, ein Text seines Lieblingsautors, *genauso rätselhaft wie der heutige Tag.*

Er nimmt den Schlüssel aus der Hosentasche und sperrt die Eingangstür zum Empfang der Agentur auf.

Auf einem Barhocker hinter dem Empfangspult sitzt, lemurenhaft, in einem Lifestyle-Magazin blätternd, Aisha, die sogenannte Empfangsdame, die gleichzeitig Assistentin der Geschäftsführung, also von Rudi ist – und, so geht das Gerücht, eine uneheliche Tochter oder Nichte von Muammar al-Gaddafi. Aus Angst, eine unberechenbare Trauerreaktion über den Tod des Diktators auszulösen, man könne ja nicht wissen, will es aber niemand der Kollegenschaft auf sich nehmen, bei ihr nachzufragen.

»Hallo, Bogart«, grüßt die für gewöhnlich Griesgrämige heute leise und bescheiden, ja nahezu resignierend, freilich, ohne dabei von ihrer Zeitschrift aufzublicken.

»Hallo«, erwidert Bogart flüchtig und ist schon an der Kollegin vorbei und Richtung Zimmer von Seifensieder und MC Badawi unterwegs. Die arbeiten schweigend und beflissen, der Erste an seinem winzigen neuen Laptop, der Zweite an einem riesigen alten Taschenrechner, beide mit eingezogenen Köpfen. *Vermutlich hat sich Badawi das von Seifensieder angewöhnt,* denkt Bogart, überlegt, ob er die beiden grüßen soll, lässt es aber bleiben. Er möchte jetzt nicht in ein Gespräch verwickelt, aufgehalten werden, sondern bloß wissen, was hinter der Tür zum Materiallager, deren Schnalle er jetzt auch schon in der Hand hat und nach unten drückt, vor sich geht.

Wie im Keller stehen auch hier Regale, allerdings nur auf einer Seite, auf beiden wäre aufgrund der Enge des Raumes dafür auch gar kein Platz. Wofür hingegen sehr wohl Platz ist: drei Stapel mit Druckerpapier, die hier von Pfeifer, Prinzessin Mia und der Namenlosen als Hocker benützt werden. Bei der »Namenlosen« handelt es sich um eine neue Junior-Kundenberaterin, die sich die Blanchett beim Chef erstritten, ja diesem regelrecht abgepresst hat. Sie würde kündigen, wenn sie nicht bis zum Ende des Quartals Unterstützung für ihre Etatgruppe bekäme, eine gefährliche, um nicht zu sagen für die Agentur lebensgefährliche Drohung und Erpressung, der Rudi nichts entgegenzusetzen hatte, außer, dieser nachzugeben. Die resolute junge Dame wurde tatsächlich von einer namhaften Konkurrenzagentur abgeworben – um nun, nach dem Tod ihrer neuen Vorgesetzten, im Materiallager zu landen. »Namenlos« wird sie (natürlich nur unter der Hand) genannt, weil sich niemand der Kollegen ihren Namen merken kann. *Seltsam eigentlich*, denkt Bogart wieder einmal, *so schwierig sei dieser doch gar nicht. Er beginne,* sofern er sich richtig entsinnt, *mit »Ma« und ende mit »a«.*

Kaum dass Bogart einen Fuß in das Lager gesetzt hat, drehen sich auch schon die Köpfe der drei Anwesenden zu ihm, die beiden Frauen sitzen links und rechts von Pfeifer und grüßen den Neuankömmling wie aus einer Kehle: »Hallo, Bogart!«

Dabei heben die beiden Kolleginnen ihre Hände und winken Bogart zu. Pfeifer winkt nicht, er hebt hingegen die Hand, in dieser ein Staubwedel, den er nun in die Höhe hält, als handle es sich dabei um eine Trophäe, deren Auftauchen oder Präsenz hier einen wahren Triumph darstelle.

»Na, grüß Gott«, entfährt es Bogart jetzt, der in der Tür stehen bleibt, weil er nicht weiß, was er sonst tun sollte.

»Ggll … Setz dich ruhig, Kontrollmann«, meint Peifer jetzt einladend. Und Bogart ist sich nicht sicher, ober er richtig gehört, ihn Pfeifer tatsächlich »Kontrollmann« genannt hat. Deshalb blickt er jetzt auch über seine Schulter, ob nicht noch jemand hinter ihm steht, aber, er hat es schon befürchtet, da ist niemand, Irrtum also ausgeschlossen, Pfeifer hat ihn gemeint. Bogart beschließt, diese Anrede vorerst zu übergehen, und fragt stattdessen:

»Äh … worauf?«

»Ggll … Auf den Boden, Kontrollmann. Das erdet dich.«

Also, Bogart staunt über sich selbst, setzt er sich auf den Boden, vis-à-vis von Pfeifer, gewissermaßen zu dessen Füßen, und bildet so mit den anderen eine Art Kreis oder Kleeblatt.

»Wie geht es dir, Kontrollmann?«, fragt Pfeifer Bogart und lächelt diesen dabei so dümmlich wie glücklich wirkend an.

»Also … ich … verdammte Scheiße, Pfeifer, was treibst du hier eigentlich?«

»Falsche Frage, Kontrollmann, völlig falsche Frage! Die richtige Frage lautet: Was treibst *du* hier eigentlich? Was treibt *dich* hierher?«

»Ich … äh …«

»Immerzu treibt dich etwas, nicht wahr? Du bist ein Getriebener, habe ich recht? Was meint ihr? Ist Kontrollmann ein Getriebener?«, fragt Pfeifer und entfrecht sich nicht, diese Frage jetzt an die beiden Kolleginnen, Prinzessin Mia und die Namenlose, zu stellen.

»Mmm … mmhh«, antwortet Prinzessin Mia, die Pfeifer und Bogart die ganze Zeit über mit riesigen, staunenden Prinzessinnenaugen verfolgt und dabei ein, zwei Mal zärtlich ihre Haarquaste geknetet, um nicht zu sagen gekost hat. Wobei das »Mmm« vermutlich vorsichtige Überlegung und das »Mmhh« vorsichtige Zustimmung bedeuten sollen.

»Ich … weiß nicht … kann schon sein«, entgegnet hingegen die Namenlose so, als stünde ihr es tatsächlich zu, hier über Bogarts Psyche zu befinden. Noch während dieser nicht weiß, ob er sich mehr über die Frage oder die Antworten wundern beziehungsweise ärgern soll, fängt Pfeifer damit an, mit seinem Staubwedel vor Bogart herumzufuchteln.

»Es ist die negative Energie, die dich treibt, Kontrollmann. Sie treibt dich permanent dazu an, alles kontrollieren zu müssen. Lass einfach los, lass *sie* los. Gib sie mir, ich nehme sie dir ab. Ich streiche sie von dir ab …« Schon wischt der Tolldreiste mit seinem Staubwedel über Bogarts Kopf, Arme und Oberkörper, als gelte es, den Leiter der Kreation, seinen Vorgesetzten, gründlich abzustauben.

»Also, ich weiß nicht, ob das wirklich nötig ist …« Bogart ist dermaßen verblüfft über diese Behandlung, dass er gar nicht auf die Idee kommt, heftiger, um nicht zu sagen angemessen unwirsch, darauf zu reagieren. Stattdessen fragt er nun Prinzessin Mia beinahe höflich:

»Was macht ihr da eigentlich, wenn ich fragen darf?«

»Wir arbeiten den Tod der Blanchett auf«, antwortet statt dieser die Namenlose wie aus der Pistole geschossen, als hätte sie es auswendig gelernt. Um zu bestätigen, dass er die Namenlose gehört und verstanden habe, wiederholt Bogart ihre Worte, und zwar in Form einer Frage, was die Antwort umso dümmer erscheinen lässt:

»Ihr arbeitet den Tod der Blanchett auf?«

»Ja. Es tut wirklich gut«, bestätigt die Namenlose euphorisch, nahezu enthusiastisch.

»Es hilft wirklich, Bogart. Du solltest es auch versuchen«, ergänzt Prinzessin Mia beinahe schüchtern, als schäme sie sich für dieses Geständnis.

»Und was … ich meine, wie arbeitet ihr da so?«, fragt Bogart.

»Wir fangen gerade erst an«, antwortet die Namenlose.

»Ggll … Aber dazu musst du dich zuerst von deiner negativen Energie lösen, Kontrollmann. Lass es einfach zu, lass es einfach raus …«, sagt Pfeifer.

»Ja, Bogart, er hat recht … Ich hatte früher ebenfalls so viel negative Energie, so viel Aggressivität in mir. Nach jedem Meeting mit Kowalski bin ich fast explodiert. Jetzt geht es mir viel besser«, redet nun Prinzessin Mia mit sanft gedämpfter Stimme auf Bogart ein und diesem, wie einem kranken Pferd, gut zu.

»Einfach mal ausprobieren«, ergänzt die Namenlose, als spräche sie von einer Mittagsmenü-Alternative vom Chinesen.

Wie das Kaninchen vor der Schlange hockt Bogart vor Pfeifer, der, flankiert von der Kundenberaterin und der Grafikerin wie von zwei Tempeldienerinnen, nicht müde wird, seinem Chef stets von Neuem und vom Scheitel beginnend mit dem Staubwedel über Kopf, Körper und Kleidung zu streichen. Da fällt Bogart ein dummes Sprichwort ein, ein Sprichwort, das möglicherweise heute bereits in einem Brainstorming gefallen ist und das sich hier als rettendes Mantra erweisen soll: »Alles hat ein Ende, nur die Wurst hat zwei.« Und, siehe da, Sekunden später hat der Spuk tatsächlich ein Ende. Pfeifer grinst zufrieden und fragt Bogart: »Wie geht es dir jetzt, Kontrollmann?«

Pfeifer wartet die Antwort allerdings nicht ab, sondern kommt sogleich zum nächsten Programmpunkt:

»Wir können unsere Kollegin nicht vergessen. Wir wollen und sollen sie auch nicht vergessen. Wir können aber etwas für sie tun. Wir können für sie trommeln. Und indem wir das tun, tun wir es auch für uns. Wenn wir uns spüren, den Rhythmus spüren, wird auch sie das tun.«

Bogart tritt nun in das Stadium ein, in dem ihn nichts mehr wundert. Die Namenlose freut sich sichtbar auf das gemeinsame

Trommeln mit der Toten, lediglich Prinzessin Mia scheint verwirrt und fragt:

»Äh … wo ist sie denn jetzt? Also, die Blanchett meine ich …«

»Stellt keine Fragen, sondern tut lieber, was ich euch sage. Es gibt eine Zeit des Fragens und eine Zeit des Trommelns.« Pfeifer hat also auch das klargestellt und fährt mit seinen Instruktionen fort:

»Legt jetzt eure Hände auf die Packung Papier, auf der ihr sitzt. Du auch, Kontrollmann, nimm dir auch Druckerpapier aus dem Regal.« Noch bevor Bogart entscheiden kann, ob er Pfeifers Aufforderung Folge leisten soll, erledigt das schon die Namenlose für ihn, erhebt sich von ihrem Papierstapel, hebt behände eine Riesenpackung Kopier- und Druckerpapier, neunzig Gramm, aus dem Regal, man würde ihr diese Kraft kaum zutrauen, und überreicht sie Bogart mit strahlendem Gesicht wie ein Geburtstagsgeschenk.

»Hier!«

»Danke«, murmelt Bogart unbeabsichtigt. So unbeabsichtigt, um nicht zu sagen widerwillig, wie er sich jetzt synchron mit der Namenlosen auf seinen Papierhocker setzt.

»Also: Legt jetzt eure Hände zwischen eure Beine, auf die Vorderseite eures Hockers. Ganz leicht, ganz locker, so, dass die Daumen auf der Oberseite liegen bleiben«, meint Pfeifer. Er legt den Staubwedel zu Boden und macht es vor.

»Und beginnt jetzt, mit den Handflächen die Papierfläche zu schlagen, ruhig und rhythmisch. Macht es mir einfach nach.« Sogleich beginnt der Gruppenleiter sanft, aber sicher zu trommeln, gibt den Takt vor, einen langen Schlag, gefolgt von einigen »Tamms« und »Tam-Tams«. Während die Namenlose rasch in den Rhythmus findet und diesen so selbstbewusst wie selbstverständlich zu ihrem macht, zaudert und zögert Prinzessin Mia anfänglich etwas, scheint ihrer Musikalität oder der therapeutischen Wirkung des Trommelns nicht ganz über den Weg zu trauen. »Tamm, tam-tam, tam-tam«, ertönt es dagegen immer lauter von der Kollegin und Pfeifer, die sich jetzt gegenseitig bestätigend angrinsen, und langsam nähert sich Mia, in Trommel-Präzision und -Intensität, den beiden an.

Nicht so Bogart. Irgendetwas in ihm – vielleicht sein Kopf, vielleicht bloß seine Hände – sträubt sich, den einfachen Takt richtig mitzuklopfen. »Tamm, tam-tam, tamm«, erklingt es einmal, dann wieder »tamm, tamm, tam-tam« oder auch »tam-tam, tam-tam, tamm«. Während die Kolleginnen gute, wenn auch irritierte Miene zum falschen Spiel machen, blickt Pfeifer Bogart zuerst fragend, dann zunehmend verärgert an. Er intensiviert seine Schläge noch, sieht Bogart mit weit geöffneten Augen an, einem Blick, der sagt: »Da schau her, und hör zu, hör einfach zu, und mach es mir nach, das kann doch nicht so schwer sein.« Bogart, durch Pfeifers Ungeduld noch weiter aus Konzept und Konzentration gebracht, verliert nun völlig den Anschluss, trommelt praktisch so falsch und gegen den Rhythmus der anderen, dass es schon fast wieder richtig ist. Das reicht, zumindest reicht es Pfeifer, der mit einem letzten lauten »Tamm« aufhört zu trommeln, worauf sich die Namenlose und Prinzessin Mia erschrocken ansehen und ebenfalls damit aufhören, auf ihre Papierhocker einzuschlagen.

»Passt dir etwas nicht, Kontrollmann?«, beginnt Pfeifer sogleich, Bogart mit Vorwürfen zu überschütten.

»Ich … äh … doch, doch …«

»Gefällt dir der Rhythmus nicht?«

»Der Rhythmus? Nein, nein, der ist …«

»Möchtest du lieber selbst den Rhythmus vorgeben?«

»Also, nein, ich wüsste gar nicht …«

»Möchtest du deinen *eigenen* Rhythmus vorgeben? So wie du ihn immer vorgeben willst?«

»Nein, nein, bestimmt nicht, keinesfalls …«

»Das ist ja genau dein Problem, Kontrollmann.«

»Ich, äh, welches?«

»Dass du immer den Rhythmus vorgeben willst. Dein ganzes Leben lang. Nicht nur in der Arbeit, stimmt's?« Pfeifer redet sich langsam, aber sicher in Rage und erhöht Dynamik und Lautstärke seiner Worte wie zuvor jene der Trommelschläge. Und jetzt wendet er sich auch, Zustimmung und Beifall heischend, an die beiden Gruppenteilnehmerinnen, breitet wie Jesus die Arme aus und blickt mit erwartungsvoll geöffneten Augen von Bogart zur

Namenlosen, von dieser zu Prinzessin Mia und von jener wieder zurück zu Bogart.

»Kontrollmann muss immer und überall den Rhythmus vorgeben. Aber das ist nicht gut. Das ist gar nicht gut. Das ist schlecht. Sehr schlecht sogar. Schlecht für alle. Aber vor allem für ihn. Für dich selbst, Kontrollmann!«

Bogart findet Pfeifers Ausführungen, man glaube es oder nicht, gar nicht uninteressant, allein: Er spürt, als säße er in einem Fernsehstudio und die Regie hätte ihm dazu ein Zeichen gegeben, dass er jetzt doch besser gehen, die Gruppe besser verlassen sollte. Und so steht er einfach auf und spricht seine Absicht in die Runde:

»Also, das ist ja alles wirklich rasend interessant, aber ich glaube, ich muss jetzt doch gehen.«

»Siehst du, Kontrollmann, das ist jetzt typisch!«, triumphiert Pfeifer und fuchtelt dabei wieder mit dem Staubwedel vor Bogarts Nase herum. Bogart möchte Pfeifer fragen, was denn »typisch« sei, lässt es aber sein, erstens hat er keine Kraft dazu, fühlt sich plötzlich leer und zugleich schwer und zudem unglaublich müde und alt, zweitens beantwortet Pfeifer die unausgesprochene Frage, als hätte er Bogarts Gedanken gelesen, keine zwei Sekunden später selbst:

»Dass du den Rhythmus verweigerst. Dass du ihn nicht zulassen willst.«

»Welchen Rhythmus?« Bogart spürt, wie jetzt doch der Ärger in ihm hochsteigt, ein Gefühl, das ihn durchaus etwas belebt, aufrichtet, ihm also nicht ganz unangenehm ist.

»Dass du dich nicht dir selbst stellst. Dass du davonläufst.«

»Was heißt, ›dass du davonläufst‹?«

»Es heißt, was es heißt, Kontrollmann.«

»Ich. Laufe. Nicht. Davon. Herrgott noch einmal!«

In derselben Sekunde, in der Bogart den Herrgott angerufen hat, erscheint dieser gewissermaßen auf der Bühne des kleinen Materiallagers – und zwar indem er, nämlich Chef Rudi, einfach, ohne anzuklopfen, die Tür zu diesem öffnet, um sogleich, wie gegen eine unsichtbare Wand gestoßen, in dieser stehen zu bleiben.

»Grundgütiger!« Rudi verwendet jetzt dieses rar gewordene, altmodische Wort, zu dem er nur selten greift, als ob er es nicht abnützen wolle. Bogart kann sich nicht erinnern, wann er es den Chef das letzte Mal aussprechen gehört hat und ob es der Chef zum ersten Mal von ihm, Bogart, gehört hat, oder umgekehrt, oder beide von einer dritten Quelle.

»Was. Geht. Hier. Vor?«, fragt der Chef. Er spricht es aber interessanterweise nicht als Frage aus, sondern wie eine Feststellung, und zwar mit derselben abgehackten Betonung wie zuvor Bogart, als hätte er diesem vor der Tür zugehört und seine Frage, beziehungsweise deren Vortrag, einstudiert, während er, offenbar zum zweiten Mal an diesem Tag in seinen Grundfesten erschüttert, auf Pfeifer starrt, der den Staubwedel wie ein Zepter in die Höhe hält und den Chef zufrieden angrinst, und zwar mit einem Grinsen, das alles Mögliche bedeuten könnte: »Schön, dich hier zu sehen!« oder »Da staunst du aber, was?« oder »Nimm Platz, du hast es bitter nötig!«. Die Kolleginnen zu seiner Rechten und Linken freilich, Prinzessin Mia und die Namenlose, sehen die Sache anders und mit roten Backen betreten zu Boden, als hätte man sie beim Drogenkonsum oder Masturbieren erwischt.

»Ich wollte gerade gehen«, sagt Bogart mit monotoner Stimme zum Chef, blickt aber auf die Gruppe auf den Kopierpapierhockern. Vielleicht handelt es sich dabei ja doch bloß um eine Einbildung oder Sinnestäuschung, ein Trugbild, eine Fata Morgana.

»Die Sonderideen, Bogart. Wann?«

Die Sonderideen. Für ein paar Minuten hat Bogart diese tatsächlich vergessen, gnädig vergessen, vom Keller bis ins Materiallager, und schon weiß er nicht mehr, wie sich das angefühlt hat, nicht an diese Ideen denken zu müssen, pausenlos, Minute für Minute an sie denken zu müssen, wie man Minute für Minute zu atmen gezwungen ist.

»In einer Stunde?«

»In einer Stunde. Bei mir.«

19:05 UHR
HIRNSAUSEN 3

Wieder und wieder liest sich Bogart nach den unerquicklichen Episoden in Keller und Materiallager auf seinem Laptop die heute bisher erdachten Kreativideen für die übermorgen dem Kunden zu präsentierende Kampagne durch, einen Kunden, den die Agentur, wie schon erwähnt, noch nicht einmal den ihren nennen kann, aber, Bogart hat es befürchtet, diese Ideen werden nicht mit jedem Mal besser, im Gegenteil. Eins um andere Mal noch einmal gelesen, scheinen sie ihre, so ihnen eine solche je innewohnte, Kreativität und Genialität zu verlieren, scheint ihr Witz, ihre Unverbrauchtheit abzublättern wie schlecht aufgetragener Lack von einem billigen Kleinwagen. Und selbst die zuletzt von Bogart auserkorenen vier Favoriten vermögen ihn nicht mehr zu überzeugen, erscheinen ihm nicht mehr ausreichend, um den Erfolg der übermorgigen Präsentation entscheidend zu beeinflussen oder bereits zuvor, nämlich in weniger als einer Stunde, dem gestrengen Urteil des Chefs zu genügen. Zudem hat er Schwierigkeiten, sich auf die Präsentation und die damit noch verbundenen Aufgaben zu konzentrieren, weil ihn seit der Rückkehr aus dem Materiallager noch ein anderes Thema quält: Wie konnte er dermaßen die Kontrolle verlieren, dass sich mitten in der Agentur still und heimlich eine von Pfeifer geleitete Selbsthilfegruppe etablieren konnte? Was hatte er, Bogart, wann, wo und vor allem weshalb übersehen? Irgendetwas sei hier offenbar schon vor längerer Zeit gründlich und grundsätzlich schiefgelaufen, das sei nun einmal die jetzige Situation.

Schon taucht das altbekannte Gefühl in Bogart auf, eine diffuse Mulmigkeit, die sich in seinem Brustkorb, wenn nicht direkt in seinem Herzen, wie aus einer anderen Dimension zu materialisieren scheint und gleich einem außerirdischen Organismus in einem

Science-Fiction-Film in Sekundenschnelle zu einem Vielfachen ihrer ursprünglichen Körpergröße anwächst. Es folgt gewissermaßen Phase zwei der Panikattacke, in welcher diese Mulmigkeit sich zu einem Druck verdichtet, der mit zunehmender Kraft auf Bogarts Brustbein lastet, dieses wie in einem Schraubstock gefangen hält. *Atmen. Einfach atmen, weiteratmen,* denkt Bogart, atmet bewusst in langen Zügen durch die Nase ein und den Mund aus und hält sich dabei mit beiden Händen an der Tischplatte fest, als fürchte er, vom Schreibtischstuhl zu fallen. Dass zuerst Ferrari, dann auch Kowalski und Patty über seinen Anblick irritiert bis besorgt die Stirn runzeln und sich zweifellos ihren Teil dazu denken, kann ihn jetzt nicht kümmern. Solcherart gelingt es dem Kreativdirektor, den Anfall auszusitzen beziehungsweise niederzukämpfen, durch jahrelange Erfahrung hat er darin bereits ein gewisses Geschick, um nicht zu sagen profunde Routine entwickelt. Und mit einem Mal ist ihm auch klar, was nun zu tun ist: Es braucht ein weiteres, ein drittes Brainstorming, und zwar eines mit frischem Blut, zu welchem der Leiter der Kreativabteilung nun auch augenblicklich eine Kollegin und zwei Kollegen einberuft. Er nimmt das Telefon zur Hand und wählt Seifensieders Nummer.

»Hier Bogart. Hast du Zeit?«, bellt Bogart in das Gerät.

»Eigentlich nicht. Worum geht's?«, antwortet Seifensieder im nächsten Stock.

»Brainstorming. Es geht um die Wurst«, kläfft Bogart.

»Wann? Wie lang?« Seifensieder lässt sich nicht lange bitten und seine eigentliche Arbeit liegen und stehen.

»Jetzt gleich. Maximal eine Stunde. Kleines Konfi!«, beendet Bogart das Gespräch so grußlos, wie er es begonnen hat. Er weiß, Seifensieder wird als Erster zum Brainstorming auftauchen. Am Kundenberater ist durchaus ein Texter und Konzeptionist verloren gegangen, und das stellt dieser nicht ungern unter Beweis.

»Brauchst du mich?«, fragt jetzt Ferrari von der anderen Seite des Zimmers. Seine Eitelkeit musste bereits verdauen, dass das zweite Brainstorming dieses Tages ohne ihn stattgefunden hat.

»So ist es. Jetzt.« Zuletzt wendet sich Bogart schließlich an Katjuschka im Nebenzimmer, die froh zu sein scheint, einer einigermaßen enervierenden Programmiertätigkeit zu entkommen.

Keine drei Minuten später sitzen alle um den kleinen Konferenzzimmertisch herum und Bogart erklärt noch einmal die Aufgabe und deren Dringlichkeit, vor allem Seifensieder und Katjuschka. Kurz darauf tauchen bereits, zaghaft zu Beginn, dann, ab der dritten oder vierten, schon herzhaft, die ersten Ideen auf, die Bogart, wie üblich, allesamt einsammelt, also in sein schwarzes Notizbuch schreibt.

»Oder …«, ist Seifensieder wieder etwas eingefallen. Und er baut ein paar Sekunden dramatischer Stille ein, um die Wirkung des Folgenden zu verstärken. »Auf einer Website zur Aktion oder auf Instagram kann man mittels Foto oder Story zeigen, in welcher Situation man am liebsten zur Wurst greift, wann, wo und wie man sie am liebsten genießt. Unter allen Fotoeinsendungen werden dann echte Würste verlost.« In Erwartung von Applaus blickt Seifensieder in die Runde, der diese Idee allerdings keine Begeisterungsstürme entlockt.

»Jaaa … könnte gehen«, entfährt es Ferrari gelangweilt. »Bräuchte dann zumindest einen geilen Namen … ›Wurst it‹ vielleicht … oder ›I like to Wurst it‹ … könnte auch ein Song zur Aktion werden …« Und wie auf Knopfdruck beginnen er und Katjuschka »I like to Wurst it, Wurst it, I like to Wurst it, Wurst it« zu singen, die beiden wippen dabei rhythmisch mit dem Oberkörper auf und ab. Dass ihnen der Ernst der Lage egal zu sein scheint, bringt jetzt Bogart auf eine Idee.

»Wie wär's damit: ›Was ist *dir* Wurst?‹? Jeder regt sich über alles Mögliche auf, gerade im Internet, in den Social Media. Also sagen wir: ›Stay cool. Schreibt uns zur Abwechslung mal, was euch Wurst ist, also kaltlässt, worüber man sich nicht aufregen sollte.‹ Die coolsten Einsendungen werden veröffentlicht und belohnt. Und auf Facebook geht das sicher auch …«

»Mhm …«, gibt sich Ferrari, wie üblich, skeptisch. »… ob da nicht doch das Gegenteil mehr zieht: ›Was ist dir nicht mehr Wurst?‹?«

»Au ja, klingt geil …«, meint Katjuschka. Und Bogart weiß nicht so recht, wie das genau gemeint ist, jedenfalls rutscht die Web-Developerin etwas näher zu Ferrari.

»Könnte auch gehen«, muss Bogart zugeben. »Könnte aber rechtliche Probleme ergeben. Was glaubst du, was da alles eingesendet beziehungsweise gepostet wird: Wurst-Bashing, Polit-Shitstorm et cetera …«

»Das müsste eben rausgefiltert, also die Einsendungen erst freigeschaltet werden.« Ferrari gibt sich nicht so schnell geschlagen.

»Du verbindest damit aber die Marke mit hauptsächlich negativen Inhalten, Kommentaren, denn die meisten werden negativ sein … Mhm, ich hab da so meine Zweifel. Aber ich schreib's mal auf«, meint darauf Bogart und macht das auch.

»Alter! Ich bin hier, um geile Ideen zu haben, nicht um mir Sorgen über negative Postings zu machen!«, muss Ferrari jetzt sein Berufsverständnis kundtun.

Und so geht es dahin: eine Frau und drei Männer, die, als ob es kein Vorher gegeben hätte und kein Nachher geben würde, seit Jahren darauf konditioniert sind, wie Automaten Ideen auszuspucken, im Minutentakt, und das schon zum dritten Mal an diesem Tag. Sie können vermutlich nichts anderes, sie wollen auch nichts anderes, sie haben vermutlich nichts Gescheites gelernt, wie man so sagt, und falls doch, dann interessiert sie das Gelernte anscheinend nicht, nicht mehr. Bessere Ideen und schlechtere, schon gehörte und unerhörte, einfallsreiche und einfallslose. Ideen von Wurststaffelläufen mit Prominenten; Ideen, die Wurstfotos in Fotos von Internet-Nutzern integrieren; Ideen von öffentlichen Wurstlaboratorien; Ideen von Würsten, die man tatsächlich mit den Augen essen kann, und von solchen, die ihrem Besitzer am Handy anzeigen, wie viel noch von ihnen übrig ist und in wie vielen Tagen sie ihr Ablaufdatum erreichen; Ideen von Wurstadventkalendern und von Wurst-Maps, von Wurststernzeichen und Wursttagebüchern. Doch jede Idee wird leiser und mit weniger Begeisterung als die vorherige vorgetragen, ja, fast scheint es, scheint es Bogart, je besser die Idee, desto stiller, bescheidener wird sie erzählt, als schäme sich Katjuschka, als schämten sich Ferrari und Seifensieder hier und heute, jetzt überhaupt noch Ideen zu haben – und für die Unverfrorenheit, die Pietätlosigkeit, diese auch noch von sich zu geben. Und dann, bevor es endgültig zum Erliegen kommt, dreht Seifensieder mit nur einem Satz, mit bloß drei Wörtern, das Brainstorming ab, würgt den Gedankenaustausch ab wie einen altersschwachen Motor, so gründlich, dass nicht einmal Ferrari wieder anspringt.

»Einer von uns«, sagt Seifensieder lediglich halblaut, mit auf den Oberschenkeln aufgestützten Unterarmen, weit in den weißen Kragen gezogenem Eierkopf und gesenktem, verlorenem Blick. »Einer von uns.«

Und jetzt, wohl wissend, was Seifensieder gemeint hat, ausschließlich gemeint haben kann, schweigen sie vorerst einmal alle, schweigen mit Seifensieder, der diesem Satz auch nichts hinzuzufügen hat. Bis Ferrari mit einem Räuspern wieder seine Maschine startet, er kann kaum etwas unwidersprochen entgegennehmen, schon gar keine Ungeheuerlichkeiten.

»Also … das ist ja noch nicht gesagt. Es könnte ja auch wer …«

»… aus dem Haus gewesen sein?«, ergänzt Seifensieder Ferraris Aussage. »Die Blanchett umbringen? Die vermutlich keine der Hausparteien gekannt hat? Die überhaupt keinen Bezug zu den Leuten im Haus hatte?«, fragt Seifensieder weiter.

»Woher willst du das wissen?«, gibt sich Ferrari nicht so schnell geschlagen.

»Hast *du* zu irgendjemand hier Kontakt? Kennst du auch nur einen der Bewohner persönlich?«

»Nur weil *ich* niemand kenne, heißt das ja nicht, dass das bei der Blanchett genauso war.«

»Und selbst wenn sie jemand kannte hier, einen der Hausbewohner. Warum, zum Teufel, sollte sie wer umgebracht haben? Weil ihre Absätze auf den Stiegen zu laut waren, oder was?«

»Keine Ahnung. Womöglich hatte jemand mit ihr ein Problem, eine Vorgeschichte. Eine Affäre vielleicht …« Kaum hat Ferrari das Wort »Affäre« ausgesprochen, zuckt Seifensieder zusammen, unmerklich fast und dennoch beobachtet von Ferrari und Bogart. Katjuschka hingegen scheint weder von Seifensieders Reaktion noch von der Debatte etwas mitzubekommen. Mit zu Boden hängenden Armen sitzt sie da und sieht ausdruckslos nach rechts aus dem Fenster. Vielleicht stellt sie sich gerade die Blanchett vor, wie diese kopfüber am Fenster vorbei von der Terrasse stürzt, wie sie ihr, Katjuschka, vielleicht noch dabei zuwinkt, bevor sie am Boden aufschlägt, ein Haufen Fleisch, Knochen und Blut, in Zahnspange, Jumpsuit und Stilettos, und ihre Werberseele zum Himmel steigt oder zur Hölle fährt.

»Keine Ahnung. Genau, du hast keine Ahnung! Wie wir alle. Wie vermutlich auch die Polizei. Keiner hat was gesehen, jeder könnte es gewesen sein.« Seifensieder, durch seine Ereiferung erhitzt, öffnet den zweiten Knopf seines Hemdes, der erste war bereits offen. Es muss für Seifensieders Kollegin und Kollegen fast so aussehen, denkt Bogart, als ob Seifensieder durch die ostentative Erwähnung des Umstandes, dass auch er, Seifensieder, der Mörder sein könnte, von ebendiesem Umstand ablenken möchte und diese perfide Entlastungsoffensive nun mit ihm durch- und nach hinten losgehen würde.

»Das gibt es doch nicht, dass keiner etwas gesehen hat«, widerspricht Ferrari traditionsgemäß. »Es geht doch ununterbrochen wer auf die Terrasse eine rauchen!«

»Also ich bin schon öfters allein auf die Terrasse gegangen, war dann allein ein paar Minuten oben und bin wieder allein runter. Das wird schon ab und zu auch bei anderen vorkommen«, entgegnet Bogart.

»Und dann gibt es doch auch sowas wie Zeit-Weg-Diagramme. Die muss man doch eigentlich von jedem im Haus erstellen können«, lässt Ferrari nicht locker.

»Ja, gibt es. Wenn alle die Wahrheit sagen und sich noch an jeden Weg zu jeder Zeit erinnern können«, erwidert Bogart.

»Aber da muss es zumindest Spuren geben«, meint Ferrari. Er lehnt sich mit einer Geste, die man am besten als »gönnerhafte Empörung« bezeichnen könnte, zurück, breitet die Arme aus und ergänzt: »Fingerabdrücke, DNA, was weiß ich, der Mörder muss sie ja berührt haben.«

»Hat er auch!«, meldet sich jetzt Katjuschka mit monotoner Stimme und sieht dabei noch immer unbeteiligt aus dem Fenster. »Und alle anderen auch. Wir haben ihr alle heute Morgen zum Geburtstag gratuliert. Sie umarmt. Sie geküsst.«

Die drei Männer sehen die Frau an und dann sich selbst. Es sind vielsagende Blicke. Sie sagen Wörter wie »tja« oder »oje« oder »ach ja« oder »scheiße aber auch« oder »ja, leck mich doch am Arsch« oder »das hätte mir auch einfallen können«, und dann sagt kurz niemand mehr etwas.

»Kinder, wisst ihr, was? Machen wir am besten weiter, damit wir irgendwann einmal heute noch nach Hause kommen«, bricht

Ferrari mit einem Seufzen das Schweigen. Irgendetwas an diesem Satz, vielleicht aber auch der ganze, scheint Seifensieder nicht vollends zu bekommen. Er beginnt heftiger zu atmen, gleichzeitig auf der Glatze zu schwitzen, öffnet einen weiteren Hemdknopf.

»Machen wir am besten weiter. Genau!«, sagt Seifensieder gefährlich gelassen. Und wiederholt es sogleich, nun geradezu heiter:

»Machen wir am besten weiter. Das ist gut. Das ist perfekt.« Und jetzt öffnet der Entnervte einen Hemdknopf nach dem anderen, steht auf und redet, macht dabei unentwegt weiter.

»Machen wir am besten weiter. Alle.«

Kaum ist das Hemd vollständig geöffnet, zieht Seifensieder es aus und wirft es in eine Ecke, worauf er mit dem Unterhemd weitermacht. Ferrari ist die Kinnlade heruntergefallen, ungläubig blickt er zu Katjuschka, als wolle er sich versichern, dass diese dasselbe sieht wie er, die Kollegin blickt aber noch immer völlig unbeteiligt aus dem Fenster.

»Also, Seifensieder, jetzt nimm das nicht so schwer …«, rät diesem Ferrari nun. Seifensieder macht aber unverdrossen weiter und öffnet dabei seine Schuhbänder. Das linke ist schnell gelöst und der Schuh in die Ecke geworfen, in welcher schon Hemd und Unterhemd warten, so viel Ordnung muss anscheinend noch sein, der Knoten des rechten Schuhbands will sich nicht öffnen lassen, also reißt sich Seifensieder den handgenähten Maßschuh mit Gewalt vom Fuß.

»Machen wir am besten weiter und nehmen wir es nicht so schwer!«, doziert, ja skandiert er währenddessen.

Und als sei dieser Satz ihr heimlicher Einsatz gewesen, beginnt Katjuschka jetzt zu lachen, ruckartig, rülpsend zuerst, dann immer fließender, flüssiger und schließlich haltlos hysterisch.

»Also, Kinder, jetzt reißt euch doch ein bisschen zusammen …«, versucht es Ferrari nochmals mit gut zureden, freilich vergeblich.

»Reißen wir uns ein bisschen zusammen, machen wir am besten weiter, und nehmen wir es nicht so schwer. Das ist gut. Das ist sehr gut. Das ist verdammt gut!« Schon fliegen Seifensieders Socken in die Ecke, und er beginnt, sich die Hose aufzuknöpfen. Ferrari gibt auf, lässt den Kopf hängen und schüttelt diesen.

Katjuschka biegt sich mittlerweile im wahrsten Sinne des Wortes vor Lachen, hochroten Kopfes torkelt sie wahnwitzig wiehernd durch den Konferenzraum. Nachdem Seifensieder sich auch noch seiner Unterhose entledigt hat, öffnet er das Fenster sperrangelweit und brüllt hinaus, anschließend reißt er die Tür auf und schreit in die Agentur hinein, schließlich sollen es auch die restlichen Kolleginnen und Kollegen hören.

»Reißen wir uns ein bisschen zusammen, machen wir am besten weiter, und nehmen wir es nicht so schwer. Habt ihr gehört? Also: Zusammenreißen! Weitermachen! Nicht schwernehmen! Alle! Und das ist eine Dienstanweisung! Das wird kontrolliert! Ich kontrolliere das bei jedem Einzelnen!«

Bogart hat all das verfolgt, als hätte er es gar nicht verfolgen können, als wäre er gar nicht anwesend. Passiert zu vieles zu schnell um einen herum, kann man sich nicht auch noch selbst spüren, in der Situation wahrnehmen, also spürt sich Bogart auch gar nicht, spürt keine Reaktion in sich auf die Ungeheuerlichkeiten, die sich vor seinen Augen und Ohren abspielen, spürt praktischerweise auch seinen Körper, den Druck auf der Brust nicht mehr. Jetzt zum Beispiel läuft der splitternackte Seifensieder mit weit ausgebreiteten Armen durch die Agentur und predigt dabei unentwegt weiter.

»Reißen wir uns ein bisschen zusammen, machen wir am besten weiter, und nehmen wir es nicht so schwer.«

Katjuschka aber bleibt in diesem Moment das Lachen schlagartig im Hals stecken, blitzschnell stürzt sie zum Papierkorb und übergibt sich rabiat röhrend in diesen. Als der letzte Schwall im grauen Plastikeimer verschwunden ist und lediglich ein dünner Kotzefaden vom Kinn der Nun-schwer-Atmenden-und-sich-knieend-mit-beiden-Händen-an-den-Mistkübelrand-Klammernden hängt, diagnostiziert Bogart:

»Ist vermutlich von der Zirbenholzwolle.«

EINSCHUB 4

Sonderideen für die Wurstkampagne, in der Reihenfolge ihres Auftauchens in den Köpfen der Mitarbeiter

1) **»Schick deinen Facebook- oder Instagram-Freunden eine Wurst!«**
Unter allen virtuell versendeten Würsten werden echte Würste verlost.

2) **»Die längste Wurst Österreichs!«**
Jeder Klick oder jede Registrierung auf der Wurst-Website macht die Wurst länger. Dann wird die Wurst wirklich produziert und im öffentlichen Raum aufgeschnitten.

3) **»Wurst in den Dschungel!«**
Würste werden an kleinen Fallschirmen über einem Reality-Soap-Camp abgeworfen.

4) **»Die Wurstdrohne«**
Wurstdrohnen über Events und zielgruppenaffine Plätze fliegen lassen: z. B. Hauptplätze, Fußgängerzonen, Wanderrastparkplätze, Picknickwiesen.

5) **»Das Wurst-Online-Banner zum Aufessen!«**
Jeder Klick darauf macht die Wurst kürzer.

6) **»Mach deine eigene Wurst – Your Wurst!«**
Auf der Website kann man durch Klicks auf Zutaten und Produktionsschritte seine eigene Wurst zusammenstellen und diese dann in den Social Media teilen. Unter allen Teilnehmern werden Gewinner gelost, deren Wurst wirklich produziert und verkauft wird – und diese erhalten einen Vorrat davon.

7) **»Öffentliche Würste«**
Echte Würste im öffentlichen Raum, z. B. auf Parkbänken ausgelegt. Auf der Wurstbanderole gibt es Infos zu einem Gewinnspiel, dazu muss man die Wurst beispielsweise fotografieren und das Foto anschließend hochladen – oder sie jemand anderem schenken und das Ganze dokumentieren.

8) **»Es geht um die Wurst!«**
Dieser und andere Wurstsager im öffentlichen Raum, z. B. auf Baustellennetzen, auf Parkbänken oder als Projektion. Dazu Web-Adresse und QR-Code, die zu Infos zu Wurst und Gewinnspiel führen.

9) **»Wo ist die Wurst?«**
Auf Websites, z. B. von Tageszeitungen, werden Würste versteckt, findet und klickt man auf sie, kann man echte Würste gewinnen.

10) **»Das Wurstorakel« / »Die allwissende Wurst«**
Auf Facebook kann man »Die allwissende Wurst« befragen, was etwa beim nächsten Essen oder Lebensmitteleinkauf passieren werde. Die Antworten erscheinen per Zufallsgenerator.

11) **»Wurst für dir Welt!«**
Per Klick auf die Website zur Aktion kann man für wenige Euro eine Wurst in Hungergebiete senden.

12) **»I like to Wurst it!«**
Auf Instagram oder einer Website zur Aktion kann man mittels Fotos zeigen, in welcher Situation man am liebsten zur Wurst greift, wann, wo und wie man sie am liebsten genießt. Unter allen Fotoeinsendungen werden echte Würste verlost.

13) »Der Wurstzeppelin« / »Der Wurstelin«

Dieser fliegt über Österreich, die besten Fotos davon auf Instagram oder anderen Plattformen gewinnen eine Zeppelinfahrt oder eine Wurst.

14) »Was ist dir Wurst?«

Man sendet ein paar Zeilen dazu, was einen kaltlässt, worüber man sich *nicht* aufregen sollte, auf der Aktions-Website oder per E-Mail oder SMS ein. Die originellsten Beiträge werden auf der Website veröffentlicht und gewinnen Wurstvorräte.

15) »Was ist dir nicht mehr Wurst?«

Man sendet über eine Website, per E-Mail oder SMS ein paar Zeilen ein, was einen bewegt, einem wichtig ist. Die originellsten Beiträge werden auf der Website veröffentlicht und gewinnen Wurstvorräte.

16) »Lauf um die Wurst!«

Ein Staffellauf mit Prominenten, anstelle des Stabes wird eine Wurst übergeben. Die Aktion wird in den Social Media beworben.

17) »Wurstual Reality« / »Wursted Reality«

Eine Mobile-App, die Würste in Anwenderfotos integriert, z. B. auf Instagram oder Snapchat.

18) »Der Facebook-Wurststaffellauf«

Man sendet eine virtuelle Wurst via Facebook an einen Freund, der sendet sie zum nächsten usw. In möglichst kurzer Zeit sollen möglichst viele Würste weitergesendet werden, pro Weitersendung wird beispielsweise eine reale Wurst an Bedürftige gespendet.

19) »Das Ars-Electronica-Wurstship« oder »-Wurstlab«

Ein wurstförmiges aufblasbares Zelt wird aufgebaut, in dem die Schnittstellen von Wurst, Kommunikation und Technologie untersucht und erfahrbar gemacht werden, z. B. in Form von Geräuschen, die durch chemische Abläufe in der Wurst oder beim Aufschneiden oder Verzehren von dieser entstehen.

20) »Die Wurst, die man schon mit den Augen isst«

Interaktive digitale Plakate mit Sensoren, die registrieren, wenn ein Betrachter vor dem Plakat stehen bleibt. Dann wird die darauf abgebildete Wurst jedes Mal ein Stückchen kürzer. Wenn sie aufgegessen ist, erscheint eine neue.

21) »Die Wurst-Map«

Isst man ein Stück Wurst, wo auch immer, drückt man einfach den Wurst-Button einer speziellen Smartphone-App oder auf einen Button auf der Aktions-Website. Alle Wurstverzehrorte werden auf einer Österreichkarte auf dieser Website live abgebildet.

22) »Der Wurstadventkalender«

Von 1. bis 24. Dezember kann man per Klick im Internet täglich ein Stück von der Adventwurst herunterschneiden – und dabei jedes Mal die Sorte des jeweiligen Tages gewinnen. Oder es gibt einen Wurstadventkalender auf Instagram oder Snapchat.

23) »Die Smart-Wurst«

Sensoren auf bzw. in der Wurst, die den Frischezustand der Wurst und ihre verbleibende Menge über eine Smartphone-App melden und so an den rechtzeitigen Verzehr und Nachkauf erinnern.

24) »Interaktive Sausage-Operas«

Serie in kurzen Webisoden, z. B. über einen Freundeskreis oder eine WG, in dem/der die Wurst immer wieder auftaucht. Die Zuseher können mitentscheiden, wie sich die Serie weiterentwickeln soll.

25) »Der Wurstdildo«

Für die Frau oder das Paar von Wurst: in Wurstform und -optik, und auf Wunsch auch mit Wurstgeruch.

26) »Laser-Wurstinstallationen«

Diese betreffen alle Sorten des Herstellers, z. B. bei der Ars Electronica oder den Wiener Festwochen.

27) »Welcher Wursttyp bist du?«

Fragebogen auf der Website. Nach der Beantwortung lädt man ein Foto hoch und die entsprechende Wurstsorte wird ins Foto integriert. Wird dieses in den sozialen Netzwerken geteilt, kann man die jeweilige Sorte gewinnen.

28) »Sammle alle Wurstsorten!«

Von einer Facebook- oder Webseite aus kann man virtuelle Würste an Facebook-Freunde senden und selbst um welche bitten. Hat man alle, z. B. vier bis sechs Wurstsorten, kann man ein echtes Wurst-Set aus allen Sorten gewinnen.

29) »Die Wurstpost«

Über ein interaktives Online-Banner und/oder eine Aktions-Website kann man kurze Botschaften an Freunde auf eine Wurstbanderole schreiben. Aus allen Teilnehmern werden die Gewinner gelost, und deren Botschaft wird auf einer Wurstbanderole, samt echter Wurst, an die jeweiligen Adressaten gesendet.

30) »Im Zeichen der Wurst« / »Wurststernzeichen« / »Wurstoskop«
Auf einer Webseite kann man sein Wurststernzeichen (z. B. eine von sechs Sorten) wählen oder per Fragebogen ermitteln und dann in den sozialen Netzwerken teilen. Künftig bekommt man regelmäßig sein Wurstoskop per E-Mail oder über einen anderen Online-Kanal zugesendet.

31) »Send a Wurst to your Boy in the Army!«
Wiederauflage des berühmten Slogans von »Katz's Delicatessen« (man denke an New York im Zweiten Weltkrieg), jetzt in Kooperation mit dem Österreichischen Bundesheer. Man kann Würste an österreichische Soldaten in Auslandseinsätzen senden.

32) »Wurstlights«
Wurstförmige Lampen im öffentlichen Raum, z. B. über Einkaufsstraßen. Mittels einer Smartphone-App kann man sie unterschiedlich blinken lassen.

33) »Komm auf dieses Wurstlight!«
Bei interaktiven, mit Kameras ausgestatteten Citylights, z. B. bei Straßenbahnhaltestellen, kann man sich fotografieren lassen und dieses Foto gleich in das Wurstwerbesujet auf dem Citylight hochladen bzw. »verwursten« und in den sozialen Netzwerken teilen. Es bleibt auf dem Citylight, bis der nächste Passant sein Foto hochlädt.

34) »Alles Würschtln!«
Wurst-Online-Banner und andere Werbeformate neben Werbeschaltungen und/oder redaktionellen Beiträgen von Politikern.

35) »Tom is(s)t *die* Wurst, Lisa is(s)t *die* Wurst«

Personalisierte Wurstsorten bzw. Wurstbanderolen, für die man sich auf einer Website anmelden kann. Die Gewinnerwürste werden auch tatsächlich produziert, z. B. mit dem Titel »Tom is(s)t *die* Wurst«.

36) »Himmlische Würste«

In den Nachthimmel werden (z. B. in Kooperation mit der Ars Electronica in Linz) Wurststernbilder (verschiedene Wurstsorten) projiziert.

37) »The Sound of Wurst« / »Das klingt ja lecker!«

Über elektronische Schnittstellen in bzw. auf den Würsten werden aus jeder Sorte bestimmte Klänge generiert und anschließend im Internet und bei Ausstellungen und Kunstfestivals präsentiert, z. B. in Zusammenarbeit mit Medienkünstlern.

38) »Wurst Around the World«

Über Facebook oder andere Kanäle sollen virtuelle Würste um die Welt gesendet werden, entlang angrenzender Länder oder durch so viele Länder wie möglich. Alle Teilnehmer können Reisen in diese Länder und Wurstvorräte gewinnen.

39) »Die Wursttagebücher« / »Meine Wurstgeschichte«

Historische und neu angeregte »Oral History«-Ton- oder -Videoaufnahmen, persönliche Anekdoten, in denen Wurst eine für den Erzähler bedeutende Rolle gespielt hat, z. B. in der Kriegs- oder Nachkriegszeit. Die Aufnahmen werden bei Ausstellungen, auf einer eigenen Online-Plattform, in den sozialen Netzwerken und auf anderen Kanälen publiziert und ständig erweitert.

40) »Der Wurst-Bot«

Ein Bot, also ein komplexes Computerprogramm, gibt Auskunft zu Fragen, die Würste im Allgemeinen und die Wurstfirma, deren Werbeetat Bogarts Agentur gewinnen möchte, im Besonderen betreffen.

41) »*Die* Wurst, *der* Wurst«

Zu jeder Sorte, oder für eine bestimmte, gibt es eine männliche und eine weibliche Wurst mit entsprechendem Artikel. In den Social Media wird damit eine Gender-Debatte angeheizt, die der Marke Brandtime und Modernität beschert.

20:15 UHR
DIE BOMBENIDEE IST NOCH NICHT DABEI

Was denn das eben mit Seifensieder gewesen sei, möchte Rudi von Bogart wissen, weshalb habe der Erstgenannte wie ein Irrer in der ganzen Agentur herumgebrüllt? Nun, das könne Bogart auch nicht genau sagen, aber das Problem habe sich jetzt erledigt.

»Was? Wie? Hat er sich beruhigt?«, fragt der Chef.

»Also, das kann man so nicht sagen«, antwortet Bogart.

»Zumindest hat die Schreierei ein Ende. Wo ist er denn jetzt?«

»Äh … nicht mehr hier.«

»Wie das?«

»Ich habe ihn nach Hause geschickt.«

»›… nach Hause geschickt‹?«

»Er schien mir nicht mehr arbeitsfähig.«

Der Chef überlegt kurz, vermutlich wie Bogart dazu komme, Seifensieder nach Hause zu schicken, wo er schließlich nicht dessen Vorgesetzter sei und man zudem heute jede Arbeitskraft bitter benötige, schnauft dann und scheint schnell zu einem eindeutigen Schluss zu kommen.

»Ja. Vermutlich das Klügste … Und er hat sich tatsächlich nackt ausgezogen? Und sich dann wieder angezogen, um widerstandslos nach Hause zu gehen?«

»Ja. Und … äh, nein. Ausgezogen ja, angezogen nicht mehr.«

»Er läuft jetzt nackt auf der Straße herum?«, fragt Rudi ruhig. Denn die Vorstellung scheint ihm an diesem Tag nicht einmal mehr seltsam vorzukommen.

»Ich fürchte, ja. Oder er sitzt bereits in der U-Bahn.«

Rudi hebt beide Arme und schürzt dabei die Lippen, als wolle er sagen: »Nun, so sei es eben« oder »Was soll man da noch sagen?« oder »Das ist heute auch schon egal«. In Wirklichkeit sagt er nichts und auch der Kreativdirektor hat zu dem Vorfall mit Seifensieder nichts mehr hinzuzufügen.

Bogarts Blick fällt wieder auf den Bildschirm seines Laptops, und er erinnert sich an den Grund, weshalb er überhaupt hier ist: um dem Chef die Sonderideen für die Wurstkampagne zu präsentieren. Eigentlich wollte er noch Favoriten aus dem dritten Brainstorming auswählen und alles ordentlich zusammenfassen und überarbeiten, allein war dafür keine Zeit mehr, Rudi war bereits ungeduldig, und er habe nur circa eine halbe Stunde für Bogart und dann schon das nächste Meeting. Also präsentiert Bogart nun teils mittels seines Laptops und teils direkt aus seinem kleinen schwarzen Notizbuch heraus. Mehrmals hält er dabei inne, wenn er sich nicht sicher ist, ob der Chef das Gelesene oder Gehörte auch richtig verstanden habe, oder um diesen zu fragen, ob er nach einer gewissen Anzahl von Ideen diese einmal besprechen wolle, bevor er, Bogart, fortfahre. »Nein, nein«, antwortet Rudi dann. Der Kreationsleiter solle ruhig weitermachen und gleich alle Ideen auf einmal vorstellen. Der Boss hat sich bei der ersten Idee zurückgelehnt, die Fingerspitzen der beiden Hände aneinandergepresst und den Blick zum Plafond gerichtet, und so verweilt er, bis Bogart die letzte Idee aus seinem Notizbuch vorgetragen hat.

Nun senkt der Chef seinen Blick und richtet ihn, wie in solchen Situationen üblich, zur Seite, während er nach den ihm angemessen erscheinenden Worten sucht.

»Mhmmm …«, lautet seine typische erste Reaktion. Gefolgt von einem »Dankeschön«. Dann verengt er die Augen zu schmalen Sehschlitzen und starrt auf die Tischplatte, wobei er erneut den Mund verzieht.

»Mhmmm …«, hört Bogart nun noch einmal. »Ich glaube, wir haben da ein Problem …«

»Ein Problem?« Bogart schluckt, und es fühlt sich an, als müsse er eine zwei Zentimeter große Tablette, zum Beispiel ein 200-Gramm-Antidepressivum, hinunterwürgen.

»Wie soll ich es ausdrücken, Bogart …«, meint Rudi und blickt dabei wieder zum Plafond. »Wir haben ja festgestellt, dass wir gerade für diesen Kunden starke, innovative, aber machbare Zusatzideen benötigen. Mit diesen Ideen können wir uns von den anderen Agenturen, die präsentieren, abheben, mit diesen Ideen werden wir entweder gewinnen oder verlieren. Sind wir uns so weit einig?«

»Sind wir!«, entgegnet Bogart. Er stellt fest, dass seine Arschritze wieder zu jucken und er damit begonnen hat, mit den Arschbacken auf dem Sessel hin und her zu scharren, um sich quasi zwischen diesen zu kratzen. *Es hilft alles nichts*, denkt Bogart, *das Duschgel muss schleunigst ausgetauscht werden.*

»Siehst du, und hier liegt das Problem!« Der Chef freut sich nahezu, Bogart behutsam und deppensicher zu diesem geführt zu haben. »Denn mit *diesen* Ideen hier – und es tut mir leid, das sagen zu müssen, Bogart – werden wir diese Präsentation nicht gewinnen. Die Bombenidee ist noch nicht dabei. Nie und nimmer.« Und mit diesem letzten Wort, »nimmer«, ist der Chef sozusagen wieder am Tisch bei Bogart angekommen, von seinem Ausflug zur Decke und seinem rhetorischen Höhenflug an diesem gelandet, um sich an dessen Kante, wie zuvor Bogart an dessen Arbeitsplatz, mit beiden Händen festzuhalten, als sei ihm vom Flug noch leicht schwindlig, und Bogart frisch-freundlich ins Gesicht zu lächeln.

Wie kann man sich Bogarts Reaktion vorstellen? Er lächelt tatsächlich ebenso, vielleicht etwas schwächer als Rudi, aber genauso grundlos, zumindest könnten beide keinen Grund dafür nennen. Dann schürzt er die Lippen und blickt von seinem Laptop auf und direkt ins Gesicht seines Chefs, sieht diesem in die Augen. Was auch immer sich in diesen oder dahinter verbirgt, was sich gerade im Kopf des Chefs abspielt, Bogart kann sich in diesem Moment keine Vorstellung davon machen. Also stellt er sich erst gar nichts vor, sondern sagt:

»Tja.«

Der Chef hingegen möchte sich noch weiter erklären, möchte erläutern, warum die Ideen allesamt nicht dazu angetan sind, die Präsentation übermorgen zu gewinnen, so sollen sie doch zumindest die Entscheidung der potenziellen Geldgeber positiv beeinflussen. Und so geht er mit Bogart Idee für Idee durch, die, Bogart möge ihn, Rudi, bitte keinesfalls falsch verstehen, allesamt, beziehungsweise die meisten von ihnen, etwas hätten. Witz die einen, Charme die anderen, aber – leider, leider! – in dieser, ihrer Situation nicht brauchbar, nicht gut genug seien. So sei die eine Idee »ja ganz nett, aber erst letztes Jahr von einer anderen Firma so, oder so ähnlich, umgesetzt worden«. Eine zweite komme dem Chef bekannt vor, auch wenn ihm gerade nicht einfalle, wo er diese schon gesehen habe. Eine dritte sei, ja, man könne es ruhig sagen, durchaus ein Knaller, aber ach: Für deren Umsetzung müsste man zumindest einen Spezialisten hinzukaufen. Eine weitere Idee sei per se nachgerade großartig, allein sie passe nicht zum Markenbild des Kunden, das könne man diesem nicht guten Gewissens empfehlen, sofern er es nicht ohnehin ablehnen würde. Eine fünfte, freilich, sei aller Voraussicht nach schweineteuer, das zahle dieser Kunde niemals. Und so weiter und so fort.

Nachdem man die Ideen durch ist, die Rudi als Beispiel für die Minderwertigkeit der gesamten Liste anführt, lehnt sich jener wieder zurück, zieht, wie um den Ernst der Lage zu verdeutlichen, die Augenbrauen hoch und presst die Fingerspitzen der beiden Hände wieder aneinander. Bogart schaut ein, das heißt noch immer auf den Bildschirm seines Computers, dann wieder in sein Notizbuch und nochmals auf den Laptop, die Ideen ändern sich freilich weder hüben noch drüben, lösen sich leider nicht in Luft auf, um an ihrer Stelle wie durch Zauberhand andere erscheinen zu lassen. Er könnte jetzt versuchen, seine Ideen, die seines Teams zu verteidigen, für diese zu kämpfen, zu argumentieren, ja sogar zu streiten – nützen würde das alles (Bogart arbeitet lange genug mit Rudi zusammen) mit an Sicherheit grenzender Wahrscheinlichkeit nichts, dafür aber würde es weitere Zeit und Nerven kosten.

»Und … was machen wir jetzt?«, fragt Bogart Rudi. Dieser steht auf, stemmt die Hände in die Hüften, blickt zu Boden und antwortet seufzend:

»Ich weiß es nicht. Ich weiß es wirklich nicht. Aber …« Jetzt sieht der Chef auf seine Armbanduhr. »… ich weiß, dass ich bereits im nächsten Meeting sein sollte. Also …« Sein Blick wendet sich wieder seinem Kreativdirektor zu. »… lass dir was einfallen, Bogart. Lass dir was einfallen. Sonst seh ich schwarz.«

20:45 UHR
GOTT SCHAUEN

Wie in Trance, man kann diese an und für sich abgeschmackte Redewendung hier ruhig einmal verwenden, torkelt Bogart aus Rudis Büro und die Wendeltreppe hinunter in den unteren Stock der Agentur. Sein Kopf ist so voll, dass nicht auch noch Eindrücke aus der Umgebung hineinpassen, und so sieht Bogart eigentlich nichts um ihn herum, nimmt nichts wahr, zumindest nicht die Glastür zur Kreation. Also stößt er flotten Schrittes, und dadurch mit gehöriger kinetischer Energie, gegen diese – und zwar keineswegs mit einem Fuß oder einem Knie, einer Hand oder einer Schulter, nein, mit der Stirn, so will es der Zufall oder ein physikalisches Gesetz –, schlägt der Kreativdirektor förmlich auf der Tür auf und sieht augenblicklich, wovor der Chef noch Sekunden zuvor gewarnt hat: schwarz.

Als Bogart die Augen wieder öffnet, erkennt er sogleich, dass irgendetwas anders ist, irgendetwas nicht stimmt. Er spürt sich selbst nicht, aber auf eine gänzlich andere Art und Weise als zuvor im Chaos des verunglückten dritten Brainstormings. Hat er dort seinem Körper ob des irrwitzigen Trubels um ihn herum keine Beachtung schenken können, achtet er jetzt genau auf diesen – allein sein Rumpf, seine Gliedmaßen wie auch sein Kopf scheinen gar nicht vorhanden zu sein, ein an und für sich bedenkliches Phänomen, das ihn jedoch seltsamerweise nicht im Geringsten beunruhigt, genauso wenig wie die Tatsache, dass er verschwommen sieht. Er nimmt Licht wahr und eine schemenhafte Gestalt, die anscheinend vor beziehungsweise über ihm schwebt. Im Gegensatz zu seinem Körperempfinden kehrt sein Sehvermögen allerdings rasch wieder zurück, und aus den unscharfen Schatten und Schlieren schälen sich nach einigen zeitlosen Sekunden klare Kurven und Konturen, und Bogart erkennt, was beziehungsweise wer sich über ihm befindet. Es ist die Decke der Kreationsabteilung und vor dieser: Christopher Walken, der Christopher Walken, der sogenannte Kultschauspieler höchstpersönlich, und nicht etwa ein Doppelgänger, der dem berühmten Schauspieler ähnlichsieht – wie die tote, unbekannte Blanchett der lebenden bekannten. Walken trägt einen dreiteiligen erdfarbenen Anzug und dazu ein bordeauxrotes Hemd, beides aus, wie Bogart vermutet, sündteurem Tuch, sitzt auf einem unscheinbaren zeitlosen Holzstuhl und schwebt auf diesem circa eineinhalb Meter vor sowie eineinhalb über Bogart, der annimmt, dass er selbst auf dem Boden liegt, falls man ohne Körper überhaupt liegen könne. Hinter Walkens Kopf leuchtet ein grelles Licht. Bogart überlegt, ob es sich dabei um einen Heiligenschein oder doch eher das Neon-Deckenlicht handelt. Walken schlägt jetzt mit größtmöglicher Grazie die Beine übereinander, lächelt Bogart von oben herab gleichsam milde wie mystisch zu und, man glaube es oder auch nicht, hält eine riesige Stange Wurst in der Linken, als handle es sich dabei um ein Reichszepter.

Und was verspürt Bogart bei diesem Anblick, angesichts eines von ihm verehrten Hollywood-Stars mit einer Riesenstange Dauerwurst im Arm, der in seiner, Bogarts, Kreation in Wien auf einem Stuhl schwebt, anstatt in New York in einem Luxus-Loft zu frühstücken? Verspürt er etwa Ungläubigkeit? Regt sich in ihm Verwirrung? Fühlt er heraufdräuenden Wahnsinn? Gerät er erneut in Panik? Mitnichten, und nichts von alledem oder Ähnlichem, Bogart verspürt Glückseligkeit, spürt Erleichterung, spürt sich endlich angekommen, wenngleich er auch nicht sagen könnte, wo. Jedenfalls müsse es etwas bedeuten, dass ihm, gerade ihm, Bogart, Christopher Walken erschienen ist, das spürt Bogart ganz deutlich, sonst hätte Walken vermutlich auch keine Wurst mitgebracht. Bogart fragt sich nun, ob die riesige stangenförmige Fleischspezialität in den Fingern der Filmlegende von der Firma stamme, bei der Bogarts Agentur übermorgen die Präsentation hinsichtlich Werbeauftritt halten wird. Und, falls dies so wäre, ob Walken diese, also die Wurst, hier, in Österreich, erstanden habe. Bogart fragt sich außerdem, um welche Sorte es sich handle. Nach kurzem Nachdenken erscheint dem körperlosen Kreationsleiter diese Möglichkeit aber doch reichlich unwahrscheinlich, schließlich gäbe es in den Feinkostläden von Walkens Heimatstadt tausende atemberaubend köstliche Würste jeglicher Provenienz.

Nun aber unterbricht der Schauspielgott Bogarts Gedankengänge, indem er eine Taschenuhr aus der Weste zieht, den Deckel öffnet, einen skeptischen Blick auf das Ziffernblatt wirft, die Uhr wieder einsteckt und zu sprechen beginnt – Bogart doch tatsächlich anspricht:

»Genug geschlafen, Bogart. Es ist spät.«

Bogart antwortet mit einer körperlosen Stimme, von der er, das gilt auch für jene von Walken, nicht weiß, ob er sie tatsächlich oder bloß in seinem Kopf hört, der andererseits möglicherweise gar nicht da, zumindest nicht spürbar ist.

»Was … wie spät?«

»Zu spät, beinahe.«

»Für … für was zu spät?«

»Das solltest du selbst wissen.«

Bogart stellt fest, dass er nicht nur ganz allgemein sehr vieles nicht weiß, was er vermutlich wissen sollte, sondern ihm auch die Geschehnisse der letzten Stunden nicht mehr zur Gänze bewusst sind.

»Wie … kommen Sie denn hierher?«, fragt Bogart jetzt, als ob das irgendeine Rolle spielen würde.

»Die Frage lautet doch eher: Wie kommst *du* hierher, Bogart? Hast du sie dir schon einmal gestellt?«

Ja, hatte sich Bogart diese Frage schon einmal gestellt? Und falls nein, weshalb eigentlich nicht? Das wäre eine weitere gute Frage.

»Die Uhr …«, erinnert sich Bogart jetzt an jene von Walken.

»Was ist mit der Uhr, Bogart?« Walken zieht die Mundwinkel nach unten und breitet dabei die Arme aus, beides kennt man, kennt Bogart, aus Walkens Filmen.

»Da war doch etwas mit Ihrer Uhr …«

»Mit Uhren ist immer etwas, Bogart. Entweder sie gehen oder sie stehen. Beides irgendwie unbefriedigend, findest du nicht?«

»Sie haben Sie von Ihrem Vater …«

»Von meinem Vater?«

»Und der hatte sie von Ihrem Großvater …«

»Nun, das ist eine interessante Geschichte, Bogart. Fast wie aus einem Film. Und du liebst Filme ja, nicht wahr? Hast du dich schon einmal gefragt, weshalb du Filme so liebst? Mehr liebst als das wirkliche Leben?«

»Das wirkliche Leben … Was ist das, das wirkliche Leben …?«

»Tja, wenn du das selbst nicht weißt, woher soll ich es wissen? Aber zurück zur Uhr: Vielleicht hast *du* deine Uhr ja von deinem Vater, Bogart. Und *der* hatte sie von *seinem*.«

»Meine Uhr … von meinem Vater oder Großvater …«

In Bogarts unter Umständen gar nicht vorhandenem Kopf tauchen jetzt laufend neue Personen und Gegenstände auf: sein Vater, der Großvater väterlicher- und jener mütterlicherseits, ein paar Armbanduhren, gold- und silberfarben, mit Flex- und Lederarmbändern. Bogart würde jetzt gern auf die Uhr sehen, seine Armbanduhr, nachsehen, ob er überhaupt eine trage, beziehungsweise welche, und von wem diese stamme.

»Mein Vater war ein ehrenwerter Mann, Bogart. Er entstammte einer deutschen Bäckerdynastie und emigrierte in den 1920er-Jahren in die Vereinigten Staaten, wo er sogar Präsident der US-amerikanischen Bäckereiinnung wurde. Das muss man sich einmal vorstellen. Also eigentlich komme ich eher von der Brot- als von der Wurstseite. Andererseits, was wären die Deutschen ohne ihre Würste und Würste ohne Brot, nicht wahr? Was war *dein* Vater? Und was waren deine Großväter?«

»Mein Vater … mein Großvater … beide Großväter. Sie sind tot … alle!«

»Das tut mir leid. Aber so ist das nun mal mit dem Leben, es macht sich irgendwann einfach aus dem Staub. Vor allem Väter und Großväter machen sich gern aus dem Staub. Was bleibt, ist der Staub und der Tod, der ist einfach zuverlässiger. Sollten wir uns daher nicht eher mit dem Tod anfreunden, mein Freund, was meinst du?«

Bogart meint vorerst nichts mehr, denn er spürt jetzt etwas, was seine ganze Aufmerksamkeit beansprucht: seine Arschritze, die wieder zu jucken begonnen hat. Und jetzt steigt Ärger, um nicht zu sagen Wut, in Bogart hoch, denn, zumindest dem Anschein nach körperlos, dies, dieses schier in den Wahnsinn treibende Jucken zwischen den Arschbacken, sollte erst gar nicht möglich sein. Auch ist es ihm solcherart, ohne jegliches sonstige Körperempfinden, unmöglich, sich zu kratzen. Eine neuerliche Panikattacke bemächtigt sich des ohnmächtigen Kreativdirektors, was, wenn er vom Hals abwärts gelähmt sein sollte, dauerhaft? Aber könnte er dann überhaupt seinen After spüren? Mit größter Anstrengung versucht er nun, sich auf seine Arme, seine Hände zu konzentrieren, diese zu spüren und zu bewegen, um sich mittels Kratzen zumindest für ein paar Augenblicke Abhilfe zu verschaffen, vergeblich.

»Wozu strengst du dich so an, Bogart?«, lenkt Walken diesen jetzt von dessen Malaise ab. »Ist es das alles wert? Diese Anstrengungen, diese Mühen. Was bewirkst du damit?« Und Walken, wie um seine Worte zu unterstreichen, beginnt nun seelenruhig, die Wurststange zu schälen, ohne jedwedes Hilfsmittel und so mühelos, als handle es sich dabei um die Haut eines gebratenen Apfels. Als er den gut vierzig Zentimeter langen Wurstknüppel in einer einzigen erstaunlich eleganten Bewegung die Haut abgezogen und diese höchst dezent, wie eine Prise Salz, über seine Schulter geworfen hat, beginnt er, die Delikatesse zu schneiden – und zwar, wie Bogart gleichermaßen verzückt wie geschockt feststellen muss, lediglich mit seiner, Walkens, Hand, um genau zu sein, mit deren Kante. Nachdem er das erste, vielleicht einen halben Zentimeter dicke Wurstrad so säuberlich, als habe er dazu eine nagelneue Keramikklinge verwendet, heruntergeschnitten hat, beginnt er, dieses genüsslich zu verspeisen.

»Die Frage ist doch: Was ist Wurst eigentlich? Was ist sie für dich? Was ist sie für die Entwicklung der Menschheit? Weißt du es? Das ist eine philosophische Frage, Bogart. Und was ist sie technisch gesehen?« Bogart erinnert sich, kurz nach Erhalt des Briefings zum Wurstprojekt diesbezüglich recherchiert zu haben. Nun ist es ihm aber, wie so vieles, entfallen.

»Nun, das ist relativ einfach zu beantworten: Wurst besteht im Wesentlichen aus zerkleinertem Fleisch, Salz und diversen Gewürzen. Es gibt aber auch Sorten, für die man Blut und Innereien verwendet. Das alles wird im Fleischwolf beziehungsweise im sogenannten Kutter fein zerkleinert und anschließend in Natur- oder Kunstdärme, Blasen oder Mägen gefüllt und, je nach Sorte, durch Kochen oder Backen gegart beziehungsweise durch Trocknen oder Räuchern konserviert.« Durch seinen Vortrag offenbar erst so richtig auf den Geschmack gekommen, schneidet sich der scheinbar Schwerelos-Schwebende mit bloßer Hand noch eine Scheibe Wurst von der Stange, um sie sogleich zu verzehren.

»Beim Geschmack kommt es in hohem Maße auf die Stärke an. Jede Wurst benötigt ihre spezielle Stärke, Dicke, um ihren optimalen Geschmack zu verbreiten. Die meisten Menschen denken, Wurst müsste stets besonders fein geschnitten werden. Aber die meisten Menschen glauben ja auch an Horoskope und den Wetterbericht, nicht wahr? Ich mag Würste eher dick geschnitten. Die optimale Stärke dieser hier würde ich übrigens auf vier Millimeter schätzen. Aber probier doch selbst.« Mit diesen Worten schneidet der Filmstar das dritte Wurstrad mit der bloßen Hand herunter und wirft es Bogart wie einem Hund zu. Allein der kann es nicht fangen, weder mit den Händen noch mit dem Mund, da er ja beides nicht spürt. So landet die Wurstscheibe irgendwo neben oder hinter Bogart auf dem Boden der Kreationsabteilung, oder aber auch in einer anderen Dimension, im Moment kann das niemand wissen.

»Aber … die Ideen, die Wurstideen«, stammelt Bogart jetzt hilflos. Tatsächlich hat er, fasziniert von Walkens Worten, diese, und somit deren Dringlichkeit, für ein paar Augenblicke gänzlich vergessen, um sich jetzt umso erschrockener an sie zu erinnern.

»Was soll mit diesen Ideen sein, Bogart?«

»Ich brauche sie … wir brauchen sie!«

»Wer nun: *du* oder *ihr*? Und wer seid *ihr* überhaupt?«

»Die Agentur … und ich bin ihr Kreationsleiter … ich …«

»Um wen geht es jetzt, Bogart, um dich oder die Agentur? Denn das sind zwei völlig verschiedene Paar Schuhe, mein Lieber …«

»Zwei Paar Schuhe … Da war doch was mit zwei Paar Schuhen heute …«

»Ja, es war schon einiges heute.«

»Aber die *eine* Idee … die *entscheidende* Idee …«

»Du brauchst keine Ideen mehr, Bogart. Es war schon alles da. Es ist schon alles da.«

»Aber welche Idee ist es … was ist die *eine, entscheidende* Idee?«

»Eine gute Frage, mein Lieber. Aber ich muss dich enttäuschen: Es gibt keine Antworten, Bogart, es gibt nur Alternativen.«

»Das … habe ich in einem Film gehört.«

»Tja, vielleicht habe ich es auch in einem Film gehört. Wir sagen oder schreiben Dinge und wissen nicht, stammen sie von uns oder haben wir sie in einem Buch gelesen oder einem Film gehört.«

»Können Sie mir helfen …?«

»*Du* kannst dir nur selbst helfen, Bogart …«

Und mit diesen letzten, trostlosen Worten kommt Christopher Walken immer näher, schwebt der Filmgott nun zu ihm, Bogart, dem Sterblichen, herab, wird das Gesicht der Schauspiellegende immer größer – und verändert sich dabei. Aus Walkens süffisant-sinistrem Lächeln wird ein mitleidig-mildes Staunen, aus dem aristokratisch anmutenden Antlitz wird ein talgig-teigiger Teint: jener von Schmant, dem technischen Direktor.

»Bogart? Alles okay mit dir?«, fragt der Leptosom aus dem Nebenzimmer den am Fußboden darniederliegenden Kreativdirektor und beobachtet diesen wie ein Insekt unter der Lupe.

21:05 UHR ODER DOCH SO

»Wo bin ich?«

»In der Kreation. Du warst kurz weg, ohnmächtig oder so. Bist gegen die Tür gekracht.«

»Und wie komm ich hierher?«

»Kowalski und Pfeifer haben dich aus dem Gang hereingetragen.«

»Und sonst nichts gemacht?«

»Pfeifer meinte, wir sollten mal ›zuwarten‹, wie er es bezeichnete, du würdest schon wieder zu dir kommen.« Das Gesicht Schmants nimmt nun wie ein fahler Vollmond Bogarts gesamtes Blickfeld ein. Ein, befindet Bogart, kaum weniger beunruhigender Anblick als der auf einem Stuhl schwebende Christopher Walken Augenblicke zuvor. Dass jemand mit einem derartigen Gesicht, mit einer solchen Gesichtshaut, tatsächlich »Schmant« heiße, sei schon bitter, zumindest, wie Bogart vermutet, für diesen, Schmant selbst.

»Und wo sind sie jetzt, Pfeifer, Kowalski und die anderen?«

»Sind gegangen oder so. Nachdem sie dich hier abgelegt haben.«

Bogart spürt, dass sich etwas verändert hat, dass er wieder etwas spürt, spüren kann. Nicht etwa, was durchaus verständlich wäre, Ärger oder Verzweiflung über seine Kollegen, nein, gottlob etwas ganz anderes, nämlich seinen Körper. Versuchsweise bewegt er seinen Kopf nach links und rechts, kann Kabelstränge, Stuhl- und Tischbeine, Papierkörbe, Blumentöpfe und andere Details der Kreation erkennen, ballt die Finger zu Fäusten, winkelt die Ellbogen und schließlich seine Knie ab, alles scheint wieder da zu sein und zu funktionieren.

»Was heißt ›oder so‹?«

»Weiß nicht. Sie sind jedenfalls nicht mehr da, wir sind die Letzten. Ist ja auch schon spät. Aber magst du nicht wieder aufstehen?« Und schon greift Schmant Bogart unter die Schultern, um diesem beim Aufsetzen zu helfen.

»Langsam, vielleicht hast du eine Gehirnerschütterung vom Aufprall gegen die Tür oder am Boden. Hast du Kopfschmerzen? Ist dir übel, schwindelig?«

Bogart überlegt kurz, kann aber keine der drei Beschwerden an sich entdecken, lediglich eine gewisse Ermattung, Ermüdung. Er steht vorsichtig auf, stützt sich sicherheitshalber am nächstbesten Schreibtisch ab und arbeitet sich dann zu seinem Stuhl vor, auf den er sich wie ein voller Kartoffelsack fallen lässt.

Was habe er hier, heute, ohne sein Team noch zu schaffen? Solle er sich mit Schmant unterhalten? Weshalb eigentlich nicht, schließlich wollte er mit diesem ohnehin einmal über eine engere Zusammenarbeit ihrer beider Abteilungen sprechen, warum also nicht jetzt, vorausgesetzt Schmant habe Zeit dazu und stecke nicht selbst knietief in dringend zu erledigender Arbeit.

»Noch viel zu tun heute?«

»War schon schlimmer. Noch ein paar Mails, dann fahre ich die Kiste runter.« In der Tat wirkt Schmant einigermaßen entspannt, selbst bei einem neuerlichen heftigen Niesanfall, findet Bogart und weiß nicht, ob er diesem das übel nehmen oder sich für ihn freuen soll.

»Hör mal, weil du schon da bist und ja nicht mehr viel zu tun hast … Ich wollte mit dir mal über unsere beiden Abteilungen reden …«

Schmant, der auf der Kante des Tisches neben Bogart, der für Freelancer reserviert ist, Platz genommen hat, stellt einen Gesichtsausdruck zur Schau, als hätte Bogart vorgeschlagen, gemeinsam ohne Sicherung eine Steilwand zu besteigen.

»Ja … was willst du denn da …?«

»Ich glaube, wir sollten in Zukunft enger zusammenarbeiten, Schmant. Das heißt, eigentlich glaube ich es nicht, ich weiß es. Kreation, Kreativität wird zunehmend digitaler, ja bald so gut wie vollkommen digital ablaufen. Das will nicht nur Rudi so, das ist einfach so. Da können wir mitspielen, oder wir sind irgendwann komplett raus aus dem Spiel.«

»Äh … ja. Seh ich auch so. Und was hat das mit unserer Zusammenarbeit zu tun?«

»Ganz einfach: Du hast die Leute, die ich brauche. Die wir für die Kreation brauchen. Leute, die mit dem Internet lesen gelernt haben. Leute, deren Arbeit zu hundert und deren Leben zu neunzig Prozent digital ist. Leute, die digital denken und daher auch digitale Ideen haben. Und das technische Wissen, um diese umzusetzen.«

»Schon … Aber ich brauche meine Leute für meine Kunden und Jobs.«

»Das mag sein. Aber Jochen aus Hamburg beispielsweise ist als Programmierer völlig unterfordert. Und bei Katjuschka ist es nicht viel anders. Das sind im Grunde digitale Kreative, die tolle Ideen haben, die sie auch umsetzen wollen. Nicht nur tagaus, tagein Online-Banner programmieren.«

»Glaub ich dir, aber diese Online-Banner, die sie übrigens auch *gestalten,* bezahlen ihr Gehalt. Und vermutlich auch meines und deines.«

»Wie dem auch sei«, versucht Bogart das Gespräch jetzt abzukürzen, indem er es auf den Punkt bringt. »Das mit der engeren Zusammenarbeit ist nicht nur eine Idee oder Bitte meinerseits, es ist auch Rudis Wunsch. Wir müssen das einfach durchziehen, Schmant.«

Kaum hat Bogart den Satz vollendet, muss er über ein Phänomen staunen, und er fragt sich, ob dieses überhaupt schon einmal aufgetreten sei: Er staunt über den staunenden Schmant. Ist dieser üblicherweise durch nichts und niemand zu erstaunen, zieht es dem technischen Leiter nun einerseits die Unterlippe nach unten, andererseits die Oberlider nach oben.

»Oh. Das ist ja interessant.«

»Inwiefern?«

»Weil er *mir* gesagt hat, meine Abteilung solle sich auf ihr Kerngeschäft konzentrieren.«

»Und das heißt *was?*«, fragt Bogart und wundert sich im selben Moment über seine Frage, da er die Antwort bereits kennt.

»Das heißt, wir werden mehr programmieren und weniger andere Dinge machen. Vermutlich kaum mehr andere Dinge machen. Und jedenfalls keine, die kein oder kaum Geld bringen. Also werden meine Leute für deine Brainstormings in Zukunft noch weniger Zeit haben. Ja, ich fürchte, gar keine mehr.«

»Verstehe«, entgegnet Bogart nach ein paar Sekunden, obwohl er im Grunde gar nichts versteht, zumindest nicht die Strategie des Chefs bezüglich der Agenturentwicklung. Andererseits ist ihm Rudis widersprüchliche Einstellung zu Schmants und seiner, Bogarts, Abteilung gegenwärtig gänzlich gleichgültig. Vielleicht geht es Schmant nicht unähnlich, jedenfalls hebt und senkt dieser resignierend die Schultern, atmet durch die Nase hörbar ein und wieder aus und niest erneut herzhaft. Mehr hat er zu dieser Diskussion nicht mehr beizutragen.

Eigentlich eine traurige Figur, denkt Bogart, während er den Direktor der Nachbarabteilung beobachtet. Durch dessen Unauffälligkeit falle diese Traurigkeit nur kaum auf oder in der Agentur ins Gewicht, was sie im Grunde umso trauriger mache. Wer interessiere sich schon für die privaten oder beruflichen Belange Schmants? Wer frage ihn nach dem Befinden oder ob man nicht einmal gemeinsam auf ein Mittagessen gehen solle? Eine hat es ganz offensichtlich nicht im Geringsten interessiert. Und die ist jetzt tot.

Nicht einmal ignoriert. Total in sie verschossen, erinnert sich Bogart an die verrotzten Worte des verheulten Eichhörnchens im Keller. Und jetzt stellt er sich die beiden vor, deren Zusammensein eigentlich unvorstellbar ist: den schmachtenden Schmant und die blasierte Blanchett. Denn *so* könnte es natürlich auch gewesen sein …

Irgendwann nach der kleinen, kurzen Geburtstagsfeier für die Blanchett beschließt diese, dass es Zeit für den ersten Kaffee und die erste Zigarette des Tages im Büro sei, und sie geht in die Küche, um, wie jeden Morgen, nachdem sie eine Kaffeetasse unter die Ausgussöffnung gestellt hat, am Kaffeevollautomaten die Taste mit der Aufschrift »Cappuccino« zu drücken. Sie fragt weder Seifensieder – dessen Feig- und Unentschlossenheit ihre Affäre betreffend ihre Lust, mit diesem heute gemeinsam auf eine

Zigarettenpause zu gehen, in Luft aufgelöst hat –, ob er sie begleiten möchte, noch beispielsweise Kowalski, mit dessen Unzuverlässigkeit und mangelnder Selbsteinschätzung sie sich heute ohnehin noch mehrmals auseinandersetzen werde müsse. Sie fragt auch nicht ihre Assistentin, das so eilfertige wie enervierende Eichhörnchen, welches den restlichen Tag nicht von ihrer Seite weichen wird, oder den gleichermaßen wie sie von seinen Zwängen geknechteten Kreationsleiter Bogart, der ihr gewissermaßen und vermutlich, ohne dies zu ahnen, einen Spiegel vors Gesicht hält, in den sie nicht auch noch in ihrer Rauchpause blicken möchte. Nein, sie entscheidet sich wieder einmal dafür, die Terrasse allein aufzusuchen. Im Übrigen hat sie bemerkt – oder hat es Bogart bemerkt, der sich diese Szene jetzt vorstellt –, dass man Zigaretten allein, also schweigend und nicht von einem Gespräch abgelenkt, sei dieses auch noch so anregend, einfach mehr genieße. Oder aber es ist bereits ihre zweite Rauchpause und sie hat die erste mit Seifensieder, Kowalski, dem Eichhörnchen oder dem Kreationsleiter verbracht, was sie letztlich auf die Idee gebracht haben könnte, sich die zweite allein zu gönnen.

Aber allein bleibt sie nicht. Denn kaum bekommt Schmant mit, dass die von ihm Angebetete sich anschickt, auf die Terrasse zu steigen, steigt er ihr nach, folgt ihr auf dem Fuße, den beiden Füßen in zwei vierzehn Zentimeter hohen Stöckelschuhen, um genau zu sein. Was bewirkt es in Schmant, das stakkatoartige Geklapper von Blanchetts High Heels? Sind es Nadelstiche in seiner weidwunden Seele oder stacheln ihn die stacheldünnen Absätze bei der Verfolgung des Objektes seiner Begierde noch zusätzlich an? Bemerkt die Blanchett, wer ihr da folgt, und falls ja, kümmert es sie überhaupt? Ist Schmant, für sie ein Nichts und Niemand, überhaupt imstande, ihr die Zigarettenpause bei angenehmem Klima an der frischen Luft zu vergällen?

Jedenfalls bemerkt sie ihn spätestens, als er nach ihr die Terrasse betritt, in dem Augenblick, als sie gerade den ersten genüsslichen Zug von der Zigarette macht.

»Oh, hallo!«, begrüßt Schmant jetzt die ihn Schmähende, als ob sie sich rein zufällig hier treffen würden und er von ihrer Anwesenheit überrascht wäre.

»Hallo«, grüßt die Blanchett zurück, ohne Schmant auch nur eines Blickes zu würdigen. Sie stellt die Kaffeetasse auf den Boden und zückt ihr Smartphone, mit dem sie nun demonstrativ etwas sucht, recherchiert oder verschickt. Irgendetwas, was in jedem Fall wichtiger ist als Schmant, denn genau das sagt sie diesem, bewusst oder unbewusst, damit: »Sieh her, alles, mit dem ich mich beschäftige, ist wichtiger als du, und sei es die schwachsinnigste Spam-E-Mail, die ich jetzt gerade lese und dann lösche. Du bist so unwichtig, dass ich dich gar nicht zur Kenntnis nehmen muss, ja zur Kenntnis nehmen *kann*.« Schmants Brust und Herz krampfen sich einmal mehr zusammen, wie ein geprügelter Hund vor der gehassten und doch so geliebten Besitzerin steht er da und blickt gezwungenermaßen in zwei Abgründe gleichzeitig: in jenen seiner leidvollen, lächerlichen Liebe wie in jenen ihrer vollkommen vernichtenden Verachtung für ihn. Bodenlos, der eine wie der andere.

»Warum antwortest du mir nicht?«, fragt Schmant leise und gelassen die mit ihrem Telefon Beschäftigte. Und bekommt jene Antwort, die er sich an weniger als einem Finger abzählen hätte können: keine. Also versucht er es nochmals, einerseits präziser, andererseits schon etwas lauter, aufgewühlter:

»Warum antwortest du nicht auf meine E-Mails?«

»Was? Äh, entschuldige, hab nicht zugehört, hab eine E-Mail verschickt.« Die Blanchett lässt nun doch von ihrem Gerät ab und lächelt den Leidenden so unverbindlich an, als handle es sich um einen Schalterbeamten der Post. »Kannst du die Frage wiederholen?«

»Warum beantwortest du meine Mails nicht? Keine einzige.«

Die Blanchett überlegt kurz und erwidert mit einem Brustton der Überzeugung und des guten Gewissens:

»Also, wenn du deine privaten Mails meinst … da habe ich schon auf ein paar geantwortet, wenn ich mich richtig erinnere.« Eine Formulierung, die Schmant kurz aufheulen, aufjaulen lässt, leise, aber umso verzweifelter, wie einen verletzten Fuchs oder Wolf, und er hofft inständig, dass die Blanchett dieses erbärmliche Geräusch nicht gehört hat.

»Ja. Ganz am Anfang vielleicht. Aber du bist meinen Fragen immer ausgewichen. Wäre es so schlimm, einmal gemeinsam auf einen Kaffee zu gehen oder auf ein Mittagessen? Einfach mal alles zu bereden?«

»Es wäre nicht schlimm, Schmant.« Und jetzt fällt diesem auf, dass sie die Einzige ist, bei der es ihn stört, dass sie ihn in mit seinem Nachnamen anspricht. »Es wäre nur unnötig. Sinnlos.«

»Wie … wieso wäre das sinnlos?« Schmant merkt, dass ihn das Gespräch zu überfordern beginnt, dass er Atem- und Artikulationsprobleme bekommt und, schlimmer noch, immer dümmere Fragen stellt.

»Weil es nichts zu bereden gibt. Es war nichts zwischen uns, nicht einmal ansatzweise, und es wird auch nie etwas sein. Wir sind Kollegen, fertig, das war's! Wir arbeiten manchmal zusammen und werden das auch in Zukunft tun, tun müssen. Lass uns das nicht unnötig verkomplizieren.«

Tun müssen. Unnötig verkomplizieren, denkt Schmant. Ihm schwindelt jetzt, gleichzeitig bekommt er keine Luft, er hält sich am Geländer fest und atmet ein paar Mal intensiv ein und wieder aus, für die Blanchett muss es aussehen, als sei er zwanzig Mal das Stiegenhaus auf und ab gelaufen.

»Aber warum sagst du oder schreibst du es dann nicht einfach?«, heult der Haltlose heiser hervor.

»Was, Schmant?! Was soll ich sagen oder schreiben?«, entgegnet die Blanchett nun wütend – eine Reaktion, eine Emotion, die sich Schmant nicht zugetraut hätte, bei seiner Herzensherrin überhaupt hervorrufen zu können.

»Dass du mich einfach nicht liebst! Dass du nichts für mich empfindest! Denn genau das habe ich dich gefragt: Ob da nicht irgendetwas ist, nach dem Agenturfest damals, irgendetwas, auf dem sich aufbauen lässt? Ich hab dir geschrieben, sag mir einfach, dass da nichts ist, und ich werde dich nie wieder belästigen …« Und was antwortet die Abgöttin ihrem Adoranten?

»Nicht böse sein, Schmant, aber man muss nicht auf alles antworten.« Dabei sieht sie ihn gleichermaßen schulmeisternd wie mitleidig an, wie eine Mutter ihren kleinen Sohn, der sich beim Spielen mit dem Werkzeug des Vaters verletzt hat, obwohl sie ihm schon zigmal erklärt hatte, dass das gefährlich sei. Schmant aber kann und will einfach nicht glauben, was er soeben gehört hat, kann und will nicht glauben, dass diese Worte soeben diese vom schwarz gefärbten Pagenkopf bis zu den rot besohlten High Heels doch scheinbar so perfekte, so makellose Erscheinung verlassen haben. High Heels, die diese Erscheinung heute, hier und jetzt, vielleicht bloß trägt, um ihn, Schmant, noch mehr zu quälen, ihn einmal mehr zu demütigen. Wie jedes Wort, das diese Erscheinung verlässt, sowie jedes, das sie für sich behält, ja vielleicht nur ausgesprochen oder verschwiegen wird, um ihn, Schmant, noch mehr zu peinigen, ihn buchstäblich umzubringen. Und plötzlich erkennt Schmant, was zu tun, was hier und jetzt zu erledigen ist, damit eben das verhindert wird: dass die Blanchett ihn weiter knechtet und ächtet, bis sie ihn damit umgebracht hat. Er läuft auf die Sich-lässig-ans-Geländer-Lehnende zu und stößt sie mit der ungebremsten Kraft und Energie seines Anlaufs über das Geländer, in den Hof hinab, in den Tod.

Für ein paar Augenblicke erstarrt Schmant nach seiner Befreiungsaktion, fährt ihm die Dimension seiner Tat wie ein Blitz durch den Körper, lähmt ihn für zwei, drei oder vier Sekunden, dann hat ihn dieser Blitz wieder verlassen, ist so plötzlich, wie er in ihn eingefahren ist, wieder aus dem Abteilungsleiter heraus und in den Terrassenboden gefahren. Danach kommt Ruhe über Schmant, sickert in ihn ein, macht sich in ihm breit wie Regenwasser in einem ausgedörrten Wüstenboden. Was auch immer nun, in den nächsten Stunden und Tagen, passieren mag – ihm kann nichts mehr geschehen. Schmant ist in Sicherheit.

»Bogart?« Schmants Stimme lässt den Kreationsleiter aus dessen Vorstellung zurückkehren, einer Vorstellung, die ohnehin zu Ende, über die der Vorhang gefallen ist.

»Äh … ja?«

»Wenn es nichts Dringendes mehr gibt, würde ich dann auch nach Hause gehen.«

»Äh … ja. Geh nur.«

»Das solltest du übrigens auch machen.«

»Was ist eigentlich mit der Polizei?«

»Schon länger weg, glaube ich.«

»Ich denke, die kommen wieder.«

»Davon kannst du ausgehen. Mach's gut, Bogart, bis morgen.« Schmant erhebt sich ächzend von der Tischkante und kehrt in seine Abteilung zurück. Er wird seine Aktentasche packen, den Computer abdrehen, auf die Toilette und danach nach Hause gehen. Und keinen Menschen wird interessieren, was er dort machen wird. *Die Polizei aber,* denkt Bogart, *wird morgen in der Tat wiederkommen. Davon können wir alle ausgehen.*

22:10 UHR ILLUMINATIONS-THERAPIE

Keine zehn Minuten nach Schmant hat auch Bogart die Agentur verlassen. Kurz hat der Kreativdirektor damit kokettiert, am Nachhauseweg einen Abstecher in sein Stammlokal zu machen, die Idee aber wieder verworfen, zu lang, zu anstrengend, zu aufreibend würde auch der morgige Arbeitstag werden, als dass man diesen durch ein paar Biere am Vorabend noch mühsamer machen müsste. Also würde er sich heute in diesem kleinen französischen Wirtshaus nicht vom Besitzer und der Kellnerin umarmen und auf den Espresso einladen, sich nicht von kurdischen Ex-Gangstern, marokkanischen Restaurantbesitzern und rumänischen Galeristen in Gespräche verwickeln und sich auch nicht von manischen Stewardessen, einsamen Kinderärzten und gestressten Filmproduzentinnen anjammern lassen. Stattdessen ist Bogart mit der Straßenbahn nach Hause gefahren, hat in dieser kurz überlegt, was er sich zu essen machen solle, es müsse auf jeden Fall rasch gehen, ein paar Fertiggerichte sollten noch im Gefrierfach, ein paar Dosen noch in irgendeinem Küchenregal zu finden sein. Bogart hat üblicherweise Essen für mindestens zwei Wochen im Haushalt, sicherheitshalber, man könne ja nie wissen. Auf dem Weg von der Straßenbahn zur Haustür ist die Entscheidung gefallen: Er wird sich eine Bohnensuppe aus der Dose aufwärmen und dazu zwei vorgebackene Brötchen aufbähen, das geht am schnellsten und hinterlässt kaum schmutziges Geschirr.

Und da sitzt er nun, allein in seiner Küche, der Rest der Wohnung unbeleuchtet, und löffelt seine Dosensuppe. Die einzigen Geräusche, die man hört, sind Bogarts dezentes Schmatzen und das Kratzen des Löffels am Tellerboden, eine Szene … so armselig wie Ausspeisungsaufnahmen aus dem Zweiten Weltkrieg.

Noch drei, maximal vier Löffel Suppe sowie höchstens ein halbes Brötchen warten darauf, gegessen zu werden, da läutet Bogarts Mobiltelefon, welches vor ihm am Küchentisch liegt, sodass er etwaige Anrufe auch ja rechtzeitig annehmen kann. Hastig schluckt er die verblüffenderweise noch immer heiße Suppe hinunter, verbrennt sich dabei den Gaumen, weiß, dass sich von diesem in spätestens einer Stunde die Haut lösen, dabei den Geschmack und die Konsistenz von Milchhaut angenommen haben wird, und nimmt das Gespräch an.

»Hallo, Bogart. Hier Gregor!«, begrüßt Gregor Bobek, renommierter Psychiater und Freund des Kreativdirektors, diesen und ergänzt frank, frei und fröhlich: »Jaaa, mein Guter! Wie geht es dir denn so? Was gibt es Neues?« Bobek ist nicht Bogarts Psychiater, auch nicht sein Psychotherapeut, dafür kennen sich die beiden zu lange und zu gut. Er, die psychiatrische Koryphäe, hat jedoch, wie man sagen könnte, seit Jahren ein wachsames Auge auf den phasenweise Depressiven, kontaktiert diesen, sofern Bogart das nicht von sich aus macht, alle paar Monate, um am Telefon oder in der Praxis mit ihm zu plaudern. Es handelt sich hierbei um freundschaftliche, ungezwungene Gespräche, die Bogart jedoch stets in seiner fragilen Lebensführung stützen und geleiten, ihn gewissermaßen in der Spur halten oder diese, wenn nötig, wechseln lassen. Nun aber fällt Bogart, zum ersten Mal in all den Jahren, man glaubt es kaum, die phonetische Ähnlichkeit seines Spitznamens mit dem richtigen des Psychiaters auf, und er fragt sich, ob diese auf eine geheime, noch im Verborgenen liegende, tiefere Verbindung zu seinem Freund hinweise.

»Eigentlich … gibt es nicht viel Neues«, lügt Bogart jetzt – und verschweigt dem Psychiater die tote Blanchett. Weshalb, weiß er selbst nicht genau.

»Schlaf in Ordnung?«, beginnt der Psychiater sogleich mit seinem Verhör.

»Meistens, ja.«

»Verdauung? Stuhlgang?«

»Auch okay.«

»Stimmungsschwankungen? Gelegentliche Mulmigkeit?«

»In letzter Zeit kaum mehr.«

»Sehr schön. Und du nimmst noch Antidepressiva?«

»Zwei Mal zehn Gramm pro Tag.«

»Gut so. Wenn der Zustand nicht schlechter wird, könntest du langsam beginnen auszuschleichen. Ich würde vorschlagen: pro Monat zehn Gramm pro Woche weniger. Du nimmst also, zum Beispiel, nächstes Monat an einem Tag pro Woche nur mehr *eine* statt zwei Tabletten, im Monat darauf an zwei Tagen in der Woche und so weiter.« Bogart beginnt zu überschlagen, wie lange dieser Ausschleichprozess dauern würde, fürchtet aber nach einer kurzen Kalkulation, dass er dessen Ende nicht mehr erleben könnte, und versucht daher, nicht mehr daran zu denken. Zudem lenkt ihn etwas in Bobeks Stimme ab. Kann es sein, dass der Psychiater einen Zungenschlag hat, betrunken ist?

»Hast du eigentlich schon einmal von der Illuminationsphilosophie gehört?«

»Äh … Nicht dass ich mich daran erinnern könnte.« Kein Zweifel, das ist für Bogart nun so gewiss wie das Amen im Gebet, Bobek ist betrunken, möglicherweise sogar sturzbesoffen. Dass er noch zu wissenschaftlichen Exkursen imstande ist, schreibt Bogart der Redegewandtheit und Trinkfestigkeit seines Freundes zu.

»Die Illuminationsphilosophie entstand im 12. Jahrhundert in Persien. Sie wird auch als ›Philosophie des Lichts‹ bezeichnet. Bis heute besteht eine Tradition der illuminationistischen Philosophie innerhalb der islamischen Philosophie, besonders in Persien. Die islamische Illuminationsphilosophie ist nicht zu verwechseln mit antiker Lichtmetaphysik der Illuminationslehren von Augustinus oder Thomas von Aquin«, lallt der Starpsychiater leichthin ins Telefon.

»Nein, natürlich nicht«, hört sich Bogart mit der größtmöglichen Selbstverständlichkeit darauf antworten.

»Das zentrale Interesse der Illuminationsphilosophie stellt die Erkenntnistheorie dar, also die Frage, wie man zu Wissen und Erkenntnis gelangt. Illuministen ziehen intuitive Erkenntnis der diskursiven Erkenntnis vor. Diskursives Erkennen vollzieht sich stufenweise durch begriffliches logisches Denken. Dies kann beispielsweise durch Induktionsschlüsse geschehen. Es ist kennzeichnend für diskursives Erkennen, dass es für andere rekonstruierbar ist. Wissenschaftliches Arbeiten wird auch als ›diskursiv‹ bezeichnet. Intuitiv erfasst man etwas als Ganzes und mit einem Mal, dies ist deshalb für andere nicht nachvollziehbar. Als Beispiel kann man ein Gedicht intuitiv erfassen oder man kann diskursiv eine Interpretation des Gedichts nachvollziehen. Verstehst du, was ich meine?«

»Äh … natürlich. Das leuchtet ein. Intuitiv oder diskursiv.« Bogart antwortet wie unter Hypnose und blickt aus dem Küchenfenster, versucht, hinter den beleuchteten Fenstern auf der anderen Straßenseite etwas zu erkennen. Der Rest der Bohnensuppe ist wohl nur mehr lauwarm, wenn nicht kalt.

»Die Ähnlichkeit zur Psychotherapie besteht darin, dass es auch in dieser verschiedene Theorien und Methoden gibt, um zu Erkenntnissen beziehungsweise zu Fortschritten bei Patienten zu gelangen. Die Psycholytische Psychotherapie, auch ›Psycholytische Therapie‹ oder ›Substanz-unterstützte Psychotherapie‹ genannt, ist etwa ein psychotherapeutisches Verfahren, in dem zur Unterstützung der Therapie bewusstseinsverändernde Eigenschaften psychotroper Substanzen genutzt werden. So soll die psychische Abwehr gelockert und ein besserer Zugang zu verdrängten Gefühlen und verborgenen Fähigkeiten gefunden werden. Es werden Psychedelika, zum Beispiel LSD, Psilocybin und Mescalin, Empathogene wie beispielsweise MDMA, das unter dem Namen ›Ecstasy‹ bekannt ist, oder auch Dissoziativa, zum Beispiel Ketamin, verwendet. Diesen Stoffen wird kein oder ein nur sehr geringes Abhängigkeitspotenzial zugeschrieben. Die Psycholytische Therapie ist umstritten, und die Forschung ist erschwert durch gesetzliche Einschränkungen. Psycholytische Therapien finden deshalb in der Regel illegal statt, häufig als Gruppentherapien.«

»Psycholytische Therapien«, wiederholt Bogart, ohne zu wissen, weshalb. Es klingt, als blöke ein Schaf als Reaktion auf eine Wortmeldung des Schäfers.

»Der Gedanke einer Heilbehandlung mithilfe von bewusstseinsverändernden Substanzen geht im Grunde bis auf das Schamanentum in vorgeschichtlicher Zeit zurück. Insofern es im religiösen Kultus stets auch um Heilung und das Heil geht, war die rituelle Anwendung von psychotropen Substanzen bei indigenen Völkern immer schon üblich und ist, soweit solche Kulturen noch existieren, auch heute noch verbreitet. Auch, und jetzt komme ich zum Punkt, mithilfe von Alkohol.«

»Alkohol«, wiederholt Bogart wie ein Echo, als ob er das Wort nicht genau verstanden hätte. Doch freilich hat er es verstanden, auch wenn es Bobek eher wie »Alohol« ausgesprochen hat.

»Genau. Alkohol.«

»Was … ist mit dem?«

»Ich bin auf eine Studie, genauer: eine Versuchsreihe, gestoßen, bei der mit der sogenannten Illuminationstherapie gearbeitet wird.«

»Illuminationstherapie«, hallt Bobeks Echo aus Bogarts Mund.

»Genau. Dabei arbeiten Psychotherapeuten mit Patienten mit generalisierten Angststörungen, und das unter Zuhilfenahme von Alkohol. Gewissermaßen ›betreutes Trinken‹, könnte man sagen.«

»Es trinken also beide?« In Bogart regt sich nun doch so etwas wie Interesse, wenn nicht gar Faszination.

»Es trinken beide. Natürlich genau dosiert. So versucht man gewissermaßen mittels intuitiv-illuminativer Technik zu neuen Erkenntnissen beziehungsweise Lösungsansätzen für den Patienten zu kommen.« Bogart wirft wieder einen Blick in das Fenster auf der gegenüberliegenden Straßenseite, als ob dieser ihm bei der Einordnung und Bewertung von Bobeks Ausführungen weiterhelfen könnte. In einem hell erleuchteten Zimmer steht eine nackte Frau (zumindest der Oberkörper ist nackt, der Rest des Körpers ist nicht in Bogarts Blickfeld) und blickt durch ihr Fenster und jenes in Bogarts Küche auf diesen. Eine Irritation, die leider keinesfalls dazu angetan ist, Bogarts Gespräch mit Bobek klarere Konturen zu verschaffen.

»Bogart, bist du noch dran?« Der Alkohol aus Bobeks Magen läuft während dieser Frage fast schon aus Bogarts Telefon, und der Angesprochene meint, diesen jetzt tatsächlich riechen zu können.

»Äh … bin ich.«

»Wir sollten unbedingt demnächst eine illuminationstherapeutische Sitzung abhalten. Ich habe vor, auch hierzulande eine Versuchsreihe dazu ins Leben zu rufen. Ich halte das Potenzial dieser Methode für enorm.« Jetzt hört Bogart den Psychiater auch zum ersten Mal schlucken, und er fragt sich, was dieser gerade trinken würde – vermutlich Rotwein.

»Ja, das … klingt interessant, das können wir. Aber … du meintest doch immer, du kannst mich gar nicht therapieren, weil wir uns zu nahestehen und …«

»Das ist in diesem Fall etwas anderes. Es handelt sich ja um keine ordentliche beziehungsweise offizielle Therapie. Ich melde mich demnächst wegen eines Termins«, unterbricht Bobek seinen Gesprächspartner. Und dieser, Bogart, registriert, dass sich der Zustand des Psychiaters beim Aussprechen der letzten Sätze dramatisch verschlechtert hat, ja diesem der Alkohol mittlerweile derart zusetzt, dass er die Kontrolle über seine Formulierungen vollends zu verlieren droht.

»Bis dahin, möchte ich aber, dass du, sollte sich dein Zustand verschlechtern und sollten dich wieder Angstschübe quälen, etwas anderes ausprobierst …«

»Äh, ja?«

»Stell dir bei Angstzuständen immer das Schlimmste vor, was *nun* passieren könnte oder was *gerade* passiert sein könnte.«

»Und dann?«

»Dann stellst du dir wieder das Schlimmste vor, was *danach* passieren könnte, sollte sich das Erste bewahrheiten. Und dann wieder und wieder. Bis du zu einem Punkt kommst, wo es nichts mehr Schlimmeres, also auch *nichts mehr* zu befürchten gibt. Dann bist du gewissermaßen durch die Angst durch.«

»Ich … werd's mir merken.«

»Also dann, schlaf gut, Bogart! Ich melde mich in den nächsten Tagen mit Terminvorschlägen für eine erste illuminationstherapeutische Sitzung. Aber du kannst dich natürlich auch melden, jederzeit. Zum Beispiel, wenn es dir schlechter geht.«

»Mach ich. Danke und gute Nacht!« Bei Bogarts letzten Worten hat Bobek allerdings schon aufgelegt, vermutlich, um die Flasche auszutrinken oder gar eine weitere zu öffnen.

Bogart denkt über Bobeks Worte nach und starrt dabei das Display seines Telefons an, als ob auf diesem Erklärungen, Erläuterungen, Interpretationen zum soeben Gehörten zu lesen wären. Mechanisch isst er seine kalte Suppe sowie den zähen Gebäckrest auf und geht dann zum Fenster, um nach der Nackten im Haus auf der anderen Straßenseite zu sehen. Er hat die Frau schon öfter in ihrem Fenster gesehen, freilich noch nie unbekleidet. Nun steht ein Mann, offenbar ebenfalls nackt, hinter ihr, umarmt die Barbusige und vergräbt seinen Kopf dabei in ihrer rechten Schulter. Sie scheint sich in seinen Armen, ausgiebig geküsst, nicht recht wohlzufühlen, versucht ihn abzuschütteln, was ihr schließlich auch gelingt. Fluchtartig verlässt sie den Mann, ihren Platz am Fenster, vermutlich das Zimmer. Der Mann blickt ihr nicht einmal nach, es wirkt, also ob er mit ihrer Abweisung, ihrer Verachtung gerechnet, sich auf diese vielleicht sogar schon eingestellt hat.

Alkohol, denkt Bogart jetzt, schafft es aber nur mühsam, seinen Blick vom Fenster zu lösen. Schließlich gelingt es ihm, sich von der Szene abzuwenden, den Kühlschrank und eine Flasche Bier daraus zu öffnen. Er trinkt die Hälfte des Inhalts auf einen Schluck, holt sich Zigarette, Feuerzeug und Aschenbecher, zündet die Zigarette an, inhaliert tief und blickt erneut aus dem Fenster. Nach der Frau ist nun auch der Mann verschwunden. *Nichts ist passiert,* denkt Bogart. *Rein gar nichts.*

08:00 UHR DER PERFEKTE MENSCH 2

Bogart. Wie soll man den am besten beschreiben? Liegt da, kratzt sich im Halbschlaf in der Arschritze, ein Bein über, das zweite unter der Decke, die eigentlich schon zu warm ist für diese Jahreszeit. Und jetzt, 07:54 Uhr, läutet der Wecker das erste Mal, Bogart erwacht, neben ihm ein Bär in einem Fußballtrikot, ein zweiter in einem Astronautenanzug sowie ein schwarzes Schaf, unbekleidet. Die Tiere sind aus Plüsch, Bogart ist aus Fleisch und Blut. Fünf Minuten vor der Zeit … ist die wahre Pünktlichkeit (das hat Bogart von seinem Lieblingsautor, der es aber auch bloß zitiert hat), um 07:59 Uhr nämlich, wenn der Wecker das zweite Mal sein nervtötendes Geräusch von sich gibt, muss Bogart aufstehen, um eine Minute später das Morgenjournal im Radio einschalten zu können. Ohne Morgenjournal kein Frühstück, ohne Frühstück keine Dusche, ohne Dusche kein Arbeitstag, ja überhaupt kein Tag, da könnte Bogart gleich wieder ins Bett gehen, aber auch das wäre sinnlos, denn einschlafen könnte er dann auch nicht mehr. Ja, so ist das mit Bogart, wir ahnen es bereits, er ist Zwangsneurotiker und als solcher mit sich selbst schon genug gestraft. Da bräuchte es beispielsweise nicht auch noch die Kaffeemaschine, an der Bogart nun, nachdem er vom Ausschalten des Weckers im Schlafzimmer zum Einschalten des Radios im Wohnzimmer und dann weiter in die Küche geschlurft ist, durchaus ungeschickt, um nicht zu sagen hilflos, zu hantieren beginnt. Die Kaffeemaschine. Man weiß gar nicht, wo man bei der beginnen soll: Oben dampft es so heiß raus, dass sich Bogart daran regelmäßig verbrüht, unten tropft sie in Zeitlupe zäh vor sich hin wie eine chemische Essenz in einen Destillierkolben, und in der Mitte ist sie verstopft, wenn der Filtereinsatz auch nur um einen Millimeter falsch eingesetzt wird. Hat es Bogart geschafft, die Kaffeemaschine in Ganz zu setzen, nimmt er Milch, Butter, Schinken und Käse aus dem Eiskasten, um alles auf den Küchentisch zu stellen. Dann wendet er sich dem Fenster zu und wirft die ersten, noch verschlafenen Blicke auf den gleichsam noch schlaftrunkenen Tag. Dabei rennt er üblicherweise mit der Nase gegen die Fensterscheibe (in etwa über dem fleischfressenden Basilikum auf dem Fensterbrett, auf dessen Blättern Bogart immer wieder Insektenleichenreste findet), denn: Bogart sieht nicht dreidimensional, das eine Auge sieht so gut wie gestochen scharf, das andere ist gehörig kurzsichtig, wodurch sich, laut seinem Augenarzt, in Bogarts Kopf keine räumlichen Bilder herstellen lassen und er auch Entfernungen, wie eben jene zur Küchenfensterscheibe, nicht genau abzuschätzen vermag. So glänzen auf diesem Glas unzählige Fettabdrücke von Bogarts Nasenspitze, ja, an diesen Abdrücken ließen sich Bogarts Tage abzählen – wie an den Strichen an der Wand so mancher Gefängniszelle. Was für ein Anblick also, wie sie sich da nun fast zärtlich aneinander lehnen, um nicht zu sagen schmiegen, nur durch die nasenspitzenfettverschmierte Fensterscheibe getrennt: der alte Bogart und der junge Tag.

Und hier, an der Küchenfensterscheibe, angelangt und gewissermaßen nicht, noch nicht weiterkönnend, an seinem tagtäglichen morgendlichen Fenster zur Welt, das ihm üblicherweise zwar Aus-, aber keine Einsichten gewährt, erinnert sich Bogart nun, als hätte ihm der graue Beton des gegenüberliegenden Hauses oder der blaue Himmel darüber auf die Sprünge geholfen, an einen seltsamen Traum aus der letzten Nacht, um genauer zu sein: Er erinnert sich mehr, *dass* er als daran, *was* er geträumt hat. Kollegin Blanchett kam in diesem Traum vor, desgleichen sein Chef, Rudi, sowie die Kollegen Seifensieder, Kowalski und einige mehr, womöglich die ganze Agentur. Etwas Beunruhigendes, Irritierendes, ja zutiefst Verstörendes lag in diesem Traum, und vielleicht, denkt Bogart, ist es ja besser, dass er sich nicht an Details erinnern kann. Wir träumen jede Nacht unzählige Male, jeder Mensch, und können uns an die allermeisten dieser Träume nicht erinnern, weiß Bogart von Bobek und vermutet, dass dieses Nichterinnernkönnen eine Gnade darstellt.

Sich das Schlimmste vorstellen, erinnert sich Bogart jetzt an Bobeks Worte vom Vorabend und fragt sich, ob es sich dabei um eine »diskursive« oder »intuitive« Methode handelt. Und während er noch auf eine Antwort auf diese Frage wartet – eine Antwort, die ja diskursiv oder intuitiv aus ihm selbst kommen müsste, weil sonst niemand hier ist, der sie beantworten könnte –, stellt sich Bogart bereits etwas vor, nämlich eine Terrasse, genauer: eine Dachterrasse auf dem gegenüberliegenden Haus – dem Haus, das gar keine Terrassen hat. Er stellt sich vor, wie die Tür aufgeht, die zu dieser Terrasse führt, und die Blanchett aus ihr heraus in die Sonne spaziert, gewandet in Stilettos, einen schwarzen Jumpsuit, ihre Perlenkette um den Hals. Eine Erscheinung für die Götter, eine Verschwendung an die Sterblichen. In der einen Hand hält sie einen Cappuccino, in der anderen Zigaretten und Feuerzeug. Sie schlendert leichtfüßig zum Geländer, reckt und streckt dabei ihr Antlitz zur Sonne, als wolle sie damit sagen: »Seht her, ihr, die ihr im Himmel, am Olymp, oder wo auch immer, über uns wacht und lacht, ich bin euch ebenbürtig, mir, und nur mir, gebührt ein Platz unter euch.« Am Geländer angelangt, stützt sich die Etat-Direktorin kurz auf dieses, schließt die Augen, lässt ihren Teint die Sonnenstrahlen einsaugen, dreht sich nach ein paar Sekunden elegant um die eigene Achse, lehnt sich an das Geländer, stellt den Cappuccino mit einer grazilen Bewegung auf den Terrassenboden, zündet sich eine Zigarette an und bläst den Rauch des ersten Lungenzuges majestätisch in den strahlenden Vormittagshimmel.

Nun stellt sich Bogart vor, wie die Tür zur Terrasse erneut geöffnet wird und eine zweite Person ins Freie tritt: Er selbst, Bogart, ist es, der sich in der Pause des ersten Brainstormings des Tages zur Blanchett gesellt, seinen Kaffee gleichfalls am Boden abstellt, um sich ebenfalls eine Zigarette anzuzünden. Und hat sich Bogart diese Szene, mit der Blanchett und sich selbst in den einzigen Rollen, bislang in einer Totale vorgestellt, so wechselt der Film jetzt in die Halbtotale: Bogart sieht sich und die Kollegin von den Oberschenkeln aufwärts.

»Na, wie geht's? Schafft ihr alles bis zur Präsentation übermorgen?«, fragt ihn die Blanchett, wie immer lächelnd. Denn zu

Bogart ist sie so gut wie immer höflich und zumeist sogar freundlich, sie weiß, wie man so sagt, was sie an diesem hat und dass sie sich auf ihn verlassen kann.

»Frag besser nicht! Irgendwie werden wir es schon schaffen, wie immer …«, antwortet Bogart resigniert. Er nimmt einen Schluck Kaffee und einen weiteren Zug von der Zigarette. Beides will ihn nicht so recht trösten, nicht heute, nicht jetzt, und auch der Blick auf den makellos blauen und lauen Himmel nicht. Es drückt, es liegt, es lastet etwas auf Bogarts Brust, eine Ahnung, eine Angst, ein Albtraum, an den er sich nur dunkel erinnern kann, in dem er sich zu befinden glaubt, oder einer, der ihm noch bevorsteht. Ist es sein Beruf im Allgemeinen, ist es seine aktuelle Aufgabe? Sind es seine Kollegen, oder ist es *diese* Kollegin, hier, auf der Terrasse? Auch das wüsste er nicht zu sagen.

»Ja, das ist nun einmal unser Job, es immer irgendwie zu schaffen«, seufzt die Blanchett nun. So leicht gehen ihr diese Worte über die Lippen, so leicht klingen sie in den Ohren, und so leicht verwehen sie auch gleich wie ein Lüftchen, sodass Bogart kaum wahrnehmen und festhalten kann, was sie eigentlich bedeuten. Ihm schwindelt jetzt leicht. Als wolle er diesen Schwindel in einer masochistischen Anwandlung noch verstärken, blickt er über das Geländer und sechs Stockwerke in die Tiefe in den Innenhof.

»Bogart? Alles in Ordnung? Geht's dir gut?«, fragt die Blanchett – jetzt tatsächlich etwas besorgt. Für Bogart klingt diese Frage, als wäre sie durch einen Filter, einen Polster, eine Glasscheibe gesprochen worden.

»Ja, alles in Ordnung.«

»Vielleicht solltest du unten gleich ein Glas Wasser trinken. Trinke ich zu wenig, schwindelt es mich auch oft.«

»Ja, werde ich machen.«

Bogart blickt zurück zur Terrassentür. Was sucht er dort? Ablenkung? Ablösung? Erlösung? Das weiß weder der Bogart auf der Terrasse noch jener, der sich diesen jetzt hinter beziehungsweise vor dessen Küchenfenster vorstellt. Allein es kommt niemand, Bogart kann und muss sich, eher aus Höflichkeit, etwas scheint ihn dazu zu zwingen, wieder der Blanchett zuwenden.

Da steht sie, und da steht alles, aus dem Bogarts Leben besteht: die Werbung, der Stress, die Selbstausbeutung, die Perfektion, die Pedanterie, die Begehrlichkeit, die Oberflächlichkeit. Da steht alles, was Bogart im Weg steht, zu sich selbst im Weg steht, zu einem anderen Bogart. Da steht Bogart mit Pagenkopf, Jumpsuit und Stilettos, und davorstehend kann er dahinter, hinter der Blanchett, hinter seinem Alter Ego, keinen anderen Bogart jenseits des Geländers, des Hauses, am Himmel, in diesem Leben erkennen. Hier steht alles, was keine Bedeutung hat. Hier steht nichts, was Bedeutung hätte.

Jetzt löst sich Bogart vom Geländer, macht einen Schritt zurück und betrachtet die Blanchett vom Scheitel ihres pechschwarzen Bobs bis zur Sohle ihrer High Heels, dieser Schuhe, die sie womöglich ja für *ihn* an- beziehungsweise vor dem Aufstieg zur Terrasse nicht ausgezogen, gegen ihre flachen Schuhe ausgetauscht hat. Für *ihn,* der sie, durch seinen Schuhfetisch, als Einziger in der Agentur richtig zu würdigen weiß, und damit auch die Trägerin. Für *ihn,* den dieser Fetisch schwach und der *sie* stark macht. Bogart nimmt einen letzten Zug von seiner Zigarette, wirft diese zu Boden, dämpft sie mit dem rechten Fuß aus und blickt der Blanchett, nachdem er ihren Körper mit seinem Blick, einmal hinunter und wieder hinauf, vermessen hat, in die Augen. »Was soll ich machen?«, scheint sein Blick zu sagen. »Mir bleibt nichts anderes übrig.« Und bevor die Blanchett diesen, seinen Blick decodieren kann, packt Bogart sie mit der Linken unter ihrer Achsel, mit der Rechten an ihrem Schulterblatt und wuchtet sie über das Geländer, wobei ihre Perlenkette zerreißt und ein paar der kleinen matt schimmernden Kugeln wie außergewöhnlich winzige Flummis oder außerirdische Lebensformen auf dem Balkon aufspringen, um anschießend in alle Richtungen auseinanderzurollen. Er stürzt die Kollegin von der Terrasse in den Tod, aus keinem besonderen und gleichzeitig allen Gründen dieser Welt. Noch bevor die letzte Perle zur Ruhe gekommen ist, blickt Bogart zur Tür, feierlich und flehentlich fast, als hoffe er, dass aus dieser mittlerweile eine weitere Person auf die Raucherterrasse getreten und Zeuge seiner Tat geworden sei. Aber da ist nichts, da ist niemand.

Das alles stellt sich Bogart an seinem Küchenfenster vor, die Vorstellung so klar wie eine Erinnerung. Danach fährt er mit dem schlimmstmöglich Vorstellbaren, das darauf folgen könnte, fort. Er stellt sich vor, dass die polizeilichen Ermittler sich seine letzte Vorstellung vom Tathergang ebenfalls vorstellen könnten und ihre Befragungen in den nächsten Tagen, vielleicht schon heute, fortsetzen würden. Er stellt sich vor, dass aus diesen Befragungen Verhöre würden. Er stellt sich vor, dass er des Mordes an der Blanchett angeklagt, für schuldig befunden und verurteilt würde. Er stellt sich vor, wie alle Berufungsversuche seines Anwaltes scheitern würden und er eine lebenslängliche Gefängnisstrafe antreten müsste. Er stellt sich vor, wie er von den anderen Insassen gemieden oder schikaniert würde. Er stellt sich vor, dass er, trotz guter Führung, nicht vorzeitig entlassen und den Rest seines Lebens hinter Gittern verbringen würde. Er stellt sich vor, dass er alt und krank, einsam und verlassen im Gefängnis sterben würde.

Nachdem sich Bogart das Schlimmstmögliche vorgestellt hat, merkt er, wie ihm leichter um Herz und Hirn wird. Er atmet einmal tief durch, wendet sich vom Fenster ab, lässt den Himmel Himmel und das Haus gegenüber das Haus gegenüber sein, um sein Frühstück zuzubereiten. Während die Kaffeemaschine die letzten kümmerlichen Tropfen aus dem Filter in die Glaskanne quetscht, im Radio die letzten Worte des Morgenjournals (von dem Bogart wieder einmal nichts mitbekommen hat) verklingen, nimmt Bogart eine Salatgurke aus dem Kühlschrank. Er schneidet vier dünne Scheiben ab und legt sie auf einen Frühstücksteller. (Bogarts Frühstücksteller sind Teller, die er seit eh und je zum Frühstücken benützt, daher kann er sie für keine anderen Mahlzeiten verwenden, und für Frühstücke keine anderen Teller.) Er legt ein Blatt Schinken und ein Blatt Käse dazu, die er symmetrisch auf dem Teller anordnet, um danach Salz-, Pfeffer- und Chili-Mühle in einer Reihe zu platzieren. Aus einer auf dem Backrohr stehenden Obstschale nimmt er eine Kiwi, die weichste, und legt sie neben seinen Frühstücksteller. Dann schenkt sich Bogart Kaffee mit einem halben Finger breit Milch und einem gestrichenen Kaffeelöffel Zucker ein und drückt eine Scheibe Toastbrot in den verchromten Toaster. Auf diesem sind einige

Fingerabdrücke zu sehen, gleichermaßen auf der Kaffeemaschine, die, wie noch zwei, drei andere Dinge in Bogarts Küche, ebenfalls verchromt ist. Er überlegt, ob er sich die verchromten Geräte deshalb gekauft hat, damit ihn die Fettflecken und Fingerabdrücke darauf an seine Zwänge erinnern, und hält das für eine durchaus passable Theorie, da springt, man könnte auch sagen schlüpft, schon der Toast aus seinem Brutkasten. Bogart dreht den Wasserhahn auf, lässt das Wasser laufen, bis es ihm kalt genug erscheint, währenddessen bestreicht er den Toast dünn mit Butter und platziert Schinken, Käse und die Gurkenscheiben darauf. Jetzt fehlt nur mehr das Glas Wasser, welches er sich nun einschenkt. Und damit wäre sein Frühstück, sein tägliches, tagtägliches Frühstück, fertig angerichtet – und auch praktisch schon wieder verzehrt und beendet, denn in wenigen Bissen sind die belegte Toastscheibe und die Kiwi verschlungen, in ebenso wenigen Schlucken ist die Kaffeetasse geleert, was Bogart schon ab und an etwas traurig macht. Vorbereitungen benötigten im Leben immer mehr, ja viel mehr Zeit als die eigentlichen Ereignisse, da stimme einfach etwas ganz entschieden nicht. Das Leben bestehe nahezu ausschließlich aus Vorbereitungen und das bedeute: Arbeit.

Gedankenversunken greift Bogart, wie jeden Tag, zum Medikamentendispenser mit den Tagesfächern und öffnet jenes für den heutigen Tag. In dem kleinen, nur wenige Kubikzentimeter großen Fach liegen ein kugelförmiges und zwei längliche Objekte. Bogart überlegt kurz, wie die kleine Kugel zu seinen Medikamenten gekommen sei, dann fällt es ihm wieder ein: Er hat sie nach dem Nachhausekommen in seinen Jeans gefunden und sie dann, in Ermangelung besserer Ideen, zu seinen Antidepressiva gesteckt. Bogart hebt die geöffnete Schachtel an und hält sie ins Licht. *Wie gut sich doch die beiden Zylinder und die Kugel ergänzen, wie schön die drei hier in perfekter Harmonie, geschützt vor allem Übel und Unbill dieser Welt, nebeneinander ruhen,* denkt Bogart. Dann dreht er das Behältnis um, lässt die beiden Antidepressiva und die kleine matt schimmernde Perle in seine linke Hand fallen und schluckt alle drei mit einem großen Schluck Wasser hinunter. *Der perfekte Mensch, funktionierend.*